Zum Buch:

Bente hat alles hinter sich gelassen, um in ihrer Heimat an der Nordseeküste neu anzufangen. Sie will nicht mehr an ihren Ex denken und an die schwere Zeit in L.A., sondern sich einfach vom Sommerwind umfangen lassen, den weichen Sand unter ihren Füßen spüren und ihre Lieblingsplätze in den Salzwiesen aufsuchen. Es tut so gut, die alten Freunde in St. Peter-Ording wieder zu treffen, zu plauschen und einfach zu Hause zu sein. Doch ständig dringen Kitesurfer in die Vogelschutzzonen ein. Dagegen muss Bente mit den Leuten von der Schutzstation etwas unternehmen!

Zur Autorin:

Tanja Janz wollte schon als Kind Bücher schreiben und malte ihre ersten Geschichten auf ein Blatt Papier. Heute ist sie Schriftstellerin und lebt mit ihrer Familie und zwei Katzen im Ruhrgebiet. Neben der Schreiberei und der Liebe zum heimischen Fußballverein schwärmt sie für St. Peter-Ording, den einzigartigen Ort an der Nordseeküste.

Lieferbare Titel:

Strandperlen
Krabbe mit Rettungsring
Friesenherzen und Winterzauber
Mit dir auf Düne sieben
Strandrosensommer
Dünenwinter und Lichterglanz
Das Muschelhaus am Deich
Dünentraumsommer
Wintermeer und Dünenzauber
Leuchtturmträume
Friesenwinterzauber
Dünenleuchten

Tanja Janz

Dünenleuchten

Ein St.-Peter-Ording-Roman

HarperCollins

1. Auflage 2022
Originalausgabe
© 2021 für die deutschsprachige Ausgabe
by HarperCollins
in der HarperCollins Germany GmbH, Hamburg
Das Gedicht »Meeresstrand« von Theodor Storm ist 1856 erschienen
und hier zitiert nach: Irmgard Roebling: »Die Stadt« und »Meeresstrand«
In: Christian Demandt und Philipp Theisohn (Hrsg.): Storm-Handbuch,
Metzler, Stuttgart 2017, S. 66–69.
Umschlaggestaltung von bürosüd, München.
Umschlagabbildung von shutterstock, Getty Images / Jan Rzaczek / EyeEm
Gesetzt aus der Stempel Garamond
von GGP Media GmbH, Pößneck
Druck und Bindung von GGP Media GmbH, Pößneck
Printed in Germany
ISBN 978-3-7499-0363-4
www.harpercollins.de

Für Anke.
Weil du die Küste magst
und im Urlaub am liebsten
in St. Peter-Dorf wohnst.

Prolog

Ein Jahr zuvor

Bente streckte die Arme zum Himmel und atmete tief ein.
»Geschafft!«

»Deine Kondition möchte ich haben.« Johannes traf wenige Augenblicke nach ihr auf dem Eagle Rock im Topanga
State Park ein. Er schob sich die Sonnenbrille ins Haar und
stützte sich außer Atem mit seinen Händen auf den Oberschenkeln ab.

»Ich weiß gar nicht, was du hast … dein Durchhaltevermögen ist schon viel besser geworden«, sagte Bente lächelnd.

Johannes richtete sich wieder auf und zog eine Augenbraue hoch. »Kein Wunder, wenn man bedenkt, wie oft du
mich hier hochgescheucht hast, seit wir uns kennen.« Er
nahm eine Wasserflasche aus seinem Rucksack und trank
sie in einem Zug bis zur Hälfte leer.

Bente stemmte ihre Hände in die Hüften. »Ach, es
ist einfach herrlich hier. Diese Aussicht werde ich vermissen.« Seufzend ließ sie den Blick über die bewachsenen
Berge von Santa Monica schweifen. Es war Hochsommer

in Kalifornien, und die Sonne schien von einem tiefblauen Himmel. Kaum ein Tag verging, an dem die Temperaturen nicht die 30-Grad-Marke knackten.

Aus ihrem Rucksack nahm sie ihr Handy und machte einige Aufnahmen. »Diese Natur ist einfach unbeschreiblich! Ein wahres Kunstwerk.«

»Sagt die Biologin.«

»Küstensalbei-Gestrüpp, Wildblumen, Lorbeer- und Walnusswälder und herrliche Graslandsavannen, so weit ich sehen kann.« Sie spürte, wie sich ihre Brust weitete vor Freude. »Das ist einfach nur wunderschön!«

»Du hast die wunderschönen Klapperschlangen vergessen, die hier regelmäßig unseren Weg kreuzen.« Verschmitzt lächelnd verstaute er seine Flasche im Rucksack, trat zu ihr und schlang von hinten die Arme um ihren Körper. »Berge wirst du jedenfalls in der nächsten Zeit nicht häufig zu Gesicht bekommen.«

Sie ließ das Handy sinken und drehte sich zu ihm um. »Dafür jede Menge Dünen und Deiche. Und Schafe. Vielleicht auch mal einen verirrten Wal oder eine Ringelnatter.«

»Scheint an der Nordsee eigentlich auch die Sonne?«, fragte er sie in scherzhaftem Ton.

»Gelegentlich schon.« Sie verdrehte die Augen. »Ich kann immer noch nicht fassen, dass mein Studium tatsächlich vorbei ist und ich heute Abend schon im Flieger nach Hamburg sitze.«

Johannes zuckte die Schultern. »Du hättest auch einfach durch die Prüfungen fallen und im nächsten Jahr mit Auszeichnung bestehen können.«

»Eine Ehrenrunde wäre nicht in meinem Stipendium drin gewesen«, widersprach sie.

»Na und? Ich hätte dir einen Nebenjob in meiner Bäckerei angeboten. Immerhin bist du vom Fach.«

Bente schüttelte den Kopf. »Dann hätte ich die Bäckerei meiner Eltern auch zusammen mit meiner Schwester übernehmen können. Nein, nein, dafür hätte ich doch nicht studieren müssen.«

»Ich weiß.« Er gab ihr einen Kuss auf die Stirn. »Hast du schon einen Plan für Deutschland?«

»Erst mal ankommen und dann Stellenanzeigen studieren. Wie gehabt.«

»Gut.« Er löste sich von ihr, hielt aber ihre rechte Hand fest. »Und du bist dir sicher, dass ich dich nachher nicht zum Flughafen bringen soll?«

Der Abschied stand ihr unweigerlich bevor, aber sie wollte es sich nicht schwerer machen als nötig. »Nein, bloß nicht! Sonst bleibe ich am Ende doch hier.«

»Was nicht das Schlechteste wäre …« Er lächelte sie schwermütig an und gab ihr einen kurzen Kuss.

»Wir skypen jeden Tag«, versprach sie. »Wenn andere Leute Fernbeziehungen schaffen, dann packen wir das auch.«

Er nickte. »Wir sehen uns bald.«

»Im Dezember, wenn du mit deinen Eltern auf Weihnachtsbesuch in München bist. Das sind ja nur noch vier Monate.« Sie bemühte sich, zuversichtlich zu klingen.

»Nur vier.« Er verdrehte die Augen und räusperte sich. »Wann musst du einchecken?«

»Halb acht. Das Taxi habe ich eine Stunde eher bestellt. Sicher ist sicher bei dem Verkehr.« Sie strich ihm zärtlich eine Strähne aus der Stirn. »Ich würde gerne ewig die Aussicht mit dir hier oben genießen, doch ich fürchte, wir müssen langsam den Rückweg antreten, damit ich pünktlich mit allem fertig werde.«

»Die Trennung von Johannes ist ja nur vorübergehend.« Bente warf einen letzten Blick in den Schrank und vergewisserte sich, dass sie nichts darin vergessen hatte. Dann wandte sie sich zu ihrer Mitbewohnerin Anni um. »Und du musst mich auch unbedingt besuchen kommen, wenn du das nächste Mal in Rostock bei deiner Familie bist.«

»Auf jeden Fall!« Anni zwirbelte eine dunkle Locke um ihren Finger und legte den Kopf schräg. »Willst du nicht doch einfach für einen Tag nach Mexiko fahren und so deinen Aufenthaltsstatus verlängern?«

Bedauernd schloss Bente die Schranktür. »Meine Familie wartet sehnsüchtig auf mich. Sie wären wohl ziemlich enttäuscht, wenn ich nicht zurück nach Deutschland fliegen würde. Nach der langen Zeit. Wir haben uns das letzte Mal vor zwei Jahren gesehen.«

»Ja, das verstehe ich ja.« Anni verzog den Mund. »Ich finde es immer noch ganz schön verrückt, dass wir uns ausgerechnet hier über den Weg gelaufen sind.« Sie machte eine ausschweifende Handbewegung. »Ich meine, ein Nordsee- und ein Ostseekind treffen sich ausgerechnet in einer WG in West Hollywood. Das ist so unrealistisch, dass es einem keiner glaubt.«

»Und das ist alles nur Susan zu verdanken!« Lächelnd dachte Bente an ihre ehemalige Gastmutter. Es war pures Glück gewesen, dass sie als Maklerin zufällig auf Annis

Suchanzeige gestoßen war. Hätte Bente nicht zwei Jahre als Au-pair für die Familie gejobbt, wäre sie Anni womöglich nie begegnet. Sie drückte den Koffer zu und verschloss ihn. »Ich wäre dann so weit.«

»Soll ich dich nicht doch zum Flughafen fahren?«, fragte Anni zum wiederholten Male.

Entschlossen schulterte Bente ihre Reisetasche und griff nach dem Koffer. »Immer noch nein. Das hat Johannes vorhin auch gefragt. Wie sollte ich es denn dann noch übers Herz bringen, in den Flieger zu steigen? Und dazu noch die ganzen Tränen beim Abschied …«

»Aber bis zum Tor begleite ich dich«, bestand Anni und legte einen Arm um Bentes Schulter.

Als Bente auf die Straße trat, wartete das Taxi bereits auf sie. Der Fahrer nahm ihr das Gepäck ab und verstaute es im Kofferraum. Seufzend drehte Bente sich um und warf einen letzten Blick auf den Appartementkomplex, in dem sie vier Jahre mit Anni in einer Zweier-WG gelebt hatte. Ein großes Zimmer mit Gemeinschaftsküche und Swimming-Pool-Nutzung im Innenhof waren inklusive gewesen, sie hatten hier so viel erlebt. Außerdem war die Miete mit 500 US-Dollar ein wahres Schnäppchen für West Hollywood. Bente wusste, dass sie noch oft an die Zeit hier zurückdenken würde.

In den Jahren war Anni zu ihrer besten Freundin geworden, obwohl sie nicht immer die gleiche Sicht auf die Dinge gehabt hatten. Anni war Lebenskünstlerin, jobbte mal hier und mal da. Während Bente fleißig Mitschriften in Vorlesungen an der Uni angefertigt hatte, war Anni

11

dann meistens mit ihrem Surfbrett auf dem Weg zum Strand gewesen. Insgeheim hatte Bente sie für ihren lockeren Lebensstil beneidet. Doch für sie selbst kam so ein Leben nicht infrage. Sie war immerhin schon dreißig und hatte vor ihrem Studium genügend Zeit mit Ausprobieren und Engagements in verschiedenen Umweltprojekten verbracht, bevor sie ihren Beruf gewählt hatte. Davon bereute sie nichts. Trotzdem spürte sie, dass nun der Moment gekommen war, um den nächsten Schritt zu tun, um nach Deutschland zurückzukehren und eine passende Stelle als Biologin zu finden.

Anni lief zum Eingang der Wohnanlage und blieb dort stehen. Sie winkte. »Melde dich, wenn du in good old Germany angekommen bist!«

»Mache ich!« Bente lächelte ihr ein letztes Mal zu und meinte, ein verdächtiges Glitzern in Annis Augen bemerkt zu haben. »Bis bald!«

Dann stieg sie ins Taxi, und kurz darauf fuhr der Wagen an. Bente hielt den Blick stur nach vorne gerichtet, um den aufkeimenden Abschiedsschmerz im Zaum zu halten. Bis zum Flughafen konnte es eine Weile dauern. Mit dem Taxifahrer hatte sie vorab eine Pauschale ausgemacht. Jetzt stellte er sich ihr als Joe vor und erzählte während der Fahrt von Prominenten, die er bereits befördert hatte, und abstruse Geschichten, die ihm mit Hollywood-Stars passiert waren.

Bente hörte bloß mit halbem Ohr zu, lächelte jedoch höflich und gab hin und wieder einen Kommentar zu den Erzählungen ab. Je näher sie dem Flughafen kamen, umso mehr wurde ihr bewusst, dass dies tatsächlich ein Abschied von ihrem aufregenden Leben in Los Angeles war, von ihrer Studienzeit, von ihren amerikanischen Freunden, von Anni und von Johannes. In ihren Gedanken ging sie die letzten Jahre durch. Ihre erste Zeit als Au-pair, der Beginn ihres Biologiestudiums an der California State University, der Bezug ihres WG-Zimmers bei Anni. Bis hin zu dem Tag vor einem Jahr, an dem sie eigentlich nur hatte frühstücken wollen und zufällig die deutsche Bäckerei mit Café entdeckt hatte, die Johannes zusammen mit seinen Eltern betrieb. Nie würde sie den Augenblick vergessen, als sie ihn zum ersten Mal gesehen hatte.

Da alle Tische besetzt waren, hatte sie sich an die Bar gesetzt. Zwei Servicemitarbeiterinnen waren durch den Laden gewuselt und hatten alle Hände voll mit Abräumen und Servieren zu tun. Er hatte mit dem Rücken zu ihr gestanden und war mit einem defekten Kaffeeautomaten beschäftigt gewesen. Dabei hatte er laut auf Deutsch geflucht und der Maschine die Pest an den Hals gewünscht. Bente hatte sich das Lachen verkneifen müssen.

Jedem seiner Worte hatte sie seine unüberhörbare bayerische Herkunft entnommen. Sie hatte überlegt, ob er aus München, Augsburg oder vielleicht aus dem Allgäu kam, und hatte es genossen, ihm einfach nur zuzuhören. Schließlich war ein Zischen erklungen, und die Kaffeemaschine hatte wieder ihren Dienst getan. Er hatte sich die Hände abgeputzt, sich das Tuch über die Schulter geworfen und schwungvoll zu ihr herumgedreht. Natürlich hatte er auf Englisch gefragt, was sie wünsche.

Für einen Moment war sie im Anblick seiner meergrünen Augen versunken und vergaß, ihm zu antworten. Er hatte sie angelächelt und kurz darauf die Frage nach ihrer Bestellung auf Englisch wiederholt.

»Zwei Brötchen, dazu Marmelade, Käse, Butter und einen großen Milchkaffee«, hatte sie auf Deutsch geantwortet.

»Wow! Schau mal einer an! Eine Landsfrau.« Er hatte sie angestrahlt und dabei die Baseballkappe auf seinem Kopf gerichtet. »Ich bin Johannes.« Er hatte ihr seine Hand entgegengestreckt.

»Bente.« Als sie seine Hand schüttelte, hatte sie instinktiv gespürt, dass diese Begegnung nicht ihre letzte bleiben würde. Nach dem Frühstück hatte sie gut gelaunt und mit Johannes' Handynummer das Café verlassen.

Wider Erwarten kamen sie mit dem Taxi zügig durch den Verkehr und trafen wesentlich früher am Flughafen im Südwesten von Los Angeles ein, als Bente insgeheim lieb war. Sie seufzte schwer, als Joe vor dem Tom Bradley International Terminal hielt. Nachdem sie den vereinbarten Preis bezahlt hatte, stieg sie aus. Der Fahrer stellte ihr Gepäck auf dem Bürgersteig ab und wünschte ihr eine gute Reise. Dabei vergaß er nicht, Bente noch schnell seine Visitenkarte in die Hand zu drücken. Für den Fall, dass sie mal wieder nach Los Angeles kommen und ein Taxi brauchen würde, fügte er breit lächelnd hinzu.

Bente schluckte. Am liebsten hätte sie zu ihm gesagt, dass er ihre Gepäckstücke wieder einladen und sie nach West Hollywood zurückbringen sollte. Zu ihrem alten Leben, von dem sie spürte, dass sie doch noch nicht bereit war, es schon aufzugeben. Doch sie ließ es.

Ratlos blickte sie dem davonbrausenden Taxi wenig später nach. Je weiter es sich entfernte, umso schwerer wurde ihr Herz. Doch sie drehte sich zum Flughafengebäude, nahm ihr Gepäck und ging zögerlich zum Eingang.

Kühle klimatisierte Luft umfing sie, als sie die Halle betrat, in der ein lautes Stimmenwirrwarr herrschte. Unschlüssig blieb sie stehen und warf einen Blick auf eine digitale Uhranzeige. Sie war viel zu früh dran. Langsam ging sie auf den Check-in-Bereich zu. Ihre Beine fühlten sich so schwer an, als hätte jemand Gewichtsmanschetten um ihre Fußgelenke geschnallt. Tat sie wirklich das Richtige? Hätte sie nicht doch einfach für einen Tag über die mexikanische Grenze fahren können, um so ihre Aufenthaltserlaubnis zu verlängern, wie Anni es vorgeschlagen hatte? Sicherlich hätte sie eine befristete Biologenstelle in Los Angeles gefunden und wenn nicht, wäre sie solange in Johannes' Bäckerei eingesprungen. Genügend Arbeit gab es dort allemal. Die Amerikaner liebten deutsches Brot und frische Brötchen. Und sie liebte Johannes.

Bente blieb stehen. Die Erkenntnis schoss wie ein Stromschlag durch ihren Körper. Zwar war es keine neue Erleuchtung, doch fühlte es sich in dem Augenblick so klar und wahrhaftig an, dass sich ihre bevorstehende Abreise noch falscher anfühlte. Was machte sie hier eigentlich? Sie hätte sich noch etwas länger Zeit geben müssen, um herauszufinden, ob sie nicht doch an Johannes' Seite in Los Angeles richtig aufgehoben war. Statt für Monate zu gehen, hätte sie auch nur ein paar Wochen Urlaub bei ihrer Familie planen können. Danach wäre sie wieder zurückgekehrt. Schließlich war Johannes durch seine Bäckerei an Los Angeles gebunden und konnte nicht einfach mit ihr nach Deutschland gehen. Sie hingegen war frei und konnte theoretisch leben und arbeiten, wo sie wollte.

War es wirklich der richtige Weg, ihre beruflichen Pläne in Deutschland zu verwirklichen und eine Beziehung auf Distanz zu führen? Womöglich würde ihre Liebe genau daran scheitern.

Johannes hatte sie zu keinem Moment unter Druck gesetzt. Im Gegenteil. Er hatte ihre Entscheidung, nach Deutschland zurückzukehren, akzeptiert. Natürlich hatte er mehr als einmal sein Bedauern darüber ausgedrückt, jedoch nie versucht, es ihr auszureden. Bente kam sich mit einem Mal ziemlich egoistisch vor und fast ein bisschen undankbar. So ein Mann wie Johannes war ein Geschenk. Und was tat sie? Sie trat ihr Glück mit Füßen.

Rasch zog sie den Reißverschluss ihrer Umhängetasche auf und beförderte ihr Handy heraus. Sie musste dringend Anni anrufen und sie bitten, das Zimmer unter keinen Umständen wieder zu vermieten.

Mit klopfendem Herzen lauschte sie auf das Klingeln. Doch es ging bloß die Mailbox dran. Enttäuscht drückte Bente auf den roten Hörer. Anni war vermutlich zum Surfen an den Strand gefahren.

Was sollte sie jetzt machen? Konfus strich sie durch ihr Haar und schloss für einen Moment die Augen. Also gut. Sie würde wie geplant nach Deutschland fliegen. Aber sie wollte auf keinen Fall bis Dezember warten, um Johannes wiederzusehen.

Mit dem frisch gefassten Entschluss reihte sie sich in die Menschenschlange vor dem Check-in ein und schrieb ihrer Freundin eine Nachricht.

Hi Anni,
ich behalte das Zimmer. Du hattest recht. Ich komme nach meiner Reise wieder zurück. Melde mich später bei dir!
LG Bente

Erleichtert atmete sie durch und steckte das Telefon zurück in die Tasche, bevor sie einen Platz aufrückte. Mit der Änderung ihrer Pläne fühlte sie sich schlagartig besser. Sie würde Johannes anrufen, sobald sie eingecheckt hatte, um ihm die gute Nachricht mitzuteilen. Der Abstand zum Check-in-Schalter verringerte sich. Hin und wieder hörte sie von den anderen Wartenden Wortfetzen auf Deutsch. Sie freute sich auf ihre Familie, konnte aber schon im Geiste die enttäuschten Gesichter ihrer Eltern sehen, wenn sie ihnen eröffnete, dass sie nicht bleiben, sondern wieder zurück in die USA fliegen würde. Da spürte sie ein Tippen auf ihrer Schulter. Sie schreckte aus ihren Gedanken hoch und fuhr herum.

»Du?«, fragte sie und blickte ungläubig in Johannes' Gesicht, bevor sich auf ihrem Gesicht ein Lächeln ausbreitete.

»Ich.« Er zuckte mit den Schultern. »Dachte schon, ich finde dich nicht mehr.«

Sie griff nach seiner Hand. »Habe ich etwa was vergessen?«

»Nö. Aber ich hätte beinahe was vergessen.« Er blickte sich um. »Können wir woandershin gehen, um ungestört zu reden?«

Bente nickte stirnrunzelnd und schulterte ihre Reisetasche. »Sicher.«

Johannes nahm ihren Koffer und stöhnte. »Hast du da Steine drin?«

Sie zwinkerte ihm zu. »Nur meine sieben Sachen.«

»Deine sieben Sachen sind ziemlich schwer.« Er stellte den Koffer vor einer Glasfront ab.

Sie lächelte ihn an. »Es ist so schön, dass du da bist! Obwohl ich das ja eigentlich nicht wollte.«

»Du scheinst deine Meinung geändert zu haben.« Er grinste sie schief an.

»Allerdings. Ich muss dir unbedingt was sagen ...«

»Psst!« Er legte ihr einen Finger auf die Lippen. »Zuerst bin ich dran.«

»Okay. Gentleman first.«

»Ich habe mich nämlich geärgert«, begann er.

»Etwa über mich?« Sie legte ihre flache Hand auf ihren Brustkorb.

»Eher über mich.« Er senkte den Blick, suchte offenbar nach den passenden Worten. »Dass ich dich einfach so abreisen lasse und einer Fernbeziehung zugestimmt habe. Das würde doch niemals gut gehen. Ich weiß gar nicht, was ich mir dabei gedacht habe.«

»Oh!« Bente schluckte. Sie ahnte Böses.

»Ich war so ein Idiot.« Johannes griff in die Innentasche seiner olivgrünen Sommerjacke, dann ging er vor Bente auf die Knie. Die Zeit schien stillzustehen. In der Hand hielt er plötzlich ein kleines Schmuckkästchen, mit der anderen griff er nach ihrer. »Mir ist klar geworden, dass ich dich nicht einfach gehen lassen kann. Eine so tolle Frau wie dich habe ich in meinem ganzen Leben nicht getroffen und werde es vermutlich auch nie wieder tun. So etwas passiert nur einmal. Deswegen möchte ich dich bitten, bei mir zu bleiben.« Er öffnete das kleine Kästchen, und ein Ring mit einem türkisblauen Stein kam zum Vorschein. »Bente, möchtest du meine Frau werden?«

Einen Moment lang konnte sie ihn nur verdutzt ansehen. »Ich dachte schon, du wolltest mit mir Schluss machen«, gab sie dann mit zittriger Stimme zu.

Sein Mund verzog sich zu einem schiefen Grinsen. »Manchmal solltest du nicht denken.«

»Ja.«

»Ja?« Er kniete noch immer vor ihr und sah sie erwartungsvoll an. »War das jetzt die Antwort auf meine Frage oder Zustimmung zu meinem letzten Satz?«

Bente wusste gar nicht, wie ihr geschah. Aber mit einem Mal fühlte sie sich wie auf Wolken und so glücklich wie nie. »Beides! Ja, ich möchte deine Frau werden. Nichts lieber als das!«, rief sie emotional und nickte heftig.

»Da habe ich ja Glück gehabt.« Sichtlich erleichtert steckte er ihr umständlich den Ring an den Finger.

»Er ist wie für mich gemacht.« Bente bewunderte das Schmuckstück an ihrem Finger.

»Ich habe ihn ja auch für dich machen lassen«, gab Johannes mit einem verschmitzten Lächeln zu.

Überrascht sah sie ihn an. »Du hast das schon länger geplant?«

»Geplant ja, aber ich habe mich nie getraut, dich zu fragen.«

»Warum das?«

»Du hättest Nein sagen können. Und vorhin ist mir klar geworden, dass ich nun alles auf eine Karte setzen und dir unbedingt einen Antrag machen muss, bevor du zurück nach Deutschland fliegst.«

Dicht trat sie an ihn heran und küsste ihn. »Wie könnte ich jetzt noch nach Hause fliegen?«

»Aber deine Eltern warten doch auf dich«, widersprach er leise.

»Ich bin mir sicher, dass sie dafür Verständnis haben werden. Immerhin müssen wir unsere Verlobung feiern.« Als sie in seine meergrünen Augen schaute, hätte sie am liebsten vor Glück laut geschrien.

1. Kapitel

Es war mitten im Juli, und der Himmel strahlte so blau, als hätte Barthel Gilles ihn gemalt. Bente ging an den prachtvollen roten und orangebraunen Blüten einer Sonnenbrautstaude vorbei, in der es vor Bienen nur so wimmelte. Bei den Dahlien blieb sie stehen und stellte ihr Gepäck ab. Sie beugte sich zu einer der tellergroßen, milchkaffeefarbenen Blüten mit einem Hauch von Pink hinunter und atmete ihren intensiven Duft ein. Wie sehr sie dieses Aroma liebte. Viel zu lange hatte sie diesen Blumenduft nicht mehr gerochen.

Anschließend nahm Bente wieder ihren Koffer und ging zu dem kleinen Schwedenhäuschen, das sich am Ende des Gartens befand. Es hatte große Fenster und sogar eine kleine Terrasse. Dort war es im Sommer ein Traum, im Winter jedoch zu kalt, da es keine Heizung gab. Außerdem fehlten auch Bad und Küchenzeile. Aber als Schlafgelegenheit war es ideal.

Fröhlich stieß sie die Tür auf und stellte den Koffer neben einem Korbsessel ab. In dem Wohnraum sah alles so aus, wie sie es in Erinnerung hatte. Weiße Möbel, die große Patchworkdecke auf dem Bett, ein Bücherregal mit allerhand Schmökern, daneben hing eine Wandkarte mit Gartenvögeln. Ein Minitraum von Bullerbü.

Als sie jemanden ihren Namen rufen hörte, trat sie auf die Terrasse des Gartenhauses. »Ich bin hier!«

Ihr Vater kam in Malerkleidung und mit Zeitungshütchen auf dem Kopf zu ihr. »Bente! Endlich!« Er drückte sie fest an sich.

Erst als sie seine warmen Arme um sich spürte, wurde ihr richtig klar, wie sehr sie ihren Vater vermisst hatte. »Du hast mir so gefehlt, Papa!«

»Na, und du mir erst!« Er strahlte sie an, und um seine Augen bildeten sich unzählige Lachfältchen. »Die Mama hat mir gerade Bescheid gesagt, dass du da bist. Ich hätte dich auch vom Bahnhof abholen können. Oder aus Hamburg.«

»Ach, Papa.« Bente winkte ab. »Von Hamburg bis hierher ist es ja keine Weltreise.«

Ihr Vater nickte. »Hast du denn gleich ein Taxi bekommen?«

»Ich hatte sogar freie Auswahl zwischen zwei Taxen. Und vom Bahnhof bis hierher waren es keine fünf Minuten. Daran muss ich mich erst einmal wieder gewöhnen. In Los Angeles liegen die Orte viel weiter auseinander.«

»Da kann St. Peter-Ording nicht mithalten. Aber dafür haben wir den schöneren Strand und bestimmt auch leckerere Fischbrötchen.« Sie sah am Glanz seiner Augen, wie sehr er sich freute, sie zu sehen.

»Das amerikanische Essen werde ich jedenfalls nicht vermissen«, erwiderte Bente lachend.

Er machte eine Kopfbewegung zum Gartenhaus. »Meinst

du, du hältst es ein paar Tage in der Laube aus, solange im Haus noch Renovierungsstau herrscht?«

»Aber sicher. Mach dir deswegen keine Sorgen. Ich bin gerne in dem Häuschen.«

»Die kleine Wohnung müsste ich bald fertig haben. Ich streiche gerade dein Schlafzimmer. In Vanille, so wie früher.«

Bente blickte über seinen Kopf hinweg zu dem Schlafzimmerfenster des kleinen Appartements unter dem Dach. Hinter der Fensterscheibe glaubte sie die Umrisse einer Leiter zu erkennen. »Meine Rückkehr kam ja auch etwas spontan.«

»Etwas spontan trifft es ziemlich genau«, stimmte er ihr lachend zu. »Ich hätte dich vielleicht vorher nach der Wandfarbe fragen sollen.«

Lächelnd winkte sie ab. »Ich liebe Vanille. Das zarte Gelb erinnert mich immer an die Leuchtkraft der Frühlingssonne.«

»Dann bin ich beruhigt.« Ihr Vater drückte sie erneut an sich. »Schön, dass du wieder zu Hause bist, Kind!«

»Der Kuchen ist fertig!« Ihre Mutter winkte ihnen von der Terrasse mit einem Tortenheber in der Hand zu. Sie hatte bereits den Tisch gedeckt und auf die Gartenmöbel passende Polsterauflagen platziert. Ihr wadenlanges mintgrünes Sommerkleid mit der leichten Bolerojacke schmeichelte ihrer Figur. Die kinnlangen Haare hatte sie mit einer Warmluftbürste in Form gebracht.

Besser hätte es kein Friseur hinbekommen, das wusste Bente. Ihre Mutter hatte schon von jeher viel Wert auf ihr Äußeres und modische Kleidung gelegt, ohne dabei überkandidelt zu wirken. Dass sie früher den ganzen Tag in der Bäckerei gestanden hatte, hatte sie nie davon abgehalten, die Kunden perfekt gestylt zu bedienen. Bente bewunderte sie dafür.

»Wir kommen«, rief sie zurück und hakte sich bei ihrem Vater unter.

»Sechs Gedecke?«, wunderte sich Bente, als sie am Tisch angekommen waren. »Wer kommt denn noch?«

»Elly mit den Kindern«, antwortete ihre Mutter. »Sie hat sich extra Zeit freigeschaufelt, um deine Heimkehr gebührend zu feiern.«

»Oh, das ist prima. Elly habe ich so lange nicht mehr gesehen. Und die beiden Kleinen auch nicht. Nienke und Jelte würden wahrscheinlich gar nicht wissen, wer ich bin, wenn sie mich nicht öfters über Skype gesehen hätten.« Bente setzte sich an den Tisch und sah gleich darauf beschämt ihre Mutter an. »Oder soll ich dir noch bei etwas helfen?«

Lachend erwiderte diese: »Wenn du die Sahne schlagen könntest, könnte ich mich noch um den Feinschliff für den Kuchen kümmern.«

Schon folgte Bente ihrer Mutter in die Küche. »Was gibt es denn Leckeres?«

»Erdbeer-Quark-Kuchen.« Ihre Mutter zeigte auf eine Torte, die zum Auskühlen auf einem Rost stand. »Fehlen nur noch Puderzucker und eine Tortenplatte.«

»Muddi, du bist einfach die Beste!« Bente gab ihr einen Kuss auf die Wange. »Das ist mein absoluter Lieblingskuchen.«

»Das weiß ich doch.« Routiniert verteilte sie den Puder-zucker mit einem silbernen Streuer über den Kuchen. »Die Erdbeeren sind übrigens aus unserem Beet.«

»Das sind die besten!«

Ihre Mutter machte eine Kopfbewegung Richtung Fens-terbank. »In der Schale sind noch welche.«

Ohne zu zögern, griff Bente zu und steckte sich eine Frucht in den Mund. »Hm, was für ein Geschmack! Wie habe ich unsere Erdbeeren vermisst.«

»Im Garten sind jede Menge reif. In diesem Jahr sind es besonders viele. Die kannst du gerne alle ernten«, sagte ihre Mutter augenzwinkernd.

»Das werde ich. Und essen!« Bente öffnete einen Kü-chenschrank. Aus dem unteren Fach nahm sie eine Schüs-sel und ein Handrührgerät, die sie auf dem Küchentisch abstellte.

Ihre Mutter platzierte den Kuchen auf eine Tortenplatte und deckte ihn mit einer gläsernen Glocke ab. »Was ich noch sagen wollte …«

»Ja?« Bente holte eine Flasche Schlagsahne aus dem Kühlschrank.

»Also nicht, dass du denkst, ich wäre neugierig oder so. Und eigentlich geht es mich ja auch gar nichts an …« Sie lehnte sich an einen Küchenschrank.

»Ach, Muddi, du bist doch nicht neugierig.« Bente gab die Sahne in die Schüssel. Sie ahnte, worauf ihre Mutter hinauswollte. »Sag einfach, was du sagen möchtest.«

»Ich gebe zu, ich habe mich schon etwas gewundert, dass du wegen der Arbeit aus Amerika zurückgekommen bist. Ich meine, immerhin bist du verlobt. Dass Johannes in eine

Fernbeziehung eingewilligt hat … Das würde nicht jeder Mann mitmachen.«

»Tut er auch nicht.« Ohne mit der Wimper zu zucken, stellte sie das Rührgerät in die Schüssel.

»Ach, nein?« Ihre Mutter runzelte die Stirn.

Es war ja doch zwecklos, es länger für sich zu behalten. »Wir haben uns vor Kurzem getrennt«, rückte Bente mit der Sprache raus.

»Oh nein!« Ihre Mutter schlug erschrocken die Hände vor den Mund. »Das tut mir aber schrecklich leid!«

»Es hat eben nicht geklappt«, antwortete Bente vage und senkte den Blick. »Johannes ist durch die Bäckerei an L.A. gebunden, und ich habe im Laufe der Zeit gemerkt, dass ich nicht für ein dauerhaftes Leben in den USA geschaffen bin.«

»Hattest du etwa Heimweh?«

»Und wie!« Sie lächelte leicht.

Ihre Mutter nickte wissend. »Auf Dauer können wir Nordfriesen eben nicht ohne unsere Deiche, Leuchttürme, Schietwetter und Ebbe und Flut.«

Von draußen erklang das Geräusch eines Automotors. Bentes Mutter reckte den Hals und schaute aus dem Fenster. »Elly und die Kinder sind da!«

»Oh, prima!« Bente folgte ihrer Mutter aus der Küche, um ihre Schwester und die Kinder zu begrüßen. Insgeheim war sie froh, das Gespräch über Johannes jetzt nicht fortsetzen zu müssen. So kam sie um weitere Fragen zu ihrer gescheiterten Beziehung herum.

Nachdem sie einander ausgiebig begrüßt, den leckeren Kuchen gegessen und Wiedersehen gefeiert hatten, verließ Bente zusammen mit ihrer Schwester ihr Elternhaus im

Ortsteil Ording, um einen Spaziergang zu machen. Ellys Kinder waren bei ihren Eltern geblieben, die sichtlich ganz in ihrer Rolle als Oma und Opa aufgingen.

Auf dem Weg Richtung Strand brachte Elly sie auf den neusten Stand der Dinge, was Jelte und Nienke betraf. Ihr Sohn hatte die erste Klasse im Handumdrehen geschafft, und die kleine Nienke blühte im Kindergarten richtig auf. »Nienke hat sogar zwei beste Freundinnen.«

»Gleich zwei?«, fragte Bente nach und genoss es, wie ihr weiter bunter Rock um ihre Beine schwang. »Geht das überhaupt?« Bente hatte den Erzählungen ihrer Schwester mit einer gewissen Wehmut gelauscht, die sie sich aber nicht hatte anmerken lassen. Sie liebte ihren Neffen und ihre Nichte sehr. Wie sehr sie Kinder liebte, war ihr gerade in der letzten Zeit schmerzlich bewusst geworden.

»Oh ja!« Elly lachte. »Bei Nienke geht das. Sie könnte vermutlich auch drei oder vier beste Freundinnen haben. In ihrem Herz ist genügend Platz für mehr als eine beste Freundin.«

Sie liefen den *Drift* westlich entlang, bis sie auf die Straße *Am Deich* gelangten. Dort erhob sich vor ihnen majestätisch der bewachsene Seedamm.

»Los, lass uns raufgehen«, sagte Bente und lief schon mit großen Schritten hoch auf den Deich.

Zwei Fahrradfahrer fuhren an ihnen vorbei, auf einer Bank saß ein älteres Ehepaar, das das herrliche Wetter genoss. Hinter den Dünen leuchtete der Strand, und dahinter glitzerte das Meer in der Sonne. Bei dem Anblick wusste Bente wieder, dass sie einfach an diesen wundervollen Ort gehörte.

»Hm.« Bente schloss für einen kurzen Augenblick die Augen und atmete tief durch. »Ich kann das Meer schon riechen.« Sie legte eine Hand an die Stirn und beobachtete einen bunten Drachen, der in der Ferne lustig durch die Luft tanzte.

»Komm, lass uns zum Meer gehen«, schlug Bente vor. »Ein bisschen die Füße in die Brandung halten.«

»Au ja!«

Die Schwestern gingen über den Deich und bogen rechts auf den *Strandweg* ab. Der alte Holzbohlenweg führte durch Dünen und über den weißen Strand. Am Ende des Weges erhob sich ihr liebster Pfahlbau, dessen Holzstelzen aus Lärchenholz von der brandenden Nordsee umspült wurden. Gleich wurden Erinnerungen an längst vergangene Tage vor ihrem inneren Auge lebendig. Sie konnte sich und ihre Schwester im Spülsaum spielen sehen, erinnerte sich daran, wie sie über die Stelzen geklettert waren, und auch daran, dass sie dort ihre ersten Schwimmzüge getan hatte.

Elly strich sich eine goldblonde Strähne aus dem Gesicht und blinzelte zu Bente hinüber. »Pfahlbauten gab es in Los Angeles bestimmt nicht, oder?«

»Nicht solche wie diese hier. Aber Ording ist schon ein bisschen wie Kalifornien.« Sie zwinkerte ihr zu.

»Ach, hör auf!«

»Nein, wirklich! Johannes und ich haben uns häufig abends mit ein paar Getränken auf den Pier von Prismo Beach gesetzt. Dabei haben wir gespürt, wie der Pazifik unter uns um die Holzstelzen gebraust ist. Ein wahres Surferparadies übrigens. Und auf den Klippen haben sich Pelikane getummelt. Etwas südlicher vom Ort liegt eins der wenigen Dünengebiete der Region. Wenn Johannes mich gefragt hat, wie denn St. Peter-Ording so sei, dann habe ich immer gesagt, ein bisschen wie Prismo Beach, nur ohne Pelikane.«

Elly lachte auf. »Wer weiß, ob die Pelikane nicht doch noch kommen, wenn es sich in der Vogelwelt herumspricht, wie schön es an der Nordseeküste ist.«

Bente schüttelte den Kopf. »Das hält die Biologin in mir für ausgeschlossen.«

»Ein wenig wundere ich mich ja schon, dass du wieder da bist …«

»Das hat Muddi vorhin auch gesagt«, gab Bente stirnrunzelnd zu. Natürlich hätte sie damit rechnen müssen, dass ihre Schwester das Thema anschneiden würde. Trotzdem fühlte es sich nicht leicht an.

Aufmerksam sah Elly sie an. »Freddie hätte mich vermutlich nicht einfach auf einen anderen Kontinent ziehen lassen.«

»Ich habe mich schon immer mehr für Tiere und Pflanzen interessiert als für Brote und Kuchen. Du weißt, dass ich nie den Traum hatte, mein Leben zwischen Mehl und Hefe zu verbringen. Durch Johannes bin ich nach dem Studium dann eben doch wieder in einer Bäckerei gelandet. Zwar nicht in St. Peter-Ording, aber in Los Angeles.«

»Das hätte dir eigentlich zu denken geben sollen«, wandte Elly amüsiert ein und hielt das Gesicht genussvoll in die Sonnenstrahlen.

Bente blieb kurz vor dem Ende des Bohlenwegs stehen und schaute ihre Schwester an. »Hat es auch.«

»Wie jetzt?« Elly war ebenfalls stehen geblieben.

»Na ja.« Bente zuckte die Schultern und zog sich die Sneaker aus. »Johannes und ich haben uns getrennt.«

»Nein!« Elly schlüpfte aus ihren Sandalen.

»Doch.« Mit diesem Wort machte sie einen Schritt durch den warmen Sand, in dem sie knöcheltief versank. »Ich hatte Sehnsucht nach St. Peter-Ording. Du weißt ja selbst, dass man eine Bäckerei nicht mal eben über den Atlantik verlegen kann. Außerdem wollte ich endlich als Biologin arbeiten und lieber meine Zeit mit Küstenseeschwalben und Heringsmöwen verbringen.«

Elly fiel es nicht schwer, mit ihr Schritt zu halten. »Das hast du früher schon gerne gemacht. Zusammen mit Papa. Ich kann mich noch erinnern, dass er oft am Wochenende aus der Backstube gekommen ist, eine Tasse Kaffee getrunken hat und dann mit dir zum Vogelbeobachten losgezogen ist.«

»Während du lieber bei Muddi in der Bäckerei geblieben bist«, erinnerte sich Bente. »Wahrscheinlich wurde damals bei uns schon der Grundstein dafür gelegt, was wir später mal beruflich machen wollen.«

Erfreut sah sie ihre Schwester an. In diesem Moment war es wie früher, sie verstanden einander einfach.

»Ganz bestimmt sogar. Solange ich denken kann, wollte ich mal die Bäckerei übernehmen.«

»Und dann heiratest du auch noch einen Bäcker … wenn das nicht Schicksal ist.«

»Du warst ja auch knapp davor«, gab Elly zu bedenken.

Kurz ließ sie die Kälte des Wassers auf sich wirken, als sie am Spülsaum ankam, dann raffte sie ihren Rock und watete ins Meer, bis das Wasser ihr fast bin zu den Knien reichte. »Ist das herrlich!«

Elly war neben ihr angekommen und blickte zum Horizont. »Schau mal! Ein Fischkutter.«

»Wie habe ich das vermisst!« Bente spürte, wie sich ihr Herz bei dem Anblick des Schiffs öffnete und eine Woge von Glücksgefühlen hindurchströmte. Sie schloss die Augen, genoss den Wind, die Sonnenstrahlen und die Wellen um sich herum. »Nirgendwo ist es so schön wie zu Hause«, flüsterte sie.

»Manch einer muss erst in die weite Welt hinausgehen, um das festzustellen.« Elly legte ihr eine Hand auf die Schulter.

»Das stimmt.« Bente blickte zu dem Pfahlbau. »Ich bin ziemlich durstig. Wollen wir?«

»Ach, sag mal, hast du eigentlich keinen Jetlag? Du müsstest doch reif für die Koje sein, wegen der Zeitumstellung.«

»Oh, ich bin viel zu aufgekratzt, um müde zu sein. Wahrscheinlich bekomme ich auch heute Nacht kein Auge zu. Ich kann es noch gar nicht fassen, wieder zu Hause zu sein. Aber es fühlt sich richtig an. Und bald geht ja mein neuer Job los.«

Lächelnd legte ihre Schwester ihr einen Arm um die Schulter. »Ich wusste schon immer, dass du mal Zirkus- oder Zoo-Direktorin wirst.«

Bente lächelte. »Das ist es ja nicht ganz geworden.«

»Aber fast!« Elly machte eine wegwerfende Handbewegung. »Meine kleine Schwester wird Leiterin der Schutzstation in Westerhever. Ziemlich cool, wenn du mich fragst. Darauf sollten wir anstoßen.« Sie schaute ebenfalls zum Pfahlbau hoch. »Auf der Terrasse finden wir bestimmt noch ein schönes Plätzchen. Komm, ich lade dich zur Feier des Tages ein.«

»Einverstanden!« Bente nickte und ließ sich von Elly durch das Wasser Richtung Pfahlbau-Restaurant führen.

Am Abend schloss Bente die Fenster nicht ganz, sondern beließ sie in Kipp-Position. In warmen Sommernächten wie dieser liebte sie es, den Wind zu hören. Und manchmal konnte sie sogar das Meeresrauschen wahrnehmen.

Neben dem Bett hing ein kleiner Spiegel. Sie bürstete sich das blonde Haar, das durch die kalifornische Sonneneinstrahlung noch heller geworden war als ohnehin schon. Auf ihrer Nase hatten sich unzählige Sommersprossen gebildet, die sie schon als Kind jeden Sommer gezählt hatte.

Sie legte die Bürste auf eine Kommode und zog ihr Handy aus einer Tasche. Seit sie in St. Peter-Ording angekommen war, hatte sie keinen Blick mehr darauf geworfen. Viel versäumt hatte sie auch nicht. Das Display zeigte genau eine neue Nachricht an. Sie kam von Franka, mit der sie in Kindertagen durch dick und dünn gegangen war und die als Einzige wusste, was zwischen Johannes und ihr vorgefallen war.

Hey Bente!
Bist du gut in SPO angekommen? Gib mir mal ein Rauchzeichen, wenn du da bist. Wir müssen uns unbedingt bald treffen!
LG Franka

Bente lächelte. Auf das Wiedersehen mit Franka freute sie sich besonders. Sie beschloss, ihrer Freundin am nächsten

Tag zu antworten, weil es schon spät war und sie Franka nicht mehr stören wollte.

Das Handy legte sie auf dem kleinen Tisch neben ihrem Bett ab. Anschließend streifte sie ihre Badelatschen ab, löschte das Licht und schlüpfte in das frisch bezogene Bett, das nach dem Lieblingswaschmittel ihrer Mutter duftete.

Einen Moment lauschte sie in die Abendstille. Sie vernahm das leise Klingen von dem Windspiel, das über der Terrasse an einer Pergola vor dem Haus hing. Eine leichte Brise strich durch die Sträucher und wehte einen Hauch von Lavendel in das Gartenhäuschen hinein. Blätter raschelten, und irgendwo zirpten Grillen.

Wenn sie darüber nachdachte, war es einfach ein unfassbares Glück, dass sie den Job an der Schutzstation Wattenmeer in Westerhever bekommen hatte. Sie freute sich schon darauf, die Jugendlichen der Leuchtturm-WG begleiten zu dürfen, die dort entweder ihren Bundesfreiwilligendienst oder ein freiwilliges ökologisches Jahr absolvierten. Endlich würde sie wieder Küstenvögel beobachten, um Forschungen über die Entwicklung der Populationen zu betreiben. Und in Führungen würde sie Urlaubern die Schönheit des Nationalparks zeigen. Schon als Kind hatte sie von dieser Arbeit geträumt und jedes Mal ehrfürchtig den Worten der Wattführer gelauscht, wenn sie über Wattwürmer, Schlickkrebse oder flinke Garnelen berichtet hatten.

Lächelnd zog Bente die Bettdecke etwas höher und seufzte wohlig. Dabei atmete sie den vertrauten Geruch des Gartenhäuschens ein. Sogleich legte sich dieses Gefühl von einer besonderen Geborgenheit, die man nur zu Hause empfinden kann, wie eine kuschelige Decke um ihr Herz. Genau das brauchte sie so sehr. Denn in diesem Augenblick fühlte es sich wieder ganz an, als hätte es die Ereignisse in der Vergangenheit nie gegeben.

Obwohl sie sicher gewesen war, in dieser ersten Nacht zu Hause kein Auge zuzutun, spürte sie bald eine angenehme Schwere in den Gliedern. Bevor sie einschlief, umfing eine wohlige Ruhe sie und die Gewissheit, dass nun alles gut werden würde.

2. Kapitel

Bente fuhr aus dem Schaf hoch. Es war mitten in der Nacht. Die Dunkelheit wurde durch das künstliche Licht des Displays ihres Handys erhellt. Der Klingelton erschien ihr so laut, dass sie kurz befürchtete, er wäre bis zum Haus ihrer Eltern hörbar.

Hastig griff sie nach dem Telefon, auf dessen Bildschirm der Name ihrer Schwester angezeigt wurde, und nahm das Gespräch an. »Elly? Bist du das?«, fragte sie ein wenig atemlos.

»Ja, ich bin's. Ein Glück, dass du ans Telefon gegangen bist.« Elly klang aufgeregt.

»Ist was passiert?« Bente setzte sich kerzengerade im Bett auf.

»Es tut mir so leid, dass ich dich geweckt habe. Aber wir haben einen Notfall«, sagte Elly zerknirscht.

»Schon gut. Was ist denn passiert?«

»Seppe, unser Geselle, ist krank geworden. Und nun stehen wir da. Mama und Papa wollte ich nicht aus dem Schlaf klingeln, weil die Kinder doch heute bei ihnen schlafen und sie am Morgen mit beiden eine Fahrt nach Helgoland machen wollen. Da wäre es ein bisschen viel verlangt, wenn wir sie noch vorher zu Hilfe in die Backstube rufen würden – mit Nienke und Jelte im Schlepptau. Aber Freddie und ich schaffen es allein nicht. Die vorbestellten Brote und Brötchen für die Hotels backen und nebenbei auch noch das tägliche Sortiment für die Bäckerei vorzubereiten, das ist zu dritt schon sportlich. Zu zweit aber ein Ding der Unmöglichkeit ...«

»Mach dir keine Sorgen.« Da sie als kleines Kind bereits mit ihren Eltern in der Backstube gestanden und auch bei Johannes in Los Angeles öfter ausgeholfen hatte, war klar, dass sie für den kranken Bäcker einsprang. Bente war jetzt ohnehin hellwach. Während des Telefonats stand sie auf und zog eine Jeanshose aus ihrem noch gepackten Koffer. »Ich ziehe mir nur schnell was an und komme dann gleich mit dem Fahrrad zu euch, ja?«

»Ach, du bist ein Schatz!« Elly seufzte erleichtert auf. »Ich mache das auch wieder gut.«

»Quatsch! Dafür sind Schwestern schließlich da. Bis gleich, Elly!« Sie legte auf und griff nach dem erstbesten T-Shirt.

Wenig später rollte Bente ihr altes Fahrrad aus der Garage ihrer Eltern und fuhr die *Dreilanden* in südlicher Richtung entlang. Ihr Tag hatte früher als gedacht angefangen, doch das machte ihr nichts aus. Sie war munter und freute sich sogar darauf, die elterliche Backstube wiederzusehen, in der sie früher so viele Stunden zugebracht hatte.

Später hatten Elly und sie dort an den Wochenenden und in den Ferien mitgeholfen und ihr erstes Geld verdient. Bente musste bei der Erinnerung an die unbeschwerte Zeit lächeln. Vor einigen Jahren hatten Elly und ihr Mann die Bäckerei schließlich übernommen und führten sie seitdem in der althergebrachten Tradition der Familie Nahnsen fort.

Um die frühe Uhrzeit war kaum jemand unterwegs. Ein paar Hasen huschten über die Straßen, und vereinzelt erklangen Vogelstimmen. Über St. Peter-Ording lag eine samtige Dunkelheit, die nur von einem fahlen Mondlicht erhellt wurde.

Bente brauchte bloß eine knappe Viertelstunde bis zur Dorfstraße, auf der die Bäckerei Nahnsen lag. Das Rad stellte sie neben dem Eingang zur Backstube ab und öffnete die Tür.

Sogleich stieg ihr der vertraute Geruch von frisch gebackenem Brot in die Nase. Dieser Duft fühlte sich wie eine Reise in die Vergangenheit an. Bente spürte, wie ein heimeliges Gefühl in ihr aufkam. Sie nahm eine Latzschürze vom Haken und band sich das Haar zusammen. Obwohl nur ihre Schwester und ihr Mann in der Backstube waren, herrschte geschäftiges Treiben. Die beiden waren ein eingespieltes Team, bei dem jeder Handgriff saß, das erkannte Bente sofort. Sie ging zu ihnen und begrüßte zunächst Freddie, den sie seit ihrer Ankunft noch nicht gesehen hatte.

»Du bist unsere Rettung!«, sagte er, während er Brötchen formte.

»Ach, schon gut!«, winkte Bente ab. »Was soll ich tun?«

»Weißt du noch, wie das Dinkelbrot geht?«, fragte Elly.

»Natürlich! Dinkelbrot mit Ringelblumenmehl. Wie könnte ich das vergessen?«

»Prima! Davon brauchen wir 12 Stück. Wo du alles findest, weißt du ja.«

Ohne zu zögern, machte Bente sich ans Werk, und bald waren ihre Hände und Unterarme mit Mehl bedeckt. An der Wand hing eine Liste mit Bestellungen für den Tag.

»Dass ihr nur einen Gesellen habt, ist für mich unbegreiflich«, meinte sie nach einer Weile zu ihrer Schwester.

»Wem sagst du das? Genug Arbeit hätten wir sogar für zwei Angestellte. Aber bisher haben wir noch keinen geeigneten Bewerber für die Backstube gefunden. Es ist schon schwierig genug, für den Verkauf passendes Personal zu bekommen. Die Hoffnung auf einen Bäcker habe ich fast schon aufgegeben.«

»Wer weiß. Vielleicht bewirbt sich doch noch jemand auf die Stelle«, erwiderte Bente gut gelaunt. Es fühlte sich herrlich normal und richtig an, hier mit ihrer Schwester und Freddie zu sein, Teig zu kneten und zu wissen, wo alles seinen Platz hatte. Es war fast so, als wäre sie nie weg gewesen.

Elly holte mit einem Holzschieber Brote aus dem Ofen. »Ich habe trotzdem ein schlechtes Gewissen, weil ich dich um deinen Schlaf gebracht habe.«

Sie winkte ab. »Halb so wild. Ich bin überhaupt nicht müde.«

»Nicht dass du an deinem ersten Arbeitstag einschläfst, weil du dich vorher nicht genügend ausgeruht hast«, gab Elly zu bedenken.

»In Westerhever fange ich erst morgen an. Bis dahin ist noch genügend Zeit zum Ausruhen.« Sie zwinkerte ihrer Schwester zu. »Aber jetzt lege ich einen Zacken zu.«

Nachdem sie alle Brote und Brötchen pünktlich fertig gebacken hatten, begann Freddie mit dem Putzen der Backstube. Bente hängte die Schürze zurück an den Haken und half Elly, die Bestellungen für die Hotels und Pensionen zusammenzupacken. Danach legten sie die Brote und Brötchen in die Auslagen im Ladengeschäft.

»Jetzt fehlt nur noch eine Brötchen- und Brottüte für unsere Eltern und die Kinder«, verkündete Elly.

»Das ist eine sehr gute Idee!«, stimmte Bente ihr zu.

Elly nahm eine große Papiertüte und füllte sie mit süßen Hörnchen, Franzbrötchen und verschiedenen Brötchen. »Hast du noch einen besonderen Wunsch?«

»Ja, ein Dinkelbrot, bitte. Beim Backen habe ich erst gemerkt, wie sehr mir das in all den Jahren gefehlt hat. Obwohl Johannes auch eine gute Auswahl in seiner Bäckerei hatte, aber das war alles mit bayerischem Einschlag. Ich glaube, Brezen habe ich für mein ganzes Leben genug gegessen.«

»Sind keine drin. Versprochen.« Elly drückte ihr eine Jutetasche in die Hand. Anschließend öffnete sie die Ladentür, vor der schon ein paar Kunden warteten. »Viele Grüße! Und lasst es euch schmecken!«

»Werden wir!« Bente winkte ihr zum Abschied zu und schwang sich dann aufs Rad. Inzwischen war die Sonne aufgegangen. Alles deutete darauf hin, dass es ein weiterer herrlicher Sommertag werden würde. Bente lächelte und atmete tief ein, bevor sie gemächlich nach Hause fuhr.

Es war still im Haus. Ihre Eltern und die Kinder schliefen offenbar noch. Deshalb ging Bente leise in die Küche, schloss die Tür hinter sich und legte den Jutebeutel mit den Backwaren auf den Tisch. Sie schaltete das Radio ein und drehte die Lautstärke runter. Es lief erwartungsgemäß das Programm von Radio Schleswig-Holstein, dem Lieblingssender ihrer Eltern. Die Moderatorin verkündete Bilderbuch-Sommerwetter von Büsum bis Sylt. Bente warf einen Blick aus dem Fenster und nickte.

Aus dem Kühlschrank nahm sie ein Marmeladenglas und warf einen Blick auf das Etikett: Marillen-Mohn-Marmelade. Eine Familienspezialität, die früher schon ihre Oma zubereitet hatte. Mit etwas Kraftanstrengung schraubte sie den Deckel auf und hielt die Nase über den zuckrigen Brotaufstrich. Sie schloss die Augen und lächelte. Die Marmelade duftete herrlich.

Aus einer Schublade nahm sie einen Teelöffel und probierte eine Messerspitze Brotaufstrich. Genüsslich leckte sie sich die Lippen. So schmeckte zu Hause.

Leise vor sich hin summend kochte sie Kaffee, schnitt das frisch gebackene Dinkelbrot auf und legte es zu den anderen Backwaren in ein Brotkörbchen. Sie freute sich auf das gemeinsame Frühstück mit ihrer Familie auf der Terrasse und nahm sich vor, diese Tradition künftig mehr zu pflegen. Durch die Jahre in den USA und die große Distanz zu Deutschland hatte sie erkannt, wie sehr sie an ihrer Familie hing.

Just als ihr der Gedanke gekommen war, spielte der Radiosender *California Dreamin'* von *The Mamas and the Papas*. Bente hielt inne, und ein kleiner Stich zuckte in ihrem Herz. Johannes. Seit ihrer Abreise hatte sie nichts mehr von ihm gehört. So hätte es nicht zwischen ihnen enden sollen. Nicht nach ihrer gemeinsamen Zeit, die bis zu dem besagten Tag X wunderschön gewesen war. Aber das Schicksal hatte sie herausgefordert, und sie hatten kapituliert. Sie waren ihrer Aufgabe einfach nicht gewachsen gewesen, obwohl Bente einmal davon überzeugt gewesen war, dass sie zusammen mit Johannes alles im Leben schaffen konnte. Eine tiefe Traurigkeit, die sie schon beinah vergessen geglaubt hatte, überkam sie.

Da hörte sie, wie hinter ihr die Türklinke heruntergedrückt wurde. »Bente?«

Verstohlen wischte sie sich eine Träne aus dem Augenwinkel und drehte sich um. Ihre Mutter stand im geblümten Bademantel und Hausschuhen in der Küche. »Bist du aus dem Bett gefallen?«

»Moin, Muddi!« Sie ging zu ihr und küsste sie auf die Wange. »So könnte man es sagen. Der Geselle ist krank geworden, und da bin ich spontan in der Backstube eingesprungen.«

»Das hätten auch Papa und ich machen können«, protestierte ihre Mutter.

»Ihr habt heute Ausflugspläne mit euren Enkeln«, erinnerte Bente sie.

»Na und?« Ihre Mutter nahm Teller aus einem Schrank. »Nach deiner langen Reise, und dann noch die Zeitumstellung …« Sie schüttelte den Kopf. »Du musst ja kaputt wie ein Hund sein.«

»I wo! Ich bin munter und freue mich auf deine selbst gemachte Marmelade und Franzbrötchen.«

»Na gut. Dann helfe ich dir aber bei der Frühstücksvorbereitung.«

»Einverstanden.« Bente lächelte.

»Papa ist übrigens froh, dass du wieder da bist. Der Gedanke, du hättest in Amerika bleiben können, hat ihm schwer im Magen gelegen. Und mir auch.« Ernst sah ihre Mutter sie an.

Spontan ging Bente auf sie zu und legte einen Arm um ihre Mutter. »Jetzt bin ich ja wieder da. Und so schnell werdet ihr mich auch nicht mehr los.«

Ihre Mutter hob einen Zeigefinger. »Ich nehme dich beim Wort.«

Just in dem Moment erklangen Schritte auf der Holztreppe, und kurz darauf stürmten Nienke und Jelte, noch im Schlafanzug, in die Küche. Dicht gefolgt von Bentes Vater, der wie jeden Morgen einen munteren Eindruck machte.

»Achtung, Überfall der Wattwürmer!«, rief er gut gelaunt und gab ihrer Mutter einen Kuss.

Die Kinder umschlangen Bentes Hüften mit ihren Ärmchen und drückten sie kräftig. »Na, ihr zwei! Habt ihr ausgeschlafen?«

»Ja!«, rief Nienke und reckte ihre Arme in die Luft.

»Und jetzt haben wir Hunger«, pflichtete Jelte seiner Schwester bei und öffnete entschlossen eine Schranktür, hinter der sich ein Paket mit Kakaopulver befand.

»Dann lasst uns das Frühstück vorbereiten.«

Bente lächelte. Wie schön es doch ist, eine große Familie zu haben, dachte sie wehmütig.

3. Kapitel

Direkt nach dem Frühstück waren ihre Eltern mit Jelte und Nienke nach Büsum aufgebrochen, von wo aus die Fähren nach Helgoland starteten. Bente hatte das benutzte Geschirr in die Spülmaschine gestellt und war danach duschen gegangen. Das warme Wasser hatte ihr und ihren Muskeln gutgetan. Denn die Arbeit in der Backstube hatte etwas von Sport. Machte man es nicht regelmäßig, meldeten sich früher oder später die Glieder.

Anschließend ging sie durch den Garten zu dem kleinen Gästehaus. Ihr Haar hatte sie bloß mit einem Handtuch halbherzig ausgedrückt. Bei dem herrlichen Sommerwetter konnte es gut an der warmen Luft trocknen. Gelassen schloss sie die Tür zum Gartenhäuschen auf, ging zu ihrem Koffer und begann, ihn auszupacken. Sie wollte eine kurze Jeans und eine luftige Bluse anziehen. Die Bluse war durch den Transport ziemlich verknittert, deswegen entschied sie sich für ein halbwegs faltenfreies Oberteil mit kurzem Arm. Sie überlegte, ob sie noch einmal alles bügeln sollte, bevor sie ihren neuen Job antrat. Schließlich würde sie die Vorgesetzte der jungen Leute sein. Und erwarteten die nicht ein halbwegs ordentliches Auftreten von ihr?

Die restliche Kleidung hängte sie auf Bügel und in den kleinen Eichenschrank in der Ecke. Auf dem kleinen Tischchen neben dem Bett klingelte mit einem Mal ihr Handy. Das ist bestimmt Franka, vermutete Bente. Sie hätte ihrer Freundin längst geantwortet, wenn Ellys Hilferuf nicht dazwischengekommen wäre. Vorfreudig griff sie zum Telefon und setzte sich aufs Bett. Auf dem Display wurde eine Festnetznummer aus St. Peter-Ording angezeigt, die sie spontan nicht zuordnen konnte.

»Bente Nahnsen?«, meldete sie sich schließlich.

»Moin! Hier ist Eike Christians von der Schutzstation Wattenmeer. Ich habe gehört, du verstärkst uns ab morgen.«

Bente konnte ihn förmlich durch das Telefon grinsen hören. »Moin, Eike! Ja, wem ich das wohl zu verdanken habe?«

Sie kannte Eike seit Jahren. Ihre Eltern waren scheinbar schon ewig mit seinen befreundet, und als Kinder hatten sie allerhand Schabernack ausgeheckt. Eike war ein paar Jahre älter als sie und früher ihr heimlicher Held gewesen, zu dem sie als junges Mädchen aufgeschaut hatte. Im Grunde genommen hatte sie es tatsächlich ihm zu verdanken, dass sie die Stelle als Leiterin in Westerhever bekommen hatte. Daran bestand kein Zweifel. Er hatte sich darum gekümmert, dass ihre Bewerbung bei dem Entscheider auf dem Tisch gelandet war, hatte eine Empfehlung für sie ausgesprochen und sogar das Vorstellungsgespräch über Skype arrangiert. Danach hatte Bente direkt die Zusage erhalten.

»Das war doch purer Eigennutz. Was meinst du, was ich froh bin, dass ich mich morgen nicht mehr vierteln muss, um alle Aufgaben bewältigen zu können! Die Besetzung der Stelle in Westerhever war längst überfällig. Du bist sozusagen meine Rettung.«

Bente lachte. »Das habe ich heute schon mal gehört.«

»Oha! Du … Weswegen ich anrufe: Dein E-Auto steht auf dem Parkplatz vor dem Nationalpark-Haus und wartet auf dich.«

»Cool! Ich hatte noch nie einen Geschäftswagen.«

»Dann wird es Zeit. Frag einfach nach Maira. Sie hat die Schlüssel. Ich muss leider schon wieder los.« Eike seufzte.

»Ab morgen bin ich ja da.«

Er seufzte schwer. »Ich kann es wirklich kaum erwarten.«

»Eike?«

»Ja?«

»Danke noch mal. Für alles. Du hast mich auch gerettet.«

»Da nicht für.« Im Hintergrund wurde Eikes Name gerufen. »Sorry, aber ich muss jetzt leider auflegen. Du weißt ja soweit Bescheid, ne?«

Bente verabschiedete sich und blieb einen Moment sitzen. Sie wollte schon eine Nachricht an Franka tippen, entschied sich jedoch dagegen. Denn ihr kam eine viel bessere Idee. Da sie eh zum Nationalpark-Haus musste, um das Auto abzuholen, konnte sie ihre Freundin auch gleich auf der Arbeit überraschen. Die kleine *Apotheke am Wattenmeer*, in der Franka arbeitete, lag bloß einen Katzensprung vom Nationalpark-Haus entfernt. Bente lächelte. Was Franka wohl für Augen machen würde, wenn sie plötzlich vor ihr stand.

Wenig später schlenderte sie zu Fuß in den Ortsteil Bad. Das Fahrrad hatte sie in der Garage ihrer Eltern stehen lassen. Sie wusste zwar nicht, wie groß der Wagen war, den sie beruflich für die Schutzstation Wattenmeer nutzen durfte, aber was würde sie mit dem Rad machen, wenn es nicht hineinpasste? Darüber hinaus lud das wunderbare Sommerwetter einfach zu einem ausgiebigen Streifzug durch St. Peter-Ording ein. So konnte sie in Ruhe schauen, was sich in ihrer Abwesenheit verändert hatte, und das Gefühl voll auskosten, endlich wieder zu Hause zu sein. Als sie am Tag zuvor mit Elly spazieren gegangen war, hatte sie schon mal nicht viele Veränderungen im Ort festgestellt.

Wieder flanierte sie zum Strand und blieb dort einen Moment, um die Sonne und den Sommerwind zu genießen. Obwohl reger Betrieb auf der Sandbank herrschte, verlief sich der Trubel. Wie immer, denn der Strand war einzigartig weit.

Sie ging am Jachthafen vorbei und schlug den Weg in den Kiefernwald ein, der gleich hinter dem Strand begann. Nach einem längeren Spaziergang erreichte sie die Aussichtsplattform *Maleens* Knoll, die auf einer hohen Düne lag. Behende erklomm Bente die hölzernen Treppenstufen. Von der Plattform genoss sie wie früher die atemberaubende Aussicht über die Dünenlandschaft bis hin zur Seebrücke von St. Peter-Bad. Wie sehr hatte sie diese Weite vermisst – und den Nordseewind in den Haaren! Ihr war, als könnte sie zum ersten Mal seit langer Zeit wieder richtig durchatmen. Los Angeles war im Vergleich zu St. Peter-Ording wie ein Ameisenhaufen. Alles war mindestens eine Nummer zu groß gewesen, und es wuselten viel zu viele

Menschen in der Stadt herum, dass sie es regelrecht genossen hatte, wenn sie ihr Appartement mal für einen Tag nicht hatte verlassen müssen.

Ihr wurde immer klarer, dass sie in der Stadt der Engel nie wirklich glücklich geworden wäre. Selbst dann nicht, wenn die Dinge mit Johannes anders gelaufen wären.

Nachdenklich setzte sie ihren Weg fort.

Im Nationalpark-Haus lehnte eine junge Frau hinter dem Tresen und tippte auf einer Computertastatur herum. Sie trug das typische marineblaue T-Shirt mit dem Emblem der Schutzstation Wattenmeer. Bente ging lächelnd auf sie zu und sprach sie direkt an.

»Moin! Ich bin Bente Nahnsen. Eike sagte, dass ich bei Maira die Schlüssel für ein E-Auto abholen soll.«

»Das bin ich. Freut mich, Sie kennenzulernen.« Sie zog eine Schublade auf und entnahm daraus ein Schlüsselbund. »Ich begleite Sie zum Auto.«

»Danke.« Bente amüsierte sich darüber, dass Maira sie siezte, wollte die junge Frau jedoch nicht verwirren und verzichtete deshalb darauf, ihr das Du anzubieten. Sie folgte Maira auf den Parkplatz bis zu einem Elekto-Kleinwagen.

»Oh, der ist ja niedlich!«, rief Bente und berührte die silberne Karosserie.

»Klein, aber fein.« Maira übergab ihr den Schlüsselbund. »In der Spitze schafft der Kleine 45 Kilometer. Bergab ist er sogar noch schneller.«

Bente schloss das Auto auf. »Zwei Sitze. Es ist wirklich gut, dass ich nicht mit dem Fahrrad gekommen bin. Das hätte hier nicht reingepasst.«

Maira zog die Nase kraus. »Höchstens ein Klapprad.«

»Kann das Auto noch einen Moment hier stehen bleiben? Ich würde gerne noch etwas erledigen, bevor ich meine Jungfernfahrt in dem Gefährt starte.«

Lächelnd faltete Maira die Hände vor dem Bauch. »Kein Problem. Er ist aufgeladen und startklar. Hat mich gefreut, dass wir uns kennengelernt haben.«

»Mich auch. Wir werden uns bestimmt noch öfters über den Weg laufen.«

»Na, klar! Dann bis demnächst und gute Fahrt.« Maira ging zurück zum Nationalpark-Haus.

Bei Schäfchenwolken am Himmel und sommerlauem Wind ging Bente über den Parkplatz und schlenderte an der Dünen-Therme und einigen kleinen Restaurants vorbei, vor denen die Leute an hohen Tischen saßen und Fischspezialitäten oder italienische Gerichte genossen.

Vor dem Schaufenster der Buchhandlung *Tewes* blieb sie stehen und betrachtete die ausgestellten Romane und Sachbücher. Es war sehr lange her, dass sie ihr letztes deutsches Buch gelesen hatte. Zwar hatte es in Los Angeles zwei Geschäfte gegeben, die auch deutsche Lektüre verkauften, aber irgendwie hatte es sie nie dorthin verschlagen. Spontan betrat Bente den Laden und kaufte einen Roman, der in St. Peter-Ording spielte. Sie nahm sich vor, am Abend ein Kapitel zu lesen, dann konnte sie sicher gut entspannen und in den Schlaf finden. Das war schon während ihrer Schulzeit so gewesen.

Bente schaute nach links und rechts und überquerte die Straße. Die kleine *Apotheke am Wattenmeer* lag nur einen

Steinwurf von der Buchhandlung entfernt, wie ihr Vater gesagt hätte. Neben dem Eingang standen bepflanzte Blumenkübel und eine orange-gelbe *Voltaren*-Bank.

Bente verharrte kurz vor der Apotheke und lugte in den Verkaufsraum. Eine Familie mit zwei Kindern und ein älteres Ehepaar wurden gerade bedient. Dann machte sie ihre Freundin bei den Senioren aus. Und Bente spürte, wie ihr Herz einen freudigen Hüpfer tat. Franka hielt einen Beipackzettel in der Hand und schien ihren Kunden etwas zu erklären. Sie sah gut in dem weißen Apothekerkittel aus. Ihr braunes Haar war länger geworden, und sie trug eine größere Brille als noch vor Monaten. Bente wartete geduldig, bis das Ehepaar die Apotheke verlassen hatte. Dann erst betrat sie den Verkaufsraum.

Ihre Freundin stand mit dem Rücken zu ihr und ordnete ein paar Medikamente im Regal.

Bente stellte sich an den Verkaufstresen. »Moin! Ich hätte gerne eine Sonnencreme mit Lichtschutzfaktor 50«, sagte sie herausfordernd.

Franka schwang sofort herum, und ihre Augen weiteten sich. »Bente!« Sie ging um den Tresen herum und fiel ihr um den Hals. »Was für eine Überraschung! Mensch, ich kann es gar nicht glauben, dass du wirklich wieder da bist!«

»Ich kann es auch noch nicht ganz fassen.«

Franka löste sich aus der Umarmung. »Ich hatte dir eine Nachricht geschrieben, und als ich keine Antwort bekommen habe, hatte ich schon geglaubt, du bist doch nicht in den Flieger gestiegen.«

Bente verzog den Mund. »Du meinst, wie damals.«

Franka wiegte den Kopf. »Irgendwie musste ich daran denken.«

»Diese Gefahr hat dieses Mal nicht bestanden.«

Franka schaute sie ernst an und runzelte die Stirn. »Wie geht es dir denn?«, fragte sie dann leiser.

Sofort wallte die tiefe Trauer in ihr auf, die sie bis jetzt so gut im Griff gehabt hatte. Bente schluckte schwer. »Besser als in Los Angeles«, sagte sie und lächelte tapfer. »Jetzt, wo ich wieder zu Hause bin, ist es erträglicher.«

»Hast du es deiner Familie erzählt?«

Sie schüttelte den Kopf. »Dazu bin ich noch nicht bereit. Das hätte die ganze Wiedersehensfreude getrübt und mir im Endeffekt nicht gutgetan. Im Moment möchte ich positive Gefühle in meinem Leben, damit ich merke, dass es trotz allem weitergeht.« Sie zuckte mit den Schultern. »Ich werde es ihnen sagen. Irgendwann. Wenn der richtige Zeitpunkt da ist und ich dafür bereit bin.«

Franka lächelte ihr aufmunternd zu. »Nimm dir die Zeit, die du brauchst.«

Bente nickte. »Das mache ich.«

»So, und dann … Wolltest du nicht Sonnencreme kaufen?«, lenkte Franka das Gespräch auf ein anderes Thema.

Lachend nickte sie. »Genau. Mit Lichtschutzfaktor 50.«

»Da habe ich eine gute Creme für dich.« Sie nahm eine Packung aus dem Regal und legte sie vor Bente auf den Tresen. »Sogar wasserfest.«

»Prima. Die nehme ich.«

Franka kassierte und packte die Creme in eine Papiertüte. »Ich lege dir noch zwei Pakete Taschentücher und einen Lippenpflegestift dazu. Ist auch bio.«

»Danke.« Bente nahm die Tüte entgegen. »Den Fettstift kann ich gut gebrauchen.«

Das kleine Türglöckchen läutete, und drei Kunden betraten die Apotheke, um sich hinter Bente anzustellen.

»Tut mir leid, Bente, aber ich fürchte, ich muss weiterarbeiten.« Franka schaute über Bentes Schulter zu den Kunden, bevor sie ihr fest in die Augen sah. »Lass uns doch bald mal zusammen essen gehen. Dann können wir ausgiebig quatschen.«

»Das machen wir. Ich schicke dir eine Nachricht, sobald ich meinen neuen Arbeitsplan habe.«

»Ich drücke dir für deinen ersten Tag in Westerhever die Daumen.« Franka hob besagte Finger. »Es ist so schön, dass du wieder da bist!«

Als Bente die Apotheke verließ und auf den Gehsteig trat, blieb sie stehen und nahm den Fettstift aus der Papiertüte. Sie verteilte etwas von der Pflege auf ihren Lippen. Der Balsam schmeckte nach einem Hauch von Honig.

Unschlüssig blickte sie nach rechts, wo sich der Parkplatz und das Nationalpark-Haus befanden. Das Wiedersehen mit Franka hatte sie beflügelt und in ihr das Gefühl bestärkt, wieder am richtigen Platz auf der Welt angekommen zu sein. Davon wollte sie mehr haben.

Spontan änderte sie ihre Pläne und ging *Im Bad* links entlang, vorbei an Schuh- und Textilgeschäften sowie einigen Restaurants und dem Kino *Nordlicht*. Ein kurzes Stück dahinter machte sie halt. Eine Treppe führte auf eine Terrasse, auf der Tische mit Sonnenschirmen für Gäste bereitstanden. Dahinter lag das *Jarnos* – das vermutlich kleinste Café von St. Peter-Ording. Auf bloß zirka zehn Quadratmetern betrieb Jarno sein Mini-Café. Schon zu Schulzeiten war er ein guter Freund von Bente gewesen. Franka hingegen schwärmte seit ihrer Jugend heimlich für ihn. Bloß Jarno hatte davon wohl bis heute nichts bemerkt. Die Geschichte amüsierte Bente immer wieder. Denn hätte Jarno eine Ahnung von Frankas wahren Gefühlen, könnte er wohl niemals mit Karen zusammen sein, die seit der Abschlussklassenfahrt seine Freundin war. Und Karen fiel eher wegen ihres affektierten Benehmens auf als durch einen freundlichen Charakter. An dem Sprichwort *Wo die Liebe hinfällt, wächst kein Gras mehr* schien viel Wahres dran zu sein.

Trotz der begrenzten Räumlichkeit war das *Jarnos* bei Touristen und Einheimischen gleichermaßen beliebt. Das besondere Angebot aus Bio-Produkten und gesundem Essen, gepaart mit selbst gemachten Torten, besonderen Tee- und Kaffeesorten, machte das Café zu einem wahren Publikumsmagneten. Deswegen wunderte sich Bente kaum, dass die Leute bis auf die Terrasse anstanden, um wenigstens eine Leckerei zum Mitnehmen zu erstehen.

Durch ihren langen Fußmarsch war sie durstig und sehnte sich nach einem Kaltgetränk. Geduldig reihte sie sich in die Warteschlange ein und spähte seitlich in das Ladeninnere. Wie sie erwartet hatte, stand Jarno selbst hinter der Theke und bediente. Er wurde von zwei jungen Frauen unterstützt, vermutlich Saisonkräfte.

Langsam kam sie dem Verkaufstisch näher.

Jarno gab an den Mann vor ihr eine frisch gebackene Waffel mit Puderzucker und einer Kugel Vanilleeis aus.

»Stimmt so.« Der Kunde legte das Geld auf den Tresen und verließ mit der Waffel das Café.

Bente rückte vor, während Jarno das Geld in die Kasse legte. Als er aufblickte, schaute er sie zunächst ungläubig an, doch dann breitete sich ein Lächeln auf seinem Gesicht aus. »Da hol mich doch der Teufel! Wenn das nicht Miss Kalifornien ist.«

»Jetzt eher Miss SPO«, antwortete Bente.

Jarno gab einer der Frauen ein Zeichen, dass sie für ihn übernehmen sollte. Er wischte sich die Hände an einem Tuch ab und kam zu Bente. Sie stellten sich seitlich der Ladentheke hin. »Ich wollte den Gerüchten nicht so wirklich glauben«, gab Jarno zu und drückte sie kurz an sich. »Seit wann bist du da?«

»Seit gestern.«

»Ach, seit gestern erst!« Er griff nach einer Karte. »Möchtest du was trinken? Geht auf mich.«

»Oh, ja. Meine Kehle ist staubtrocken.« Sie warf einen Blick auf die Getränkeliste. »Die Bio-Zitronenlimonade klingt gut.«

»Mach ich dir sofort fertig. Geh ruhig auf die Terrasse, ich komme dann gleich nach.« Er drückte kurz ihre Schulter.

»Okay.« Bente verließ den kleinen Laden. Draußen waren alle Sitzgelegenheiten belegt. Deswegen wartete sie seitlich des Eingangs auf Jarno.

Wenig später kam er mit zwei Gläsern in der Hand auf sie zu. »Hoffentlich schmeckt dir die Limo. Ist selbst gemacht.«

Bente nippte an dem Getränk. »Köstlich! Genau das Richtige für so einen Sommertag.«

»Danke.« Jarno trank ebenfalls einen Schluck. »Wie lange bleibst du in St. Peter?«

»Bis jetzt habe ich keine Pläne, SPO zu verlassen.«

»Ich verstehe.« Seine Miene hellte sich merklich auf. »Und nun bist du auf der Suche nach einem Job und dachtest, du fragst mal bei mir im Café nach. Von mir aus kannst du sofort anfangen. Mir fehlt noch eine gute Kraft im Service.«

»Nein, nein.« Bente winkte lachend ab. »Ich wollte dich nur besuchen. Ohne Hintergedanken. Morgen fange ich meine Arbeit bei der Schutzstation Wattenmeer in Westerhever an.«

Jarno zog seine Augenbrauen hoch. »Wow! Das klingt nach einem coolen Job.«

»In der Natur zu arbeiten, das ist immer toll. Aber frag doch mal Karen, ob sie nicht mithilft. Oder seid ihr nicht mehr zusammen?«

»Doch, sind wir. Aber du kennst ja Karen.« Er zuckte die Achseln. »In der Gastro arbeiten ist nix für sie.«

»Was macht sie eigentlich?«

»Ferienhäuser und Wohnungen vermieten. In der Firma ihrer Eltern.«

»Das bietet sich ja für sie an.«

»Eben.« Er trat einen Schritt zurück, um zwei Teenager vorbeizulassen. »Hast du noch wen getroffen?«

»Franka. Vorhin in der Apotheke. Deswegen bin ich auch gleich bei dir vorbeigekommen.«

»Wir müssen uns mal alle wiedersehen«, sagte Jarno unvermittelt. »Es ist doch Urzeiten her, dass wir das zuletzt gemacht haben. Man nimmt sich das immer vor, und zack ist wieder ein halbes Jahr rum.«

Bente nickte zustimmend. »Oder jemand hat sich in der Zwischenzeit ans andere Ende der Welt verkrümelt.«

Jarno leerte sein Glas. »Bevor das wieder passiert, sollten wir es mit einem Treffen hinbekommen. Ich stelle gerne mein Café dafür zur Verfügung.«

»Das klingt gut.« Aus ihrer Umhängetasche erklang der Klingelton ihres Handys. »Oh!« Sie kramte in der Tasche.

»Geh ruhig dran. Drinnen werde ich bestimmt schon vermisst. Das Glas kannst du einfach hier draußen irgendwo hinstellen, wenn es leer ist.«

»Alles klar. Bis bald!«

»Schön, dass du gekommen bist.« Er lächelte ihr zu und verschwand wieder im *Jarnos*.

Bente nahm den Anruf entgegen. »Mama?«

»Nee, hier ist Papa. Deine Mutter macht mit Nienke und Jelte Fotos vor den Hummerbuden.«

»Ja, schön. Dann gibt es nachher ja was zum Gucken.«

»Deine Mutter hat mich beauftragt zu fragen, ob du Zeit hast, auf dem Wochenmarkt einzukaufen? Gleich ist es Viertel vor elf. Eine gute Stunde hat er noch auf.«

»Klar, wieso nicht? Ich muss eh den E-Wagen noch am Nationalpark-Haus abholen. Dann kann ich gleich eine Probefahrt ins Dorf machen.«

4. Kapitel

Ein wenig gewöhnungsbedürftig war das Elektroauto beim Fahren schon. Der Zweisitzer war recht übersichtlich in der Ausstattung und hatte kaum Staumöglichkeiten. Besonders die beschränkte Geschwindigkeit war ungewohnt für Bente. Doch sie wollte sich nicht beschweren. Es war ihr erster Firmenwagen, und außerdem war die Technik ein Segen für die Umwelt. Der ohnehin beliebte Wochenmarkt war in der Sommersaison ein wahrer Publikumsmagnet. Da machte es erfahrungsgemäß wenig Sinn, mit dem Auto bis zum Marktplatz zu fahren und am Ende keine Parkmöglichkeit zu finden.

Beim Stoffgeschäft *Sewing Kitchen* bog sie rechts auf einen Parkplatz, der unscheinbar zwischen Laubbäumen lag, deren Blätter viel Schatten auf die Parkfläche warfen. Sie stieg aus und schloss ab. Nachdem sie ihre Tasche geschultert hatte, lief sie die Badallee entlang, die direkt zur Kreuzung am Marktplatz führte.

Auf dem Handy vergrößerte sie das Foto von der Einkaufsliste, die ihr Vater geschickt hatte. Am Abend sollte es Backfisch mit Kartoffeln und einen bunten Salat geben. Elly und Freddie hatten sich auch spontan zum Essen angekündigt, sodass die Vorräte ihrer Eltern nicht ausreichten. Bente musste für eine Mehrgenerationenfamilie einkaufen. Auf das Essen mit allen zusammen freute sie sich sehr.

In Los Angeles hatte sie häufig mit Johannes und seinen Eltern an einem Tisch gesessen. Es hatte ihr gefallen, wenn auch nicht so sehr wie die Zusammenkünfte mit ihrer eigenen Familie. Johannes hatte eine ältere Schwester, die damals bei einer Tante in München geblieben war, als er mit seinen Eltern nach Kalifornien ausgewandert war. Bente hatte sich bei den Treffen mit seinen Eltern oft gefühlt, als hätte sie die Rolle der nicht anwesenden Tochter einzunehmen. Irgendwie schien es ihr damals so zu sein, dass Johannes und sie eher ein geschwisterliches Bild abgaben. Außerdem hatten seine Eltern nicht oft von ihr gesprochen. Ob sie zu viel erwartet hatte damals? Oder waren es die ersten Anzeichen dafür gewesen, dass etwas nicht stimmte? Mit Johannes allein war es anders gewesen. Dann hatte sie eigentlich nicht an ihrer Paarbeziehung gezweifelt … Darüber wollte Bente an diesem sonnigen Sommermorgen nicht mehr nachdenken. Kopfschüttelnd ging sie weiter und ließ bewusst die Schultern sinken.

Auf dem Wochenmarkt wurde eine bunte Vielfalt an Waren von regionalen Händlern aus Eiderstedt und Dithmarschen angeboten: von Topflappen über Matjesbrötchen, Wurstwaren, Fleisch vom Bauern, Käse aus eigener Herstellung, frisches Obst und Gemüse bis zu leckeren Kräuterbonbons und einem mobilen CD-Verkaufsstand, an dem es neben Schlager und Oldies auch Aufnahmen von Shanty-Chören gab, hatte der Markt allerhand zu bieten.

Bente genoss das geschäftige Treiben um sich herum und bummelte lächelnd von einem Stand zum nächsten. Ein Anbieter von Mini-Leuchttürmen für den Garten erfreute sich großer Beliebtheit bei den Urlaubern. Die Kinder hingegen interessierten sich mehr für Schaufeln, Eimer und Sandförmchen aus Plastik.

Nachdem Bente sich ein wenig umgesehen hatte, arbeitete sie die Einkaufsliste ihrer Eltern der Reihenfolge nach ab, um bloß nichts zu vergessen. Bald hielt sie mehrere Tüten in der Hand. Besonders das Gewicht des zwei Kilo Kartoffelbeutels hatte es in sich. Trotzdem ging sie noch etwas weiter und blieb schließlich vor einem Wagen mit Süßigkeiten stehen. Neben Lakritz und Gewürzen entdeckte sie eine spezielle Sorte Himbeerbonbons, die sie als Kind sehr geliebt hatte. Spontan kaufte sie eine mittlere Tüte und steckte sich gleich ein Bonbon in den Mund. Der süße Geschmack löste unverzüglich ein Feuerwerk an Erinnerungen in ihr aus. Früher hatte sie oft ihre geliebte Großmutter zum Einkaufen auf diesen Markt begleitet. Während ihres Aufenthalts in den USA war ihre Großmutter leider verstorben und hatte nicht mehr miterlebt, wie Bente ihr Studium erfolgreich abgeschlossen hatte. Bente presste die Lippen aufeinander. Insgeheim hatte sie es sich nie verziehen, dass sie ihre Oma nicht noch einmal gesehen hatte, um sich zu verabschieden.

Schwermut überkam sie. Sie fragte sich, ob es nicht doch besser gewesen wäre, wenn sie in Kiel oder Lübeck studiert hätte. So hätte sie regelmäßig am Wochenende und in den Semesterferien zu Hause sein und Zeit mit ihrer Großmutter verbringen können. War es egoistisch gewesen, in den

USA zu studieren? Damals hatte sie geglaubt, die Erfahrung zu brauchen, um selbstständig zu werden und Lebenserfahrung zu sammeln. Heute war sie sich nicht mehr so sicher, ob das stimmte.

Mit gemischten Gefühlen machte sie sich auf den Rückweg zum Parkplatz. Auf der Höhe eines Fahrradverleihs tippte ihr plötzlich jemand von hinten auf die Schulter. Sie drehte sich um.

»Bente! Hab ich doch richtig geraten!«

»Cord!«, sagte sie überrascht. »Ja, was machst du denn hier? Ich dachte, du wärst in Australien! Surfen und so.« Cord war eine große Liebe und später ihr erster Freund gewesen. Außerdem war er ebenfalls mit Franka und Jarno befreundet. Nach dem Abitur hatte es ihn in die große weite Welt gezogen, was das Ende ihrer Beziehung bedeutet hatte. Seitdem hatten sie sich nicht mehr gesehen.

Lächelnd betrachtete sie ihn. Er hatte sich äußerlich kaum verändert. Seine sportliche Figur war dieselbe wie früher, ebenso das flachsblonde Haar, das er zu einem kurzen Zopf gebunden hatte. Er trug bequeme Jeans und ein lockeres Polohemd, das das Emblem von St. Peter-Ording zierte. Die einzige Veränderung, die ihr auffiel, waren seine Lachfältchen. Sie schienen tiefer geworden zu sein, was ihm ziemlich gut stand.

Seine Augen funkelten. »Irgendwann kannte ich jede Welle. Und da dachte ich mir, ich gucke mal wieder am Strand von St. Peter-Ording vorbei, ob es da was Neues gibt.«

Bente lachte. »Und? Gibt es dort was Neues?«

»Jede Menge sogar.«

Sie kniff die Augen zusammen. »Klingt ein bisschen nach Heimweh.«

Er sah sie geradewegs an. »Könnte hinkommen. Nach dem Tourismusstudium in Brisbane habe ich ein paar Jahre für eine australische Hotelkette gearbeitet, aber das war nicht meins. Außerdem hat mir nach einer gewissen Zeit richtiges Wetter gefehlt. Immer nur Sommer, das ist auf Dauer nix.«

Lächelnd strich sie sich eine Haarsträhne aus dem Gesicht, die die Sommerbrise ihr vor die Augen geweht hatte. »Wem sagst du das. In Kalifornien gab es vom richtigen Wetter auch eher weniger.« Bente spürte, wie ihr linker Arm allmählich lahm wurde. Kurzerhand stellte sie die Tüten auf dem Boden ab. »Was machst du jetzt in St. Peter-Ording? Bist du Hoteldirektor geworden?«

»Fast. Seit einiger Zeit arbeite ich in der Direktion der Tourismuszentrale. Das ist viel abwechslungsreicher als im Hotel. Macht mir viel Spaß.«

»Klingt gut und scheint auch zu dir zu passen.« Anerkennend nickte sie.

»Früher hätte ich nie gedacht, dass unser verschlafenes Örtchen mal so groß rauskommen würde. Aber sag, was machst du so?«

Bente erzählte Cord von ihrem Job, den sie am nächsten Tag antreten würde, sparte aber das Private so gut es ging aus, so wie sie es schon bei Jarno getan hatte. Die Details der Geschichte zwischen ihr und Johannes hatte sie bis jetzt nur ihrer Freundin Franka anvertraut, das genügte.

»Leiterin der Station in Westerhever. Das ist ja ein Ding!«, sagte er und dachte einen Moment nach. »Mir kommt das irgendwie bekannt vor. Hast du davon nicht früher schon geträumt? Ich meine, dass du mir mal bei einem Ausflug nach Westerhever prophezeit hast, dass du irgendwann mal am Leuchtturm arbeiten würdest.«

»Junge, Junge! Dass du dich daran noch erinnern kannst. Das habe ich ja fast vergessen.«

»Ich kann mich noch an alles erinnern«, behauptete er mit einem schiefen Lächeln. »Es ist schön, dass wir uns über den Weg gelaufen sind. Nach so langer Zeit.«

»Finde ich auch«, stimmte Bente ihm zu und hob die Tüten vom Boden hoch. »Wobei meine Mutter ja immer sagt, dass es schwierig ist, in St. Peter-Ording jemandem nicht über den Weg zu laufen.«

Er lachte. »Womit sie offensichtlich recht hat.«

»Wir werden uns ab jetzt bestimmt öfter treffen«, meinte Bente zum Abschied.

»Kann es kaum erwarten.«

»Bis dann!«

Als sie einen Blick über die Schulter zurückwarf, sah sie, wie er ihr noch einmal winkte.

Bente fuhr mit dem E-Auto im gemächlichen Tempo zurück nach Ording. Während der Fahrt hing sie ihren Gedanken nach. Das unverhoffte Wiedersehen mit Cord ließ sie nicht ungerührt. Sie konnte nicht verhindern, dass sie darüber grübelte, wie ihr Leben wohl gelaufen wäre, wenn sie damals mit Cord zusammengeblieben und mit ihm gemeinsam in Brisbane studiert hätte. Vielleicht hätten sie geheiratet und eine Familie gegründet, so wie sie es sich damals ausgemalt hatten.

Seufzend bog sie um eine Kurve. Bente wusste, dass solche Gedanken nichts brachten, außer vielleicht schlaflose Nächte, und doch konnte sie sich nicht ganz dagegen wehren. In ihr nagte der Verdacht, vielleicht falsche Entscheidungen getroffen und dadurch wichtige Ereignisse verpasst zu haben. Cord und sie waren aus dem gleichen Holz geschnitzt und sich charakterlich sehr ähnlich. In vielerlei Hinsicht hatte das Vorteile gehabt. Sie hatten gemeinsame Interessen und Vorlieben geteilt. Schwierigkeiten hatte es zwischen ihnen nicht gegeben. Die Probleme hatten erst nach dem Abitur begonnen, als es darum gegangen war, die Weichen neu zu stellen. Cord hatte nur noch von seinem Australientraum gesprochen.

Mehrmals hatte er versucht, Bente für einen zwölfmonatigen Work-and-Travel-Aufenthalt zu begeistern. »Und danach studieren wir zusammen noch ein paar Jährchen in Australien«, hatte er gesagt. Doch sie hatte jedes Mal den Kopf geschüttelt. Sie hatte sich damals in verschiedenen Umweltprojekten ausprobieren wollen, um festzustellen, was genau zu ihr passte. Work and Travel war es jedenfalls nicht, da war sie sicher gewesen. Weil Cord und sie beide Sturköpfe waren, hatte keiner von seinem Plan abweichen können. Und so kam es, dass Cord ans Ende der Welt geflogen war, während Bente sich gegen Plastikmüll in der Nordsee engagiert und eine Weile in der Seehundstation Friedrichskoog mitgearbeitet hatte.

Als sie das Auto vor dem Haus ihrer Eltern parkte, war Bente zu dem Schluss gekommen, dass es nichts zu bedauern gab. Was geschehen war, war geschehen. Es nützte nichts, der Vergangenheit nachzuhängen. Vielmehr freute sie sich über das unverhoffte Wiedersehen, vor allem darüber, dass es so unkompliziert und harmonisch verlaufen war. Vielleicht konnten sie daran anknüpfen. Rein freundschaftlich natürlich. Bente war gespannt, ob die Gemeinsamkeiten zwischen ihnen geblieben waren, und nahm sich vor, ihn bei der nächsten Begegnung zu einem Kaffee zu überreden.

Nachdem sie die Einkäufe im Kühlschrank und in Obst- und Gemüseschalen verstaut hatte, ging Bente mit einem Wäschekorb unter dem Arm zum Gartenhaus. Ihre Eltern und die Kinder waren längst noch nicht von ihrem Ausflug nach Helgoland zurück. Die freie Zeit wollte sie nutzen. Voller Tatendrang öffnete sie ihre Reisetasche und den Koffer. Sie warf einen Teil der Wäsche und Kleidung in den Korb, den Rest legte sie auf das Bett, um die Sachen später zu bügeln. Für ihren ersten Arbeitstag entschied sie sich für eine knöchellange Chinohose und ein luftiges Oberteil. Laut Radio-Wetterbericht würden sich die sommerlichen Temperaturen auch in den kommenden Tagen halten.

Gut gelaunt steckte Bente ihr Handy in die Gesäßtasche ihrer Hose, schnappte sich den voll bepackten Korb und ging zurück ins Haus, um die Kleidung in die Waschmaschine zu werfen. Danach bügelte sie doch noch einige Hosen, Röcke und Oberteile. Bevor sie zurück nach Deutschland geflogen war, hatte sie einen Großteil ihrer Bekleidung an eine karitative Organisation gespendet. Unmöglich hätte sie alles mitschleppen können, dafür war es viel zu viel gewesen.

Nach dem Bügeln ging sie hoch in die kleine Wohnung, die sie bald beziehen würde. Als sie die Tür öffnete, schlug ihr sofort der Farbgeruch entgegen. Als Erstes öffnete sie ein Fenster zum Lüften, dann sah sie sich um. Der Flur und das kleine Wohnzimmer waren bereits gestrichen. Blieb noch das Schlafzimmer. Auf der obersten Stufe eines Klapptritts stand ein Farbeimer. Ihr Vater hatte bereits die Decke und eine lange Wand in dem Vanilleton gestrichen.

Sie schaute auf ihrem Handy nach der Uhrzeit. Wenn sie sich beeilte, könnte sie mit dem Zimmer fertig werden, bevor ihre Eltern und die Kinder zurückkamen.

Kurz entschlossen nahm sie den mit Farbklecksen übersäten Malerkittel, der an einer Türklinke hing, und zog ihn über. Das war das Mindeste, was sie tun konnte. Ihr Vater sollte nicht ihretwegen so viel arbeiten müssen, sondern seine Rente genießen.

Als kleines Mädchen hatte sie ihn häufig bei Renovierungsarbeiten unterstützt. Dabei hatte er ihr allerhand Tricks beigebracht, und deshalb wusste sie, wie man eine Wand gleichmäßig strich. Sie schnappte sich einen Farbroller und machte sich ans Werk. Bente wusste: Je schneller man arbeitete, desto schlechter war das Ergebnis. Mit langsamen und gleichmäßigen Strichen trug sie die Farbe auf die Wand auf, und schon bald war sie in eine Art meditative Trance versunken. Es gab nur noch sie, den Farbroller und die Wand. All ihre Sorgen und Probleme schienen nicht mehr zu existieren. Sie merkte nicht, wie dabei die Zeit verging. Fast überraschte die Erkenntnis sie, als sie den letzten Strich getan hatte und das Schlafzimmer fertig war.

Sie legte den Farbroller zurück auf das Abstreifgitter,

trat einen Schritt zurück und begutachtete zufrieden ihr Werk. Das Endergebnis konnte sich sehen lassen. Spätestens am Wochenende wollte sie die Wohnung gründlich putzen und einige Möbel aufbauen, die im Keller lagerten. Ein neues Sofa und einen Schrank würde sie demnächst noch besorgen.

Vorfreudig klatschte Bente in die Hände. Dann bemerkte sie, wie ihr Handy in der Hosentasche vibrierte. Das waren sicherlich ihre Eltern. Vermutlich waren sie in Büsum von der Fähre gegangen und kamen in einer halben Stunde nach Hause.

Lächelnd griff sie nach dem Telefon und wollte gleich verkünden, dass die Wohnung fertig gestrichen war. Als sie den Namen des Anrufers auf dem Bildschirm las, erstarb ihr Lächeln. Es war Johannes!

5. Kapitel

Der Wecker klingelte um kurz vor fünf Uhr. Verschlafen rieb sich Bente die Augen und stellte dann den Alarm ab. Sie blinzelte gegen das Tageslicht an, das bereits durch die Lamellen der Jalousie fiel.

In der vergangenen Nacht hatte sie kaum geschlafen. So ausgelassen und schön das Essen mit ihrer Familie gewesen war, hatte Bente doch bald Müdigkeit, aber auch erste Nervosität verspürt und sich zeitig ins Gartenhaus zurückgezogen, um sich auf ihren ersten Arbeitstag vorzubereiten. Sie hatte den restlichen Abend nutzen wollen, um sich weiter in die aktuelle Situation des Nationalpark Wattenmeer einzulesen. Dabei war sie nicht weit gekommen. Denn wieder hatte ihr Handy geklingelt, und wieder war Johannes der Anrufer gewesen. Es war ungewöhnlich für ihn, dass er zweimal probiert hatte, sie zu erreichen. Trotzdem hatte sie seine Anrufe ignoriert. Schließlich hätte er auch eine Nachricht schreiben können, wenn es etwas wirklich Wichtiges gegeben hätte.

Und doch hatte die Frage nach dem Grund seines Anrufs sie fast die ganze Nacht beschäftigt und schließlich um den Schlaf gebracht. Bente zog das Rollo hoch und blickte nach draußen. Die Sonne stand bereits am wolkenlosen Himmel und warf ihr sommerlich warmes Licht auf den Garten. An den Grashalmen hingen Tautropfen, die Blumen öffneten langsam ihre Blüten.

Nachdem sie tief eingeatmet hatte, ging sie zu ihrem Handy. Kein weiterer Anruf von Johannes und keine Nachricht. Genervt, weil sie sich vergewissert hatte, schüttelte sie den Kopf und klemmte sich Wäsche und Kleidung unter den Arm, um eine Dusche zu nehmen. Das wechselwarme Wasser tat ihr gut und vertrieb die Müdigkeit.

In der Küche kochte sie Kaffee und bereitete ein Müsli mit frischen Kiwis, Erdbeeren, Äpfeln und Himbeeren zu, die sie vom Wochenmarkt mitgebracht hatte. Wieder kam ihr Johannes in den Sinn. Was er wohl plötzlich von ihr wollte? Energisch schüttelte sie den Kopf. Es spielte eigentlich keine Rolle, denn sie wollte nicht mit ihm reden. Die Trauer würde dadurch nur wieder größer werden. Ihr ging es gut, seit sie wieder in St. Peter-Ording war. Das sollte so bleiben. Außerdem waren sie getrennt und führten kein gemeinsames Leben mehr. Für sie war alles gesagt. Sie hoffte, dass Johannes das verstehen und sie in Ruhe lassen würde.

War es denn zu viel verlangt, dass sie eine Chance auf ein glückliches Leben haben und ohne ihn neu anfangen wollte? Bente stellte das benutzte Geschirr in die Spülmaschine und atmete erneut durch. Heute war der Tag, auf den sie so lange hingearbeitet hatte. Sie trat ihren Traumjob an. Und das würde sie genießen, ohne sich mit der Vergangenheit zu quälen, die sie nicht ändern konnte. Ab sofort.

Um sieben Uhr parkte Bente das Elektroauto auf dem Parkplatz vor dem Info-Hus in Westerhever. Zuvor hatte sie bei Elly und Freddie in der Bäckerei eine Tüte frisch gebackene Brötchen und ein großes Glas selbst gemachte Erdbeermarmelade besorgt, um ihren Einstand feiern zu können. Gut gelaunt schnallte Bente sich den Rucksack um, in den sie die Brötchen und die Marmelade gepackt hatte.

Langsam ging sie den Weg auf den Deich hoch und blieb dort eine Weile stehen. Vor ihr erstreckten sich grüne Salzwiesen, auf denen unzählige Schafe und Lämmer grasten. Weiter hinten im Grün erhob sich der Westerhever Leuchtturm mit seinen beiden baugleichen Häusern im goldenen Sonnenschein. Ihr neuer Arbeitsplatz wurde von der Natur perfekt in Szene gesetzt, und sie konnte förmlich den Willkommensgruß hören, den eine leichte Brise vom Meer zu ihr herübertrug.

Bente marschierte voller Vorfreude los. Zu Fuß dauerte es ungefähr eine halbe Stunde, bis sie an der berühmtesten Landmarke Schleswig-Holsteins ankam. Und sie kostete jeden Moment des Fußweges aus. Normalerweise herrschte hier während der Urlaubssaison Hochbetrieb. Lässig gekleidete Touristen pilgerten in Scharen zu dem rot-weiß gestreiften Turm, und auch Schulklassen nutzten die Möglichkeit, bei Führungen etwas über die heimischen Vögel oder die pflanzlichen und tierischen Bewohner des Wattenmeers zu erfahren.

Aber so früh am Morgen lagen vermutlich noch alle in ihren Betten oder saßen beim Frühstück. Weit und breit war kein Mensch außer ihr zu sehen. Nur das Konzert der Natur hüllte sie ein. Um sie herum erklang lautes Gezwitscher. In den Wiesen tummelten sich zahlreiche Zug- und Seevögel, die sie mit ihrem fröhlichen Konzert zu begrüßen schienen. Zum Schutz der Tiere waren auf dem Weg keine motorbetriebenen Fahrzeuge erlaubt – ein Glück!

Bente lächelte und genoss den Moment. Immer wieder blieb sie stehen, um ein Foto mit ihrem Handy zu machen. Sie wusste nicht, wie oft sie diesen Weg schon entlanggelaufen war, doch sie entdeckte jedes Mal neue kleine Naturwunder. Sei es eine besonders prächtige Garnele in den Prielen oder ein seltener Vogel.

Als sie am Leuchtturm ankam, schaute ein blondes Mädchen aus einem der Fenster und winkte ihr freundlich zu. »Moin!«

»Moin!«, erwiderte Bente den Gruß.

Die junge Frau beugte sich weiter aus dem Fenster. »Sind Sie Frau Nahnsen?«

»Die bin ich.«

»Ah, gut! Ich mache Ihnen die Tür auf.« Schon verschwand das Mädchen im Haus.

Bente ging um das Gebäude herum und wurde auf der Rückseite von ihr erwartet. »Ich bin Lena. Schön, dass Sie da sind, Frau Nahnsen.« Als sie lächelte, bildeten sich kleine Grübchen in ihren Wangen. Lena war klein und zierlich und trug ihr naturblondes Haar zu einem Knoten hochgebunden.

»Hallo, Lena. Ich freue mich auch. Aber bitte sag doch Bente zu mir, sonst komme ich mir komisch vor.«

Sie nickte. »Ja, gerne. Fiete und Liam warten schon in der Küche. Wir haben Frühstück vorbereitet.«

»Das trifft sich gut. Ich habe nämlich frische Brötchen und Marmelade mitgebracht.« Beschwingt folgte sie Lena und betrat wenig später die gemütlich chaotische Küche, wo ein massiver Holztisch das Herzstück bildete. Zwei junge Männer waren gerade dabei, den Tisch zu decken.

»Jungs, das ist Bente Nahnsen. Unsere neue Chefin«, stellte Lena sie vor.

Der kräftiger gebaute der beiden trug einen hellbraunen Zopf und drehte sich zu ihr um. »Moin, ich bin Fiete.« Er schüttelte ihr die Hand. Um seine kaffeebraunen Augen hatten sich Lachfältchen gebildet.

Bente mochte ihn auf Anhieb. »Hallo, Fiete. Freut mich, dich kennenzulernen.«

»Und das ist Liam.« Lena zog den blondhaarigen Surfertypen am T-Shirtärmel zu sich, der zuvor Besteck aus einer Schublade geholt hatte. »Unser Chaot vom Dienst.«

»Gar nicht. Hier.« Er drückte Lena das Besteck in die Hand und zeigte ihr einen Vogel. »Glauben Sie ihr kein Wort, Frau Nahnsen. Alles bloß Gerüchte.« Er grinste sie breit an.

Bente grinste zurück. Liam war der Typ Herzensbrecher, wie er im Buche stand. Solche Jungs kannte sie zur Genüge. Meistens waren sie auch überaus wortgewandt und nicht verlegen, wenn sie mit ihrem Charme ihren Willen durchsetzen konnten. »Freut mich, Liam. Ich bin Bente.«

»Bente hat Brötchen und Marmelade mitgebracht«, verkündete Lena.

»Oh! Wir haben extra ein Bio-Brot gebacken«, bekannte Fiete und zeigte auf einen Brotlaib, der auf einem Gitter auskühlte. »Ziemlich gesund und macht schnell satt.«

»Das probiere ich gerne.« Bente legte die Brötchentüte auf den Tisch und stellte das Glas Marmelade daneben.

Dann setzten sich alle mit einer Tasse Tee an den Tisch.

»Frische Brötchen sind super. Die haben wir hier selten. Der nächste Bäcker ist ja ein paar Kilometer entfernt. Deswegen backen wir meistens selbst.« Liam nahm ein Brötchen aus der Tüte.

»Wir sind Selbstversorger«, erklärte Lena stolz. »Jedenfalls fast vollständig. Bis auf ein paar Ausnahmen.«

Bente hörte angeregt zu, was die Jugendlichen, die zwischen achtzehn und einundzwanzig waren, über ihr Leben am Turm erzählten. Dabei erfuhr sie, dass die drei einen Gemüsegarten am Leuchtturm bewirtschafteten, in dem sie Bohnen, Kartoffeln, Kürbisse und Zucchini anbauten und sogar des Öfteren Lebensmittel aus Supermarkt-Containern retteten – was ihnen manchmal Ärger einbrachte.

»Fiete ist ein guter Koch. Ohne ihn wären wir bestimmt längst verhungert«, schloss Lena schließlich den Bericht und zwinkerte ihm zu.

»Da fällt mir ein, ich soll Ihnen von Herrn Bütt ausrichten, dass er Sie in die Geschichte des Leuchtturms einweihen möchte«, sagte Liam, während er auf seinem Brötchen herumkaute.

Bente versuchte angestrengt, sich zu erinnern. »Herr Bütt? Der Name sagt mir nichts.«

»Unser ehemaliger Leuchtturmwärter«, klärte Fiete sie auf. »Er ist gerade mit der ersten Gruppe auf dem Turm. Danach wollte er mit dir hoch.«

»Oh, das ist aber nett!« Bente trank noch einen Schluck Tee. »Es ist nämlich schon ein paar Jährchen her, dass ich das letzte Mal oben gewesen bin. Und die Details über den Leuchtturm habe ich längst vergessen.«

»Wenn du fertig bist, kann ich dir schnell die Station und dein Büro zeigen«, schlug Lena zögernd vor und stützte die Hände auf die Tischplatte. »Wir müssen nämlich dann auch los. Fiete und ich sind heute mit dem Vogelzählen dran, und Liam macht eine Wattwanderung.«

»Prima! Ich bin bereit.« Bente stellte ihren Becher ab, stand auf und verließ kurz darauf mit Lena das Haus.

Lena zeigte ihr die kleine Ausstellung zum Thema Strandgut, die sie für die Besucher vorbereitet hatten, das Gemüsebeet und das Nachbarhaus, in dem Bente ein kleines Büro beziehen konnte.

»Eike hat den Karton für dich dagelassen. Er meinte, damit könntest du deinen Arbeitsplatz einrichten.«

Sie nickte lächelnd. »Danke dir.«

Nachdem Lena sich höflich verabschiedet hatte, um mit Fiete zur Vogelzählung aufzubrechen, zog Bente ihre Sommerjacke aus und ließ sie auf die Stuhllehne fallen.

Ein Blick in den Karton bewies ihr, dass sie alles haben würde, was sie brauchte. Jetzt wollte sie den Raum für sich gestalten.

Sobald sie den schmalen Schreibtisch direkt vor das Fenster geschoben hatte, holte sie das Notebook und die Schreibtischlampe aus Eikes Karton. Neben diversen Stiften, Schreibblöcken, Locher, einer Schere und einem Anspitzer hatte er auch Fachlektüre beigelegt. Unter anderem ein Buch, mit dem man Vögel bestimmen konnte. Lächelnd strich Bente über den Buchdeckel.

Als sie aus dem Fenster schaute, entdeckte sie einen älteren Herrn mit einer Schippermütze, der auf einer Bank vor dem Turm saß. Das musste der ehemalige Leuchtturmwärter sein. Sie schätzte ihn mit seinem weißen Rauschebart auf Anfang achtzig. Spontan ließ sie die restlichen Dinge und Bücher im Karton und schnappte sich ihre Jacke. Den Rest konnte sie auch später noch auspacken.

Wenige Augenblicke später ging Bente auf den älteren Mann zu. »Moin! Herr Bütt?«, fragte sie ihn.

»Jo, der bin ich wohl. Frieso Bütt.« Er stand auf und nahm seine Mütze ab. »Moin! Sie sind dann Frau Nahnsen?«

»Genau. Bente Nahnsen.« Sie gab ihm die Hand. »Das ist aber nett, dass Sie mich auf den Turm mitnehmen wollen.«

»Ich nehme alle mit hoch, die hier ihren Dienst tun. Schließlich müssen Sie ja wissen, womit Sie es hier zu tun haben. Sonst wird das nix!«, erwiderte er trocken.

»Da haben Sie recht«, stimmte sie ihm zu.

Er erhob sich und klopfte sich dabei auf die Schenkel. »Am besten wir gehen sofort hoch, bevor die nächste Truppe auf eine Führung wartet.«

»Gerne.« Bente folgte ihm vorfreudig zum Turmeingang.

Frieso Bütt öffnete die Tür und ließ sie hinein. Hinter ihm stieg sie die Holzstufen hoch und hörte andächtig zu, während er die Geschichte des Leuchtturms erzählte.

Die Treppen schienen kein Ende zu nehmen. Als Bente Plattform vier erreicht hatte, schlug ihr Herz bis zum Hals. »Einen Moment bitte«, brachte sie außer Atem hervor. »Ich muss kurz verschnaufen.«

»Und ich dachte schon, Sie wollen mich spontan heiraten«, scherzte er und warf einen Blick zurück. Er schien nicht im Geringsten aus der Puste zu sein. Seelenruhig betrachtete er sie. Dann zwinkerte er ihr zu und deutete auf den Raum, der sich neben ihnen befand. »Das ist das Trauzimmer für standesamtliche Hochzeiten.«

»Ah!« Bente nickte. »Schaffen es denn alle Hochzeitspaare bis hierhin?«

»Sind doch nur fünfundsechzig Stufen. Wenn man die nicht gemeinsam schafft, sollte man lieber die Finger von der Ehe lassen, sage ich immer«, stellte er trocken fest. »Bis nach oben sind es hundertsiebenundfünfzig.« Frieso Bütt nahm die nächste Stufe.

»Und wie oft laufen Sie die heute rauf und runter?«, erkundigte Bente sich.

Er winkte ab. »Heute nur drei oder vier Mal. Früher als Leuchtturmwärter wenigstens sieben Mal pro Tag.«

»Sieben Mal? Das muss sehr anstrengend für Sie gewesen sein.«

Ungerührt zuckte er die Achseln, legte eine Hand auf das hölzerne Geländer und ging weiter. »Danach hat keiner gefragt. Die Arbeit musste trotzdem gemacht werden.«

Bente nahm sich vor, nicht mehr zu jammern und einfach die restlichen Stufen bis zur oberen Plattform hinter sich zu bringen. Wie sah das denn auch aus, wenn sie als junger Hüpfer von Anfang dreißig neben diesem betagten Mann schlappmachte? Außerdem war St. Peter-Ording ihre Heimat, den Leuchtturm hatte sie früher öfter besucht. Es sollte ihr also nicht alles so neu vorkommen. Und doch lag es so lange zurück, dass es Bente so erschien, als sähe sie die Landschaft zum ersten Mal, als sie einen Blick aus einem der runden Turmfenster warf.

Als sie alle Stufen erklommen hatte und auf der Aussichtsplattform angekommen war, brannten ihre Lungenflügel wie Feuer, und ihre Oberschenkelmuskulatur zitterte. Es war ihr unangenehm, und sie nahm sich vor, künftig mehr Sport zu treiben.

Die Fernsicht entschädigt aber für jede Mühe und lässt einen alles andere vergessen, dachte sie. Sie ließ ihren Blick über Inseln und Halligen schweifen, bis hin zu den Pfahlbauten von St. Peter-Ording. Vierzig Meter unter ihr weideten Schafe. Sie sah Wildkaninchen durch die Gräser hoppeln und nun auch die ersten Touristen, die sich auf den Weg zum Turm aufgemacht hatten.

»Früher, als ich mit meiner Familie hier gelebt habe, hatte ich ein Boot«, erzählte Frieso Bütt und stellte sich neben sie. »Damit bin ich auf den Priel hinausgepaddelt und habe Sandschollen gefangen. Das war eine tolle Sache! Aber heute sind die Schollen ja rar gesät. Seit die Robbenbestände sich erholt haben, schwimmt hier nicht mehr so viel rum.« Er räusperte sich.

»Es scheint alles Vor- und Nachteile zu haben.« Bente blickte auf das Meer und zu einer großen Sandbank, auf der Robben sich sicher gerne sonnten. Schweigend ließ sie die unvorstellbare Weite auf sich wirken und spürte die heilsame Wirkung der Schönheit der Natur. Als wäre dieser Moment nur für sie da, schloss sie kurz die Augen. Sie schöpfte zaghaft Mut und wollte daran glauben, dass sie ihre schmerzliche Erfahrung eines Tages überwinden und in der Vergangenheit ruhen lassen konnte, um ihren Blick wieder ganz nach vorne zu richten.

6. Kapitel

»Bist du dir ganz sicher?«, fragte Liam skeptisch und zog seine Augenbrauen hoch.

»Aber natürlich! Ein Sprung ins kalte Wasser ist meistens Gold wert. Außerdem habe ich ja noch dich – und irgendwo im Hinterkopf noch mein Bio-Studium.« Bente lachte.

Liam verschränkte die Arme vor der Brust. »Ich möchte dich darauf hinweisen, dass ich sehr beliebt bin bei den Kids. Meine Kinderführungen sind legendär.«

Bente verdrehte kurz die Augen, musste aber grinsen. »Na, da bin ich ja froh, dass ich dir assistieren darf.«

Auch er verzog den Mund zu einem Grinsen. »Oft habe ich eher das Gefühl, dass ich den Kids assistiere. Bei den Führungen habe ich schon einiges erlebt, von völliger Verselbstständigung der Veranstaltung bis hin zum großen Schweigen im Watt. Wie sind denn deine Nichte und dein Neffe so drauf?«

»Och, die sind eben so, wie Kinder nun mal sind. Neugierig, manchmal etwas vorwitzig, aber im Grunde total lieb.« Bente begutachtete zwei Shirts, auf denen das Emblem der Schutzstation Wattenmeer prangte. »Ich glaube, M wird passen. L ist eher Schlabberlook.« Sie behielt eins in der Hand und reichte Liam das andere Oberteil, damit er es zurücklegen konnte.

Liam ging zur Tür und wandte sich noch einmal um. »Dann in einer halben Stunde vor dem Leuchtturm?«

»Werde da sein.« Bente wartete, bis er die Tür hinter sich geschlossen hatte, und wechselte dann ihr Oberteil. Das Shirt passte perfekt. Der leichte Baumwollstoff fühlte sich gut auf ihrer Haut an.

Sie freute sich auf ihre erste Führung am Westerhever Leuchtturm. Es war ihr dritter Arbeitstag in der Schutzstation, und schon fühlte sie sich, als hätte sie nie etwas anderes gemacht, als hier zu arbeiten. Die Leute aus der Turm-WG hatten ihr das Ankommen leicht gemacht. Vom ersten Moment an hatten sie Bente in alles einbezogen und ihr die Abläufe erklärt. In Begleitung von Lena hatte sie ihr neues Revier rund um das Leuchtfeuer erkundet. Dabei hatten sie zusammen Vögel für eine statistische Erhebung gezählt und waren ins Gespräch über die Schönheit der Natur im Allgemeinen und speziell der des Wattenmeers gekommen.

Bente hatte schnell festgestellt, dass Lena und sie auf einer Wellenlänge waren. Teilweise hatte sie ihr jüngeres Ich in Lena wiedererkannt. Voller Tatendrang, Optimismus und mit einer gehörigen Portion Idealismus und der Hoffnung versehen, die Welt eines Tages zum Guten zu verändern. Wenn Bente in den Spiegel schaute, erkannte sie denselben Hoffnungsschimmer in ihren Augen und fühlte dieselbe Entschlossenheit, die Lena ausstrahlte.

Alle übrigen Fragen, die aufgekommen waren, hatte Bente durch Telefonate und E-Mails mit Eike und der Zentrale in Husum geklärt. Am Ende war sie zu der Erkenntnis gekommen, dass es tatsächlich viel Arbeit am Leuchtturm gab, was ihr durchaus gelegen kam.

Von Johannes waren keine weiteren Anrufe erfolgt, was Bente mit einer gewissen Erleichterung zur Kenntnis nahm. Im Grunde genommen wollte sie das gesamte vergangene Jahr am liebsten vergessen. Hätte es dafür eine Pille gegeben, sie hätte sie gern geschluckt.

Rückblickend erkannte sie, dass sie damals einen Fehler gemacht hatte. Sie hätte trotz Johannes' Antrag nach Deutschland fliegen sollen, um sich eine gewisse Bedenkzeit zu verschaffen. Hals über Kopf die gefassten Pläne fallen zu lassen, das hatte sich mit dem Wissen von heute als schwerwiegende Fehlentscheidung herausgestellt. Vielleicht wäre alles gut geworden, wenn sie die Dinge ruhiger angegangen wäre. Vielleicht …

Seufzend verließ Bente das Haus und schaute auf den Weg, der sich vom Deich, durch die Salzwiesen und bis zum Leuchtturm schlängelte. Sie lächelte. Heringsmöwen und Küstenseeschwalben landeten in den Wiesen und erhoben sich in die Lüfte, Menschen waren zu Fuß oder mit dem Rad zwischen dem Seedamm und der Schutzstation unterwegs. Bente reckte den Hals. Sie meinte, weiter hinten ihre Schwester mit den Kindern auszumachen.

»Wer will denn mal durch das Fernglas gucken?«

»Iiich!«, kam es lautstark aus sechs Kinderkehlen gleichzeitig.

»Okay, okay.« Liam hob lachend die Hände. »Jeder darf einmal schauen. Als Erster bist du dran.« Er drückte Jelte den Feldstecher in die Hand.

Der Junge blickte durch die Gläser. »Boah, sind das viele!«

»Was siehst du denn?«, fragte Bente. »Die anderen Kinder wollen bestimmt wissen, was du entdeckt hast.«

»Da sind voll viele Dönermöwen. Mehr als am Strand«, berichtete Jelte eifrig.

»Dönermöwen!«, wiederholte ein Mädchen in Jeltes Alter kichernd.

»Dönermöwen gibt es doch gar nicht«, warf ein anderer Junge ein, der ungefähr einen Kopf größer als Jelte war. »Oder sind die Flügel von denen etwa aus Brot?«

»Dönermöwen gibt es wohl«, sprang Nienke ihrem Bruder zur Seite.

Jelte zuckte bloß mit den Schultern und reichte das Fernglas an den Jungen weiter. »Hier. Guck doch selbst, dann siehst du sie.«

Der Junge blickte konzentriert durch das Fernglas. »Da sind keine Döner. Bloß ein Haufen Silbermöwen.« Er gab den Feldstecher zurück und sah Liam an.

»Ihr seid beide richtige Vogelkenner, denn ihr habt beide recht«, verkündete Liam ruhig. »Die Silbermöwen werden tatsächlich auch Dönermöwen oder Piraten der Lüfte genannt.« Er machte gruselige Bewegungen mit seinen Händen. »Hat einer von euch auch eine Idee, warum das so sein könnte?«

»Weil die Essen klauen«, rief Nienke und machte dabei einen energischen Hüpfer.

Elly streichelte ihrer Tochter lächelnd über den Kopf. »Nienke wurden erst vor ein paar Tagen ein paar Pommes von einer Silbermöwe stibitzt.«

»Dann war das eine Pommesmöwe«, warf das kleine Mädchen lachend ein. »Ich will auch mal Pommesmöwen gucken.«

Ein anderes Kind zupfte schon eine Weile an Liams Shirt-Ärmel, sodass er sich ihm jetzt zuwandte und ihm ebenfalls das Fernglas geben ließ.

Nach der einstündigen Führung setzte sich Bente auf eine Bank vor dem Leuchtturm und genoss die warmen Sonnenstrahlen auf der Haut. Nur mit halbem Ohr bekam sie mit, dass Liam sich mit einem Urlauber unterhielt, und konzentrierte sich mehr auf den Wind und das Wellenrauschen, die zu ihr drangen.

Lena brachte ihr eine Tasse Tee. »Na, wie ist es mit den Kindern gelaufen?«

»Mein Neffe hat die Führung gesprengt«, sagte Bente schulterzuckend und nippte vorsichtig an dem Getränk.

Lena hatte sich ebenfalls eine Tasse Tee gemacht, und setzte sich damit neben sie. »Was ist denn passiert?«

»Ach, Jelte ist ein echtes Nordseekind. Für ihn sind Silbermöwen eben Dönermöwen. Danach gab es für die Kiddies natürlich kein Halten mehr. Neben Pommesmöwen wurden dann auch Pizzafischer und Spaghettiläufer gesichtet.«

»Das sind völlig neue Arten. Die sollten wir im Auge behalten!« Lena lachte.

»Die Kinder hatten jedenfalls eine Menge Spaß, und das ist letztendlich die Hauptsache. Vielleicht wird die nächste Führung ein bisschen berechenbarer, wenn mein Neffe nicht dabei ist.«

Nachdem sie an ihrem Tee genippt hatte, stellte sie die Tasse neben sich. »Liam und ich müssen übrigens gleich einen Kontrollgang machen. Kommst du noch mit? Oder machst du Feierabend?«

Bente schaute an Lena vorbei zu Fiete, der gerade im Turm-Garten arbeitete. »Ich komme gern mit.«

Wenig später brachen sie zu dritt Richtung Waterkant auf. Sie überprüften Zäune, beobachteten die nähere Umgebung durch Ferngläser und sammelten hier und da Müll auf, den der Wind ins Wattenmeer getrieben hatte.

Bente hob eine Plastikflasche auf und verstaute sie in einer Papiertüte. »Warum die Leute ihre Sachen nicht in Mülleimer werfen können, werde ich nie verstehen«, sagte sie kopfschüttelnd.

»Ich auch nicht«, stimmte Lena ihr zu.

Liam verzog den Mund. »Wer weiß, wie es bei denen zu Hause aussieht.«

»Das möchte ich lieber nicht wissen.« Bente schaute wieder durch ihr Fernglas, während eine leichte Brise durch ihr Haar strich. Eine wahre Idylle tat sich vor ihren Augen auf. Das Meer glitzerte im Sonnenschein. Weiter draußen tuckerte ein Krabbenkutter auf den Wellen, an dessen Baumkurren die Fangnetze seitlich ins Wasser hingen. Möwen zogen scheinbar mühelos ihre Kreise, und auf einer Sandbank entdeckte sie Robben, die es sich dort gemütlich gemacht hatten.

Ihr Herz füllte sich mit einer unerwarteten Dankbarkeit für diesen Augenblick. Wie schön es in Nordfriesland doch war, und welch Glück sie hatte, hier zu Hause sein zu dürfen. Das wollte sie mit keinem Platz auf der Welt eintauschen. Dass sie je auf die Idee gekommen war, woanders zu leben …

Sie ließ ihren Blick über die Nordsee schweifen und hielt abrupt inne. Ein grün-weißer Lenkdrache war vor ihrer Linse aufgetaucht, der zu einem Kite-Surfer gehörte. »Das gibt es doch nicht!« Empört senkte sie das Fernglas.

»Was ist los?«, fragte Liam.

Bente schaute zu Lena und Liam. »Ein Kiter ist hier unterwegs.«

Beide nahmen ihre Feldstecher zur Hand.

»Nicht schon wieder«, sagte Lena genervt.

»Das werden immer mehr. Einfach zum Abgewöhnen«, schimpfte Liam.

Bente beobachtete, wie der Kite-Surfer sich mit hoher Geschwindigkeit der Schutzzone näherte. »Ja, spinnt der denn?«, rief sie geschockt. »Der fährt ja mit vollem Tempo durch die Robbenschutzzone!«

»Na, toll, jetzt hat er die Tiere auf der Sandbank aufgeschreckt!« Lena schüttelte wütend ihre Faust in die Richtung des Kiters.

»Du gehirnamputierter Idiot«, schrie Liam und machte wilde Winkbewegungen.

»Vergiss es! Der sieht dich eh nicht.« Bente schüttelte resigniert den Kopf.

»Das ist eindeutig die Kehrseite der Beliebtheit von St. Peter-Ording. Es kommen immer mehr Holzköpfe her, die meinen, sie könnten hier die Sau rauslassen.« Liam stützte eine Hand in die Hüfte.

Bente seufzte, ihr Puls hatte sich beschleunigt. »Ich muss sofort zurück zum Turm und mit Husum telefonieren. Der Sache muss dringend ein Riegel vorgeschoben werden.«

»Wir haben schon öfter Kiter gemeldet. Leider hat sich bis jetzt nichts verändert«, sagte Lena und zuckte die Schultern.

»Dann wird es höchste Zeit, dass mal jemand ordentlich auf den Tisch haut und den Verantwortlichen Feuer unterm Hintern macht.« Entschlossen machte sich Bente auf den Rückweg zum Leuchtturm.

»Wir wissen das alles, und uns ist auch bewusst, dass dies kein Zustand ist. Doch die Gesetzeslage ist schwammig«, sagte Herr Flachsmann, der Koordinator der Schutzstation Wattenmeer, am anderen Ende der Leitung.

»Aber da muss man doch was tun können«, beharrte Bente.

»Können bestimmt, da gehört nur eben auch ein Wollen dazu. Wir stehen der Entwicklung auch mit einer gewissen Ratlosigkeit gegenüber. Die bestehende Befahrensverordnung stammt noch aus den 1990er-Jahren. Inzwischen haben sich die Nationalparkgesetze für die Schutzzonen im Wattenmeer längst verändert. Nur, Papier ist bekanntlich geduldig. Mein letzter Stand ist, dass Stellungnahmen aus der Verbändeanhörung noch ausgewertet werden.«

»Wie lange kann so was dauern?«

»Tja, das kann keiner sagen. Wir können nur hoffen, dass irgendwann mal ein neuer Beschluss gefasst wird, der den Schutzzonen zu Gute kommt.«

»Das klingt nicht gerade nach Optimismus«, merkte Bente an.

»Ich bin seit über zwanzig Jahren im Naturschutz tätig. Vielleicht verliert man dabei irgendwann die Zuversicht und das Vertrauen in Behörden«, bekannte Herr Flachsmann ernst.

»Danke, Herr Flachsmann. Ich werde mir Gedanken machen, ob es noch andere Möglichkeiten gibt, dieser Entwicklung entgegenzuwirken.« Bente verabschiedete sich höflich und legte auf.

Frustriert blickte sie aus dem Bürofenster. Sie fragte sich, ob sie in ein paar Jahren genauso mutlos wie Herr Flachsmann sein würde und genauso resigniert reden würde. Nachdenklich beobachtete sie, wie Fiete einen Korb voll frisch geerntetem Gemüse ins gegenüberliegende Haus trug. Liam und Lena säuberten Gummistiefel unter dem Wasserstrahl eines Schlauchs.

Plötzlich kam Bente eine Idee. Sie stand auf, öffnete das Fenster und lehnte sich hinaus. »Liam?«

Er hob den Kopf und schaute zu ihr. »Ja?«

»Surfst du eigentlich?« Herausfordernd sah sie ihn an.

7. Kapitel

Am nächsten Nachmittag drehte Bente mit dem E-Auto auf dem Parkplatz vor der Dünen-Therme im Ortsteil Bad Kreise. Sie war auf der Suche nach einem freien Parkplatz und seufzte auf, als sie nach einer Weile endlich Glück hatte. Ein Ehepaar stieg in einen Volvo und setzte vor ihr rückwärts aus der Parkbucht. Bente fuhr sofort hinein, stellte den Motor ab und griff nach den Karten, die sie auf dem Beifahrersitz abgelegt hatte.

Zielstrebig überquerte sie den Parkplatz und ging auf das Nationalpark-Haus zu. Nach dem Telefonat mit Herrn Flachsmann hatte sie sich vorgenommen, auf nichts zu warten, was vielleicht irgendwann kommen würde. Selbst aktiv zu werden und im Rahmen ihrer Möglichkeiten die Sportler gezielt anzusprechen und durch Aufklärung für die Situation zu sensibilisieren, das hielt sie für den weitaus effektiveren Weg.

Sobald sie das Nationalpark-Haus betreten hatte, entdeckte sie Liam mit einer jungen Frau an der Info-Theke. Die beiden waren in ein Gespräch mit zwei Mädchen verwickelt, die zum Stationsteam von St. Peter-Ording gehörten.

Erst als Bente sich dem Grüppchen näherte, wandte Liam sich ihr zu und grüßte sie. »Moin, Chefin!«, sagte er und schaute sie erwartungsvoll an. »Willst du mich etwa zum Arbeiten abkommandieren?«

Bente unterdrückte ein Schmunzeln. »Keine Sorge, Liam. Ich habe bloß einen Termin mit Eike, wegen des Vorfalls.« Sie warf einen Blick auf ihre Armbanduhr und blieb bei der kleinen Gruppe stehen. »Aber ich bin ein bisschen zu früh dran.«

Liam nickte. »Dann ist ja gut. Das ist übrigens meine Freundin Alicia«, stellte er ihr die junge Frau neben sich mit unüberhörbarem Stolz in der Stimme vor.

»Hallo, Alicia.« Bente lächelte ihr freundlich zu. Liams Freundin war mit ihren schulterlangen braunen Haaren und den grünen Augen eine Naturschönheit. Einen guten Geschmack hatte er, das musste man ihm lassen, fand Bente. Und die beiden passten rein optisch in jedem Fall ganz hervorragend zusammen.

»Hallo. Liam hat schon viel von Ihnen erzählt«, sagte sie höflich und fragte dann: »Was gab es denn für einen Vorfall?«

»Ein Kiter ist vor Westerhever durch eine Schutzzone gebrettert und hat dabei Robben auf einer Sandbank aufgeschreckt«, erklärte Bente ernst und unumwunden. So etwas sollte sich ruhig herumsprechen, dann schraken andere Kite-Surfer hoffentlich vor ähnlich rücksichtslosem Verhalten zurück.

»So ein Idiot!«, rief Alicia erbost.

»Das geht gar nicht!«, befand auch eines der Mädchen der Schutzstation.

»Warum hast du mir davon denn nichts erzählt?«, fragte Alicia ihren Freund verständnislos.

Liam vergrub seine Hände in den Hosentaschen und setzte eine schuldbewusste Miene auf. »Weil ich genau wusste, dass du bei dem Thema Robben an die Decke gehst.«

»Und das zu Recht.« Alicia bedachte ihn mit einem genervten Blick und verschränkte die Arme vor der Brust.

»Alicia macht ein Jahrespraktikum im Robbarium«, fügte Liam erklärend an Bente gewandt hinzu.

Bente mochte Alicia jetzt schon. »Wie schön! Dann sind Robben bestimmt deine Lieblingstiere«, lenkte sie das Gespräch Liam zuliebe auf ein unverfänglicheres Thema.

»Stimmt.«

In diesem Moment schwang die Eingangstür auf. Ein Mann schob einen Rollstuhlfahrer in den Raum, der etwas in ein Taschentuch Eingewickeltes auf dem Schoß balancierte. Bente schätzte, dass die beiden ungefähr in ihrem Alter waren. Mit etwas Abstand zu ihnen warteten sie geduldig und nickten nur knapp.

»Hallo, kommen Sie ruhig zu uns rüber«, sprach eines der Mädchen die Männer an, die nicht lange zögerten.

»Hallo«, erwiderte der Rollstuhlfahrer, als sie bei ihnen waren. Wie sein Begleiter entsprach er rein äußerlich dem typischen Surfer-Klischee: längeres Haar, das vom Sonnenlicht aufgehellt war, ein gesunder Teint vom häufigen Aufenthalt an der frischen Luft und dazu ein lockeres, eher farbenfrohes Outfit. Seine hellen blauen Augen gefielen Bente.

Er hob sein kleines Bündel an. »Wir haben Strandgut gefunden, wissen aber nicht, was es ist. Vielleicht könnt ihr uns ja helfen, es zu bestimmen.« Behutsam zog er das Tuch auf seinem Schoß auseinander, und zum Vorschein kam eine dunkle, bräunliche Hülle.

Alicia zuckte die Schultern und zog sich mit einem der Mädchen in eine Ecke zurück, wo eine neue Ausstellung aufgebaut worden war. Liam blieb neben Bente stehen und besah sich das Fundstück interessiert.

»Da bin ich leider überfragt. Strandgut gehört nicht zu meinen Spezialitäten«, sagte das Mädchen hinter dem Tresen.

»Darf ich mal?« Bente beugte sich vor, um besser sehen zu können.

»Ich kann es dir auch geben.« Der Mann im Rollstuhl reichte ihr das Tuch mit dem Inhalt.

Dass er sie einfach duzte, nahm Bente nur zur Kenntnis und registrierte, dass es sie keineswegs störte. »Wo habt ihr es denn gefunden?«, fragte sie und warf einen genaueren Blick auf das Fundstück.

»Es lag zusammen mit Ästen und Seegras im Spülsaum«, meldete sich der blonde Mann mit den schönen Augen zu Wort.

Bente schaute auf und blickte ihm zum ersten Mal direkt ins Gesicht. Sie mochte den Klang seiner Stimme und die ruhige Art, in der er sprach. Darüber hinaus war er auch ziemlich attraktiv. Neben einem markanten Kinn hatte er volle Lippen und einen gesunden Teint. Mit seinem verschmitzten Lächeln zog er sie sofort in seinen Bann.

Sie räusperte sich und betrachtete beim Sprechen das kleine dunkle Gebilde in ihren Händen. »Das ist die Eikapsel eines Kleingefleckten Katzenhais. An der schlanken Nixentasche sind vier Spiralfäden.« Bente zeigte auf die Fäden. »Sie müsste ungefähr sechs Zentimeter lang sein. An den Stränden von St. Peter-Ording kommen solche Kapseln häufiger vor.«

»Wow! Das nenne ich mal Fachwissen«, erwiderte der Rollstuhlfahrer beeindruckt und nahm das Tuch samt Inhalt von Bente wieder entgegen.

»Da scheinen wir ja an eine Expertin geraten zu sein«, sagte der andere ebenfalls anerkennend. »Siehste, Kay, doch kein außerirdisches Leben.« Er klopfte dem Rollstuhlfahrer auf die Schultern und lächelte Bente an.

»Wieso sagst du mir das? Das war doch deine Theorie«, konterte er und meinte zu Bente: »Tilo hat früher zu oft ALF im Fernsehen gesehen. Seitdem versucht er, mit Außerirdischen in Kontakt zu treten. Bisher leider vergeblich.«

Bente musste grinsen. »Ach? Ist das so?«

»Glaub ihm kein Wort«, wandte Tilo ein. »In Wirklichkeit ist es nämlich genau umgekehrt. Aber Kay kann mal wieder nicht dazu stehen.« Er strahlte Bente an, und sie konnte nicht anders, als sein warmes Lächeln zu erwidern.

Kay verdrehte lachend die Augen. »Das müssen wir gleich noch in Ruhe bei einem Fischbrötchen und kaltem Blonden ausdiskutieren«, scherzte er.

»Na, dann mal guten Hunger.« Bente nickte ihnen zu.

»Werden wir haben.« Amüsiert wickelte Kay seinen Fund wieder ein. »Wir begeben uns dann mal zur nächsten Fischbude.«

Alicia, die gerade wieder zu ihnen getreten war, warf hilfreich ein: »Die Brötchen bei *De Lütte Gosch* schmecken super.«

»Danke für den Tipp«, sagte Tilo, wandte den Blick aber nicht von Bente.

Seine hellblauen Augen faszinierten sie. Sie konnte nicht aufhören, ihn anzulächeln. »Solltet ihr wieder auf außerirdisches Leben am Strand vom St. Peter-Ording stoßen, dann wisst ihr ja jetzt, an wen ihr euch wenden könnt.«

»Ich werde es mir bestimmt merken.« Tilo zwinkerte ihr zum Abschied zu und schob dann seinen Kumpel Kay aus dem Nationalpark-Haus.

Bente schaute ihnen nach. Als sie sich wieder umdrehte, blickte sie in Liams grinsendes Gesicht. »Was ist denn?«, fragte sie irritiert.

»Der Typ hat so was von offensichtlich mit dir geflirtet. Das habe ich ganz genau beobachtet«, erklärte er kopfschüttelnd.

»Das hast du dir bloß eingebildet«, versuchte Bente abzuwiegeln, obwohl sie natürlich wusste, dass er recht hatte.

Und Liam ließ sich nicht davon abbringen. »Und du hast sogar zurückgeflirtet«, stellte er fest und beobachtete aufmerksam ihre Reaktion.

Liam bekam eindeutig zu viel mit. »Nur weil man freundlich ist oder mal einen Witz macht, flirtet man nicht gleich«, steckte sie gleich die Grenzen ab. Sie war immer noch seine Vorgesetzte und wollte ihr Liebesleben ganz sicher nicht mit ihm besprechen, auch wenn das derzeit so gut wie nicht existent war.

»Die Typen waren jedenfalls ziemlich beeindruckt von dir. Besonders der eine«, blieb Liam hartnäckig und grinste sie an.

»Dann habe ich ja alles richtig gemacht«, konterte sie streng und blickte zum Parkplatz. »Da vorne kommt Eike.«

Sie hatten sich in ein Besprechungszimmer zurückgezogen, in dem Bente die Karten auf dem Tisch ausbreiten konnte.

»Hier, durch diese Zone ist der Kiter gefahren. Und da ist die Sandbank«, sagte sie und zeigte mit einem Finger auf die jeweiligen Punkte der Karte.

»Das ist wirklich viel zu nah«, stimmte Eike ihr zu. »Dieses Problem verfolgt uns in jeder Kite-Saison. Nur wird der Kite-Betrieb nicht weniger, sondern von Jahr zu Jahr immer mehr.« Er seufzte schwer.

Bente spürte, wie wieder Wut in ihr aufflammte. »Wir müssen dagegen was unternehmen. So geht das nicht weiter.«

»Ich stimme dir ja zu, doch was willst du denn dagegen tun? Bei aller Liebe, St. Peter-Ording lebt vom Tourismus, und da gehören nicht nur Familien und Rentner dazu. Wir sind hier mittlerweile ein richtiger Life-Style-Ort geworden. Vor allem ist St. Peter viel einfacher zu erreichen als die Inseln. Das zieht natürlich auch die Wassersportler an.«

Bente dachte an die Touristen, die immer wieder den Weg in die Bäckerei ihrer Familie gefunden hatten, und zweifelte nicht daran, dass sich daran nichts geändert hatte. Mit Sicherheit waren auch viele Kite-Surfer darunter. »Das ist mir schon klar«, erwiderte sie ruhiger. »Dennoch können wir nicht warten, bis die Behörde mit ihren Beschlüssen so weit ist. Wer weiß schon, was die beschließen und ob das uns weiterhilft.« Sie sah ihn ernst an. »Und weißt du, die Tiere, die hier leben, finden kein anderes Zuhause. Das darf ich einfach nicht zulassen.«

»Also gut.« Eike faltete seine Hände auf dem Tisch. »Wie lautet dein Plan?«

Jetzt hatte sie keinen Zweifel mehr daran, dass er sie bei ihrem Vorhaben unterstützen würde. »Wir müssen eine Kampagne starten. In St. Peter-Ording, und vor allem direkt bei den Surfern. Normalerweise sind die Leute doch eher naturverbunden. Da müssten wir auf offene Ohren stoßen.«

»Ich denke, viele der Surfer wissen gar nicht, dass sie Zonen befahren, die kritisch für die Tier- und Pflanzenwelt sind«, gab Eike zu bedenken.

»Ja! Und genau da müssen wir ansetzen. Unsere Aufgabe ist es ja nicht nur, Rastvogelzählungen und Spülsaumkartierungen vorzunehmen. Die Öffentlichkeitsarbeit ist doch mindestens genauso wichtig. Deswegen müssen wir die Informationen direkt an die Surfer herantragen, um ihr Verständnis und ihr Bewusstsein für den Schutz des Wattenmeeres zu wecken.« Bente lächelte, sie freute sich auf diese Aufgabe. Endlich würde sie etwas bewegen und aktiv die Natur schützen, die sie ihre Kindheit lang begleitet hatte und die ihr so sehr am Herzen lag.

»Das klingt logisch. Meinen Segen hast du in jedem Fall. Allerdings werde ich dir bei der Aktion keine sonderliche Hilfe sein können, weil mein Arbeitsplan schon ohne Sonderaktionen rappelvoll ist«, schränkte Eike sogleich ein.

»Das macht nichts. Ich kriege das auch ohne dich hin.« Zuversichtlich rollte Bente die Karten zusammen. Mehr als seine Zustimmung brauchte sie vorerst ja auch gar nicht.

»Da bin ich mir sicher.« Eike lächelte sie an.

Am Abend saß Bente am Tisch vor dem Fenster in ihrem Schlafzimmer. Eine Tasse Pfefferminztee dampfte neben ihr. Selbst in heißen Sommermonaten mochte sie Tee, am liebsten Sorten mit Minzgeschmack.

Die kleine Wohnung hatte sie am Vortag bezogen und mit ein paar Möbeln spartanisch eingerichtet. Neben ihrem Bett, einem Tisch mit Stuhl und einem Kleiderschrank hatte sie einen neuen Läufer vor ihr Bett gelegt, den ihre Eltern als Geschenk gekauft hatten. Den Rest der Einrichtung wollte Bente nach und nach erstehen und hinzufügen. Neues Geschirr für die kleine Einbauküche und ein neues Sofa im Wohnzimmer standen ganz oben auf ihrer Wunschliste.

Bente legte den Stift beiseite und nahm den Block zur Hand, auf dem sie erste Notizen für ihre Kampagne gemacht hatte. Sie musste an die nachmittägliche Begegnung mit Tilo und Kay denken. Unvermittelt lächelte sie. Den beiden hätte sie bestimmt ohne Schwierigkeiten begreiflich machen können, wie sie sich verantwortungsvoll beim Surfen zu verhalten hatten. Warum sollte es bei anderen Leuten schwieriger sein?

Bente zuckte zusammen, als ihr Handy vibrierte, das sie neben die Teetasse gelegt hatte. Auf dem Display lachte ihr ein Foto ihrer Freundin entgegen.

Erfreut wischte Bente über den grünen Hörer. »Hi, Franka!«

»Hi. Ich dachte, ich melde mich mal«, erklang Frankas fröhliche Stimme. »Hast du schon deinen Arbeitsplan bekommen?«

»Den habe ich längst«, gab sie zu und vertrieb den Anflug eines schlechten Gewissens, weil sie ihre Freundin nicht wie versprochen kontaktiert hatte. »Ich wollte mich auch bei dir melden, doch irgendwie war immer was anderes ...«

»Das habe ich mir schon gedacht.« Franka schien es ihr nicht übel zu nehmen.

»Gestern bin ich auch erst in die kleine Wohnung unterm Dach gezogen. Vorher war ich im Gartenhaus«, erklärte Bente.

»Oh! Die Wohnung ist ein kleines Schmuckstück. Ich erinnere mich noch daran, wie oft ich früher bei dir übernachtet habe. Ist dein Schlafzimmer noch dein Schlafzimmer, oder bist du in Ellys Zimmer gewechselt?«

»Nein, nein. Alles beim Alten. Ellys Zimmer habe ich zum Wohnzimmer umfunktioniert. Allerdings fehlen noch ein paar Möbel.« Ihr Blick fiel auf die leere Zimmerwand.

»Na, falls du eine Beraterin beim Möbelkauf brauchst, ich biete mich gerne an.«

»Das ist lieb von dir. Aber bevor ich deine Beratungsdienste in Anspruch nehme, sag mir lieber, ob du morgen Abend Zeit hast.«

»Für dich alle Zeit der Welt. Ich könnte morgen gegen acht mit dem Auto vorbeikommen«, schlug Franka vor.

»Klingt gut. Dann morgen um acht. Und dann quatschen wir endlich in Ruhe und trinken was zusammen.«

»Alles klar. Bis morgen.«

»Bis morgen. Ich freue mich!« Bente legte auf und lehnte sich zurück. Sie freute sich wirklich darauf, ihre Freundin wiederzusehen.

Jetzt sollte sie allerdings erst ihre Kampagne weiter ausarbeiten. Bente blickte wieder auf ihre Notizen. Inzwischen hatte die Abenddämmerung eingesetzt. Sie musste das Licht einschalten, bevor sie weiterarbeiten konnte.

Nachdem sie aufgestanden war, blieb sie im Dämmerlicht vor dem Fenster stehen. Fast geräuschlos drehte sie den Griff zur Seite und öffnete das Fenster. Frische Abendluft strömte ihr entgegen, die nach einer Mischung aus Salz und Blumenduft roch. Es war herrlich. Wie früher in den Sommern ihrer Jugend, in denen sie sich voller Hoffnung und Energie gefühlt hatte. Tief atmete Bente durch.

Sie blickte nach unten. Ihre Eltern saßen noch auf der Terrasse. In der Mitte des Tischs stand eine geöffnete Flasche Wein, daneben flackerte der Schein eines Windlichts. Leise Musik drang an ihr Ohr. Ihr Vater hatte seine Lieblings-CD von *Simon & Garfunkel* in den CD-Spieler gelegt.

Lächelnd beugte sie sich weiter aus dem Fenster und blickte nach links. In der Ferne blitzte in regelmäßigen Abständen das Leuchtfeuer vom Westerhever Leuchtturm auf. Sie zählte zehn Lichtzeichen, dann schweiften ihre Gedanken ab. Und plötzlich sah sie Tilo mit seinen hellblauen Augen in Gedanken vor sich, wie er sie anlächelte und ihr zuzwinkerte. Obwohl sie bloß ein paar Worte miteinander gewechselt hatten, spukte er ihr im Kopf herum.

Sie hätte nichts dagegen gehabt, weitere Worte mit ihm auszutauschen, und würde einer zufälligen Begegnung nicht aus dem Wege gehen. Aber jetzt wollte sie an etwas anderes denken.

Seufzend schloss sie das Fenster und ging nach unten, um ihren Eltern noch ein wenig Gesellschaft zu leisten.

8. Kapitel

Bente packte den Block mit den Notizen und das Fernglas in ihre Tasche, das Handy steckte sie in die Gesäßtasche ihrer Caprijeans. Das Rollo an ihrem Fenster ließ sie zur Hälfte runter, um die Wärme ein wenig aus der kleinen Dachwohnung abzuschirmen.

Durch das gekippte Fenster hörte sie von unten die Stimmen ihrer Mutter, von Nienke und Jelte zu sich dringen. Elly brachte die Kinder jeden Tag in den Ferien ganz früh, damit sie sich um den Verkauf in der Bäckerei kümmern konnte. Sie war sicher bereits hinter dem Verkaufstresen.

Nienke und Jelte waren an das zeitige Aufstehen gewöhnt und hatten damit offensichtlich keine Probleme. Fröhlich unterhielten sie sich mit ihrer Großmutter und hielten sie nach eigener Einschätzung garantiert wieder sehr gut auf Trab.

Nachdem Bente ihre Tasche geschultert hatte, ging sie die Treppe hinunter.

Ihre Mutter spannte gerade den Sonnenschirm auf, als sie die Terrasse betrat. »Guten Morgen zusammen!«

»Tante Bente!« Nienke rannte freudig auf sie zu und schlang ihr die Arme um die Taille.

Jeltes Begrüßung fiel etwas sparsamer aus. Er hob nur eine Hand und grinste. »Gehst du gleich wieder zu den Dönermöwen?«

Bente nickte knapp. »Zu denen und zu allen anderen Vögeln. Aber davor wollte ich eigentlich noch mit euch frühstücken.«

»Das trifft sich gut. Du kannst mit den Kindern die amerikanischen Tomaten ernten. Wie heißen die doch gleich noch mal?« Ihre Mutter zeigte auf einen Kübel, in dem leuchtend gelbe Cherrytomaten an einer Rankhilfe in die Höhe wuchsen.

»Lollipop.« Bente legte ihre Tasche auf einem Gartenstuhl ab und ging vor dem Kübel in die Hocke. Mit einer Hand berührte sie eine Stabtomate. »Die sehen wirklich gut aus.«

Ihre Mutter lachte. »Die sehen nicht nur so aus, sie schmecken auch fantastisch. Das war damals wirklich ein guter Tipp von dir.«

»Ich habe die Tomaten das erste Mal bei einer Gartenparty von meiner Gastfamilie gegessen«, erinnerte Bente sich und lächelte versonnen. »Und als sie fragte, ob ich was von den Lollipops haben wollte, dachte ich zuerst, sie meinte Süßigkeiten.«

Liebevoll strich ihre Mutter ihr eine Strähne aus dem Gesicht. »Süß schmecken sie ja.«

»Dann fangen wir mal mit der Ernte an.« Bente richtete sich wieder auf. »Wo sollen wir die Tomaten reintun?«

»In die Schale.« Ihre Mutter wies auf ein weißes Porzellangefäß, das auf dem Tisch stand, und trat zur Seite. »Ich mache inzwischen das Frühstück fertig. Papa ist bestimmt auch gleich mit dem Rasieren fertig.«

»Alles klar. Wir legen dann mal los.« Bente nahm sich die Schale und winkte die Kinder zu sich, sodass sie sich bald zu dritt den kleinen Kirschtomaten widmeten.

Nacheinander pflückten Nienke und Jelte die kleinen reifen Früchte von der Staude. Sie waren mit Feuereifer bei der Ernte, und auch Bente machte es großen Spaß, sich mit ihrer Nichte und ihrem Neffen zu beschäftigen. Während ihre Mutter den Tisch auf der Terrasse deckte, füllte sich die Schale zusehends.

»Wir sind fertig«, sagte Bente schließlich und stellte das Gefäß mit den Tomaten auf den Frühstückstisch.

Aus dem Haus erklang die Stimme ihres Vaters. »Ich hole noch ein Glas Marmelade aus dem Keller!«

»Wir kommen mit, Opi!« Schon zog Jelte seine Schwester hinter sich her und ins Haus hinein.

»Die zwei sind unverbesserlich«, sagte ihre Mutter kopfschüttelnd. »Der Keller scheint im Moment ziemlich spannend zu sein. Bestimmt erzählt dein Vater ihnen da unten heimlich irgendwelche Geistergeschichten.«

»Wie Elly und mir damals.« Bente nickte wissend. »Und nachts konnten wir dann nicht schlafen, weil wir Angst hatten, die Geister könnten zu uns kommen. Trotzdem wollten wir immer neue Geschichten hören.«

Ihre Mutter strich über Bentes Haar. »Was wart ihr doch für tapfere Mädchen.«

»Nur solange abends das Licht an war«, wiegelte Bente ab.

»Ach.« Ihre Mutter seufzte. »Kinder sind schon was Feines. Ich hätte nichts gegen weitere Enkel einzuwenden.« Sie lächelte Bente an und legte ihr dann nur schweigend eine Hand auf die Schulter. »Ich werde mal vorsichtshalber im Keller nach dem Rechten sehen.«

Ihre Mutter ging ins Haus.

Bente schluckte und spürte eine leichte Übelkeit in sich aufsteigen. Ihr Herz klopfte mit einem Mal schneller, und sie fühlte sich unsicher auf den Beinen.

Sie setzte sich auf einen Gartenstuhl und atmete konzentriert ein und aus. Ihre Mutter hatte zweifellos gespürt, dass etwas los war. Dabei hatte sie ja überhaupt keine Ahnung …

Liam rieb mit einer Hand sein Kinn. In der anderen hielt er ein beschriebenes Blatt Papier. »Das ist aber echt eine Menge.«

»Nur das Wichtigste, was mir gestern spontan eingefallen ist.« Bente trank einen Schluck Tee.

Sie hatte alle Bewohner der Leuchtturm-WG zur Beratschlagung ins Wohnzimmer gebeten. Aus der Küche drang der Duft von frischem Brot ins Zimmer, das im Ofen buk. Nach dem gemeinsamen Frühstück mit ihren Eltern und den Kindern war sie zum Westerhever Leuchtturm aufgebrochen. Sosehr sie es liebte, ihre Familienmitglieder um sich zu haben, die Bemerkung ihrer Mutter hatte noch eine Weile in ihr nachgewirkt. Erst als sie die Hälfte des Weges zwischen Deich und Leuchtturm zurückgelegt hatte, hatte sie gespürt, wie langsam wieder Ruhe in ihr einkehrte.

»Zeig mal.« Lena nahm den Zettel und legte ihn so auf den Tisch, dass Fiete mitlesen konnte. Nach einer Weile sagte sie: »Liam hat recht. Das wird kein Surfer lesen, bevor er aufs Brett springt. Der Text ist viel zu lang.«

»Wir könnten doch eine Surf-Karte auf die Flyer drucken, mit grünen und roten Zonen. Grün heißt go, und rot heißt no … oder so ähnlich«, schlug Fiete vor.

»Hey, das ist gut!«, stimmte Liam zu. »Dann setzen wir noch ein paar kurze Anmerkungen zu den Markierungen im Meer drunter, und fertig.«

Bente nickte. »Klingt gut. Ich bin allerdings eine totale Niete in Grafik-Design.«

»Kein Problem. Das Layout übernehme ich.« Zweifellos voller Tatendrang, drehte Liam sich um und schaltete den WG-Computer an. Es dauerte nicht lange, bis er einen Info-Flyer mit einer Karte, auf der die Surf-Zonen eingezeichnet waren, erstellt hatte. Zufrieden lehnte er sich auf dem Stuhl zurück und verschränkte die Arme vor der Brust. »Was meint ihr? Ich finde es gut.«

»Ist cool geworden«, pflichtete Lena ihm bei.

»Könnte fast von mir sein.« Fiete hob anerkennend einen Daumen.

»Richtig prima!« Bente war begeistert und auch ein wenig beeindruckt davon, wie schnell Liam den Flyer erstellt hatte. »Man sieht alles auf einen Blick. Das könnte tatsächlich funktionieren.«

»Das *wird* funktionieren«, sagte Liam selbstbewusst.

Bente konnte nur amüsiert den Kopf schütteln.

»Dann muss es nur noch in den Druck gehen«, meinte Lena und nahm die leeren Teetassen vom Tisch.

Hastig leerte Bente ihre Tasse, bevor sie sie Lena in die Hand drückte. Dann fiel ihr etwas ein. »Wo lassen wir eigentlich unsere Infos drucken? Im Eifer des Gefechts habe ich glatt vergessen, Eike danach zu fragen.«

Liam winkte ab. »Das dauert viel zu lange, wenn wir den offiziellen Weg gehen. Dann können wir die Flyer erst nächstes Jahr verteilen. Ein Kumpel von mir macht das. Ich schicke ihm die Datei per E-Mail. Wenn du mich mit nach St. Peter-Ording nimmst, kann ich gleich bei ihm vorbeigehen.«

»Dann mal los.« Bente stand auf und zog sich eine Sweatshirtjacke über, die sie zuvor über die Stuhllehne gehängt hatte. »Je eher, desto besser.«

»Kann etwas dauern. Ich schicke dir eine Nachricht aufs Handy, wenn wir fertig sind«, sagte Liam und stieg aus.

Bente beugte sich zur Beifahrerseite. »Danke, dass du mich bei der Aufklärarbeit so unterstützt. Ich weiß das wirklich zu schätzen.«

»Kein Problem. Als Surfer habe ich eben die nötigen Kontakte. Ob am Strand oder im Copy-Shop.« Er grinste sie an.

Bente ging durch den Sinn, dass er irgendwie ihr jüngerer Bruder hätte sein können. Seine Art amüsierte sie einfach sehr. »Dann bis später!«, sagte sie zum Abschied.

Sie fuhr zum Parkplatz im Heedweg und stellte dort das Auto ab. Von dort aus ging sie zu Fuß zum *SPO Fischhaus*. Es war mittags, und die Plätze vor dem Lokal waren alle besetzt. Deshalb kaufte Bente sich einen *Wattenläufer Burger* zum Mitnehmen. Das Wetter war ohnehin zu schön, um in einem Restaurant zu sitzen. Lieber genoss sie ihr Mittagessen in der Sommersonne.

Wohlweislich hatte sie ein paar Servietten mehr mitgenommen. Das Essen des Burgers gestaltete sich erwartungsgemäß als eine ziemlich unberechenbare Sache.

Am Ende des Dünenwegs putzte sie sich noch mal den Mund und ihre Finger mit einem Papiertuch ab und verstaute es in ihrer Umhängetasche. Gut gelaunt spazierte sie anschließend einen Pfad entlang, der zwischen bewachsenen Dünen bis zum Deich verlief.

Hinter dem Seedamm folgte sie einem kleinen Weg, der durch die Salzwiesen führte. An einer Stelle blieb sie stehen und schloss die Augen. Sie hörte, wie der Wind leicht durch die Gräser strich, spürte die Sommerbrise auf ihren Armen. Über ihr zeterte eine Möwe, und in unmittelbarer Nähe summten Bienen.

Es roch nach der unbeschreiblichen Duftkomposition von Meer und Wiesengräsern. Es roch nach Heimat und Vertrautheit. Sie öffnete wieder die Augen. Obwohl Los Angeles auch am Meer lag, hatte sie dort nie diesen besonderen Geruch in der Nase gehabt.

Natürlich hatte es dort auch nach Meer gerochen, und die Möwen hatten mindestens genauso laut gekreischt, aber auf eine andere Weise. Es hatte sich nie nach so etwas wie Heimat angefühlt, sondern nach einem Ort, an dem sie immer das Gefühl gehabt hatte, bloß ein Gast zu sein.

Bente zog den Reißverschluss ihrer Tasche auf und griff nach dem Fernglas.

Sie entdeckte ein paar Schafe in den Salzwiesen. Eines der Tiere sonnte sich und hatte die Augen entspannt halb geschlossen. Auf seinem Rücken landete ein Star und legte ein Päuschen ein. Das Schaf zeigte sich völlig unbeeindruckt. Bente lächelte.

Dank der früheren Vogelkiek-Ausflüge mit ihrem Vater hatte sie bei der Vogelbestimmung keinerlei Probleme und brauchte ihr Bestimmungsbuch nur sehr selten. Durch das Fernglas entdeckte sie nicht weit von der Schafherde entfernt einen Mann. Er hielt sich eine Kamera vors Gesicht und schien eifrig zu fotografieren.

Bente vergrößerte ihre Sicht. Sie wollte wissen, was der Mann vor der Linse hatte. Aber statt sein Fotomotiv zu entdecken, erkannte sie den Fotografen. Ihr stockte kurz der Atem. Das war doch der Typ aus dem Nationalpark-Haus. Tilo. Der Mann, dem sie gerne zufällig wiederbegegnen wollte.

Bente lächelte und machte sich, ohne weiter darüber nachzudenken, auf den Weg zu ihm. Diese Gelegenheit wollte sie nicht ungenutzt lassen.

Als sie fast bei ihm war, wandte er sich zu ihr um. »Ach, hallo!« Er ließ die Kamera sinken.

»Moin!« Bente blinzelte gegen das Sonnenlicht an.

»Da muss ich ja gar nicht im Nationalpark-Haus vorbeischauen, um mich weiter mit dir über Strandgutfunde unterhalten zu können.« Er lächelte sie an, und wieder war sie vom Funkeln seiner hellblauen Augen wie gebannt.

»Gibt es denn neue Funde, die nicht von dieser Welt sind?«, spielte sie auf ihr letztes Gespräch an.

Ungerührt schüttelte er den Kopf. »Nein, nicht wirklich. Obwohl Kay noch nicht die Hoffnung aufgegeben hat.«

»Wo ist er eigentlich?« Bente blickte sich um.

»Bei der Therapie. Er ist hier zur Reha, und ich begleite ihn. Damit ihm nicht so langweilig ist zwischen den Terminen.«

»Das ist aber nett von dir«, erwiderte sie beeindruckt.

Tilo schien ein Freund zu sein, auf den man sich verlassen konnte. Das gefiel ihr.

»Ach was«, winkte er ab. »Alles nur ein Vorwand, damit ich ein bisschen Urlaub in St. Peter-Ording machen kann. Ein paar schöne Fotos habe ich schon im Kasten. Willst du mal sehen?«

»Ja, gerne.« Ihr wurde seine Nähe bewusst, als er einen Schritt näher trat, doch es war ihr nicht unangenehm. Ganz im Gegenteil.

Tilo zeigte ihr die Aufnahmen auf dem Display der Kamera. »Die Sonne ist etwas hell …«

Lächelnd sah sie auf und betrachtete sein ebenmäßiges Gesicht. »Du scheinst Vögel zu mögen.«

»Eigentlich mag ich alle Tiere – und auch Pflanzen. Aber es stimmt schon, Vögel interessieren mich sehr. Schon immer. Mein Vater und ich haben früher Statistiken über die Vogelarten in unserem Garten geführt.« Er hob ganz leicht das Kinn.

»So ähnlich war das bei meinem Vater und mir auch.« Bente lächelte ihn an. Sie war fasziniert davon, dass Tilo ein ebenso großer Natur- und Tierfreund zu sein schien wie sie.

»Dann hast du ja vielleicht einen Geheimtipp für mich, wo ich viele Vögel vor die Linse bekomme?«

»Ich kann dir auf jeden Fall die Vogelführungen der Schutzstation Wattenmeer ans Herz legen.« Bente blickte durch ihr Fernglas, reichte es ihm und zeigte auf einen Punkt in der Salzwiese. »Schau mal. Da drüben auf dem Holzpflock sitzt ein Steinschmätzer-Weibchen.«

Tilo blickte durch den Feldstecher. »Tatsächlich. Hätte ich fast gar nicht gesehen.«

»Das liegt daran, dass Steinschmätzer eine Umgebung bevorzugen, wo sie mit ihrem Gefieder perfekt getarnt sind«, erklärte Bente und fragte sich im selben Moment, ob sie etwas zu sehr mit ihrem Wissen prahlte.

Tilo gab ihr das Fernglas zurück. »Ich sag's ja, du bist eine Expertin.«

»Vogelbeobachtungen gehören zu meinem Job.«

»Darüber würde ich gerne mehr erfahren.« Er packte seine Kamera in seinen Rucksack. »Was hältst du davon, wenn ich dich spontan auf einen Kaffee einlade?«

Bente warf einen Blick auf ihr Handy, um sich zu vergewissern, dass sie Liams Anruf nicht verpasst hatte. Dann schaute sie in Tilos glänzende Augen und nahm sich vor, die Arbeit erst mal Arbeit sein zu lassen. »Da sage ich spontan nicht Nein.«

Sie gingen den Weg zurück nach St. Peter-Dorf, den Bente vor nunmehr einer Stunde zurückgelegt hatte. Im *Deicheck Café* setzten sie sich nach draußen in einen Strandkorb, der zufällig in dem Moment frei wurde, als sie ankamen. Bente bestellte einen Milchkaffee und Tilo einen Espresso.

»Auf jeden Fall möchte ich die Zeit in St. Peter-Ording auch nutzen, um so viel wie möglich über die Vögel in den Salzwiesen zu erfahren«, sagte er, nachdem er die Tasse abgesetzt hatte.

»Dann solltest du wirklich mal an einer Führung teilnehmen. Dabei siehst du nicht nur viele Vögel, sondern kannst auch alle Fragen stellen, die dir auf der Seele brennen.«

»Bietest du auch private Führungen an?«, fragte er und deutete ein verschmitztes Grinsen an.

Bei so viel Forschheit konnte Bente nicht anders, als selbst zu grinsen. Tilos Charme erinnerte sie ein bisschen an Liam, wenn sie einander sonst auch überhaupt nicht ähnelten. »Vielleicht.«

»Für den Fall würde ich dich gern einmal begleiten … wenn ich darf?«

Sie zögerte, gab sich dann aber einen Ruck. »Okay, weil du es bist.« Bevor sie es sich anders überlegen konnte, zog sie einen Stift aus ihrer Tasche und schrieb ihre Handynummer auf einen Bierdeckel. »Und weil unsere Väter in uns die Liebe zur Vogelwelt geweckt haben.«

Tilo nahm den Bierdeckel und strahlte über das ganze Gesicht. »Wow! Das ist wirklich super!«

In diesem Augenblick kündigte ihr Handy mit einem hellen Signalton eine neue Nachricht an. »Entschuldigung.« Sie nahm das Mobiltelefon in die Hand.

Hi Bente!
Wir sind fertig. Wo bist du? Fabrizio fährt mich mit der Vespa rum.
Liam

Sie schrieb ihm zurück und warf Tilo einen entschuldigenden Blick zu. »Ich muss leider wieder nach Westerhever.«

»Das macht nichts. Kay wird auch bald mit seiner Therapiesitzung fertig sein. Ich habe ja jetzt deine Nummer.« Er legte einen Geldschein unter seine Tasse und bedeutete Bente stumm, die Einladung anzunehmen.

Sie bedankte sich mit einem Lächeln. Wenig später standen sie voreinander auf dem Bürgersteig.

»Melde dich einfach. Wir finden bestimmt einen Termin«, sagte sie zum Abschied. Tilo winkte und ging in die entgegengesetzte Richtung zum Heedweg.

Bente sah ihm kurz nach. Sie wollte gerade zum Parkplatz hasten, als ein knatterndes Geräusch neben ihr auf der Straße erklang.

»Da bin ich schon!« Liam saß hinter einem jungen Mann auf einer Vespa und zog sich den Helm vom Kopf. Vor seinen Bauch hatte er einen Karton geklemmt.

»Bist du geflogen?«, fragte Bente und musterte die beiden.

»Fast.« Liam drückte dem Fahrer den Helm in die Hand und klemmte sich den Karton unter den Arm. Der Rollerfahrer gab Gas und hob zum Abschied die Hand.

»Die Flyer.« Liam zeigte auf die Pappbox.

»Perfekt! Dann können wir bald unsere Aktion starten.«

Liam schaute an ihr vorbei und runzelte die Stirn. »Das war doch gerade der Typ von kürzlich bei dir. Oder?«

»Kann schon sein.« Bente wich seinem Blick aus.

»Natürlich war er das! Er kam mir gleich so bekannt vor.« Er grinste von einem Ohr zum anderen. »So ist das also. Während ich mich um die Flyer gekümmert habe, hattest du ein heimliches Date.«

»Also wirklich!« Bente schnappte nach Luft, warf ihm einen eisigen Blick zu und ging los. »Wir sind uns zufällig über den Weg gelaufen …«

»Natürlich. Zufällig.« Liam ging eine Weile schweigend neben ihr her.

Als sie ihn von der Seite anschaute, erkannte sie, dass er Mühe hatte, sich das Lachen zu verkneifen. Bente schmunzelte und gab es schließlich auf. »Das bleibt aber unter uns«, bat sie ihn.

»Selbstverständlich, Chefin.«

»Zeig mir lieber mal einen Flyer«, wechselte sie dann das Thema.

Liam hatte recht. Sie hatte ein angenehmes Kribbeln in Tilos Gegenwart verspürt, gegen das sie sich nur schwer wehren konnte. Dieses Gefühl hatte sie schon lange nicht mehr empfunden. Im Stillen hatte sie gar nicht mehr damit gerechnet, dass ein Mann noch einmal so etwas in ihr auslösen könnte. Und zu viel wollte sie dem lieber nicht beimessen. Aber es fühlte sich gut an.

9. Kapitel

Am späten Nachmittag stand Bente auf einer Trittleiter und schnitt Kletterrosen, die an der Pergola auf der Terrasse emporrankten. Dabei achtete sie darauf, ausschließlich Verblühtes, Totholz und störende Seitentriebe zu entfernen. Die optimale Schnittstelle lag meistens einen Zentimeter über dem nach außen stehenden Auge. Routiniert knipste sie die Austriebe mit einer Rosenschere ab. Ihr Blick schweifte immer wieder in den Garten.

»Gleich hab ich dich!« Nienke schob einen orangen Schwimmflügel an ihrem Ärmchen höher und griff beherzt nach dem Haifisch-Kescher, mit dem sie versuchte, einen Plastik-Seestern zu fangen. Jelte hingegen schien seine Ruhe haben zu wollen. Er war komplett auf Tauchstation gegangen, nur der obere Teil seines Schnorchels ragte aus dem Wasser des Planschbeckens heraus.

Als Bente von der Arbeit am Leuchtturm nach Hause gekommen war, hatten ihre Eltern schon sehnsüchtig auf sie gewartet.

»Kannst du bitte für eine halbe Stunde auf die beiden Wasserflöhe aufpassen?«, hatte ihre Mutter sie gefragt und in den Garten gedeutet, wo Nienke und Jelte bereits im

Planschbecken herumtollten. »Mir ist vorhin ein Missgeschick passiert. Dein Vater und ich müssen unbedingt eine neue Stehlampe bei *Elektro Mahrt* kaufen.«

»Ja, natürlich.« Bente schaute in die Ecke des Wohnzimmers, wo sonst die heiß geliebte Leselampe ihrer Mutter gestanden hatte und sich nun eine ungewohnte Leere auftat. »Was ist denn passiert?«

»Ach, ich bin gegen die Lampe gestoßen und habe sie dabei umgedonnert. Wir haben es noch mit einer neuen Glühbirne probiert, aber das gute Stück war scheinbar sofort kaputt. Du weißt ja, dass ich so schlecht einschlafen kann. Da muss ich abends wenigstens ein bisschen in meinen Krimis lesen, bis ich müde werde.«

Bente hatte zugestimmt, auf die Kinder aufzupassen. Allerdings hatte sie sich einen Kommentar verkneifen müssen. Denn den Gedanken, dass die Einschlafprobleme ihrer Mutter unter Umständen auch dem Lesestoff geschuldet waren, fand sie nicht ganz abwegig.

Aus dem Augenwinkel sah sie, wie Jelte auftauchte und seine Schwimmbrille abnahm. »Das ist voll cool! Das probiere ich beim nächsten Mal im Meer aus. Da sehe ich dann echte Fische«, rief er und warf seiner Schwester einen lilafarbenen Plastikseelöwen ins Fischernetz.

»Und echte Strandkrabben.« Bente stieg von der Leiter und ging auf das Planschbecken zu. Dabei imitierte sie mit den Händen die Scheren eines Krebses. »Die kommen dann zu dir und knabbern dich an.«

Jelte lachte und kreischte auf. »Hilfe!«

»Und ganz viele Babykrabben!« Nienke quietschte vor Vergnügen und spritzte ihren Bruder nass.

»Auf Wiedersehen!« Kurzerhand setzte Jelte sich wieder die Schwimmbrille auf, steckte den Schnorchel in den Mund und tauchte unter.

Nienke hielt sich die Nase zu und ging in die Hocke, bis das Wasser ihr bis zum Hals reichte. »Gluck, gluck, gluck!«

»Da müssen wir für dich wohl auch eine Schwimmbrille und einen Schnorchel besorgen.« Bente lächelte ihre Nichte an. Die Kleine war einfach bezaubernd, wie sie dort in ihrem roten Bikini mit weißen Tupfen stand, auf dem Kopf einen Strohhut und in der Hand den Kescher. Hätte Bente eine Tochter gehabt, hätte sie sich ein Mädchen wie Nienke gewünscht. Vielleicht … Irgendwann …

»Tante Bente?«, riss Nienke sie aus den Gedanken.

»Ja?« Blinzelnd verscheuchte Bente das dumpfe Gefühl, das sie überkommen hatte. Sie ließ sich von Nienke heranwinken und hockte sich vor sie, sodass sie auf Augenhöhe waren.

Ohne zu zögern, schlang das Mädchen beide Ärmchen um sie.

»Ich habe dich lieb!«

Gerührt strich Bente ihrer Nichte über den Rücken. »Ich habe dich auch lieb.«

Die Kleine guckte sie aus großen blauen Kulleraugen an. »Du darfst nicht mehr zurück zu diesem Amerika gehen«, sagte sie voller Ernsthaftigkeit.

»Nein.« Bente schluckte. »Das verspreche ich dir.« Sie griff nach dem Seestern, der im Begriff war, an ihrer Nichte vorbeizuschwimmen. »Dieses Amerika ist nämlich ziemlich weit weg, und ich möchte gar nicht mehr so weit weg sein.« Sie legte das Plastikspielzeug in Nienkes Kescher.

»Dann könnten wir uns nicht mehr ohne Flugzeug besuchen«, schlussfolgerte Nienke.

»Gut, dass ich wieder hier bin, denn so können wir uns jeden Tag sehen. Ganz ohne Flugzeug.« Kaum hatte sie die Worte ausgesprochen, fühlte sie, dass sie es genau so meinte. Es war tatsächlich gut, dass sie wieder da war. Das merkte sie von Tag zu Tag immer deutlicher. Sie beobachtete sich dabei, wie sie wieder zur alten Bente wurde. Es waren kleine Schrittchen zurück zu ihrem eigentlichen Ich, doch die ergaben irgendwann auch einen großen Schritt. Mit Erleichterung nahm sie wahr, dass die negativen Gefühle, die sie belastet hatten, häufiger in den Hintergrund traten und manchmal sogar völlig verschwanden. Das wertete sie als gutes Zeichen. Vielleicht war es eine erste Phase von Heilung.

Jelte tauchte wieder auf, pustete Wasser aus seinem Schnorchel und nahm ihn aus seinem Mund. »Mir fehlen noch Schwimmflossen«, stellte er fest.

»Dann bist du ein Wasserfrosch.« Nienke hüpfte wie eine Kröte durchs Planschbecken und gab Quak-Geräusche von sich.

Bente musste lachen.

»Quatsch! Mit Flossen kann ich besser vor den Krabben davonschwimmen, bevor die mich zwicken.« Jelte schaute Bente an und verdrehte die Augen. »Das versteht Nienke noch nicht. Dafür ist sie noch zu klein.« Dann blickte er an ihr vorbei und stand auf. »Oma und Opa sind zurück!« Hastig nahm er die Schwimmbrille ab und rannte über den Rasen. Nienke beeilte sich, auf ihren kurzen Beinchen hinterherzukommen.

Auch Bente folgte ihnen auf die Terrasse, wo ihre Eltern die Kinder begrüßten.

Bente lächelte. »Habt ihr eine neue Lampe gekauft?«

»Sogar zwei«, antwortete ihre Mutter, während sie die Kinder mit einem Handtuch trocken rubbelte.

»Zwei Leselampen?«, fragte Bente erstaunt.

»Eine Deckenleuchte für dich«, erklärte ihr Vater. »Die alte Lampe in deinem Wohnzimmer ist doch viel zu funzelig.«

So war es früher schon gewesen. Ihr Vater hatte sich um solche Dinge einfach gekümmert, ohne ein Wort darüber zu verlieren. Bente spürte, wie aufgehoben sie sich plötzlich fühlte. Und trotzdem hätte sie sich auch selbst um eine neue Lampe bemühen können. »Das ist aber lieb. Danke!«

Ihr Vater zeigte auf zwei Pakete, die neben dem Sofa lagen. »Die bringe ich dann demnächst an.«

»Dabei helfe ich dir.« Bente gab ihrem Vater einen Kuss auf die Wange und sah den Kindern nach, die sich von ihrer Mutter zum Umziehen nach drinnen scheuchen ließen. »Dann mache ich mich jetzt mal frisch. Franka kommt gleich vorbei.«

Eine knappe Stunde später stieg Bente vorfreudig zu ihrer Freundin ins Auto ein. Im Radio dudelte der Hit *Bad Habbits* von Ed Sheeran.

»Hey!« Franka beugte sich zum Beifahrersitz rüber, um sie zu umarmen. »Schön, dass das mit uns klappt heute.«

»Finde ich auch.« Bente schnallte sich an. »Wohin fahren wir denn?«

»Wirste schon noch sehen«, meinte Franka geheimnisvoll und brauste los.

Bente warf ihr einen vielsagenden Blick zu. »Aber dann lade ich dich ein. Schließlich müssen wir meine Rückkehr feiern.«

Franka lachte. »Da sag ich nicht Nein.«

Sie fuhren auf der Dreilanden und bogen schließlich rechts in den Ortsteil Bad ein. Vor der Dünen-Therme ergatterten sie einen Parkplatz und schlugen dann zu Fuß den Weg Richtung Promenade ein.

»Wohin gehen wir denn? Auf eine Pizza auf die Hand zu *La Trattoria* oder lieber ein Fischbrötchen von *De Lütte Gosch*?«, scherzte Bente.

Franka hakte sich bei ihr unter. »Das war der ursprüngliche Plan. Da du mich nun aber einlädst, ziehe ich das *Deichkind* vor.«

Spaßhaft knuffte sie ihre alte Freundin in die Seite. »Das sieht dir ähnlich.«

»Manche Dinge ändern sich eben nicht.«

Kurz darauf saßen sie an einem Tisch auf der überdachten Außenterrasse des Lokals. Bente hatte ein Filet vom Eider-Zander mit Spargelragout und Bärlauchkartoffeln bestellt. Franka hatte sich für den Friesischen Fischteller mit Hausfrauensoße und Bio-Schwarzbrot entschieden. Die Bedienung servierte ihnen zwei hausgemachte Limos, für Bente in der Geschmacksrichtung Limette & Minze und für Franka Pink Grapefruit.

Franka erhob ihr Glas. »Worauf trinken wir?«

Bente überlegte nur kurz. »Auf unsere schöne nordfriesische Heimat … und auf die Freundschaft.«

»Und auf deinen Neuanfang!«, schlug Franka vor und prostete Bente zu.

»Auf all das.« Bente trank einen Schluck Limo, die kühl und erfrischend schmeckte. »Sehr lecker!«

»Nun erzähl mal. Wie geht es dir denn? Hast du dich schon wieder einigermaßen eingelebt?«

»Ich glaube, mir geht es ganz gut. Jedenfalls wesentlich besser als noch vor einer Woche. Meine Familie hat mich mit offenen Armen aufgenommen und bis jetzt keine großen Fragen gestellt. Wahrscheinlich sind sie froh, dass ich wieder da bin. Meiner Nichte musste ich heute sogar versprechen, nicht wieder zu diesem Amerika zurückzugehen.« Sie lächelte versonnen.

Franka lachte auf. »Das ist ja niedlich.«

»Ja, Nienke ist ein ganz besonderes Mädchen. Sie ist sehr feinfühlig und scheint sich viele eigene Gedanken zu machen.«

Eine Servicemitarbeiterin brachte ihnen das bestellte Essen.

»Dann mal guten Appetit.« Franka legte sich eine Stoffserviette auf ihren Schoß.

»Danke, ebenso.« Bente probierte den Fisch. »Auch sehr lecker!« Sie zwinkerte Franka zu. »Das amerikanische Essen werde ich jedenfalls nicht vermissen.«

Franka spießte eine Krabbe mit ihrer Gabel auf. »Burger hättest du hier allerdings auch bestellen können.«

Abwehrend hob Bente die Hände. »Bitte keine Burger in den nächsten Jahren. Nicht dass ich überhaupt keine mehr essen würde, aber ehrlich gesagt reicht es irgendwann erst mal.« Sie nippte an ihrer Limo. »Weißt du übrigens, wen ich neulich im Dorf getroffen habe?«

Franka sah auf. »Wen denn?«

»Cord. Auf einmal stand er vor mir. Ich dachte zuerst, ich sehe nicht richtig.«

»Ach, Cord sehe ich häufiger. Er ist ja viel in SPO unterwegs. Schon allein durch seinen Job bei der Tourismus-Zentrale.«

»Davon hat er mir auch erzählt. Ich war ganz überrascht.« Unentschlossen stocherte Bente mit der Gabel in ihrem Essen herum.

»Cord war mit seiner Rückkehr nach St. Peter-Ording ein paar Jahre schneller als du.«

Aufmerksam sah sie Franka an. »Du hast mir nichts davon erzählt. Warum eigentlich nicht?«

Franka legte ihre Gabel auf dem Teller ab und faltete die Hände auf der Tischplatte. »Ich dachte, dass dich das nicht interessieren würde. Immerhin warst du in den USA mit Johannes liiert. Und Cords Rückkehr erschien mir eher wie kalter Kaffee, den man besser nicht aufwärmt.«

»Hm.« Bente runzelte die Stirn. »Wahrscheinlich hätte es mich wirklich nicht sonderlich interessiert, wenn du es mir damals erzählt hättest. Aber nach dem zufälligen Treffen habe ich mir wirklich Gedanken gemacht.«

»Inwiefern?«

»Ich habe mir die Frage gestellt, ob ich die falschen Entscheidungen in meinem Leben getroffen habe. Vielleicht wäre alles gut geworden, wenn ich nicht so stur gewesen wäre und doch einfach mit Cord zusammen nach Australien gegangen wäre.«

Franka warf ihr einen entgeisterten Blick zu. »Was für ein Quatsch! Hättest du das gemacht, würden wir jetzt höchstwahrscheinlich darüber reden, was du alles verpasst hast, weil du nicht deine eigene Entscheidung getroffen hast.«

»Ja. Bestimmt hast du recht.« Auch wenn sie nicht dieselbe Sicherheit verspürte wie Franka, hatte ihre Freundin ja recht. Es war ein vernünftiger Standpunkt. Und wer wusste schon, was gewesen wäre, wenn … Bente schüttelte die Gedanken ab und griff wieder zum Glas.

Franka setzte nach und schaute sie ernst an. »Weißt du, im Leben läuft nicht alles glatt. Schon gar nicht nach irgendwelchen Plänen, die man sich wie einen Einkaufszettel zurechtlegt. Schau mich an, ich bin dafür das beste Beispiel.«

»Worauf willst du hinaus?«, fragte Bente.

Franka kaute auf einem Stück Fisch. »Na ja … vermutlich ist es der größte Unsinn überhaupt, darauf zu hoffen, dass Jarno mir irgendwann mal seine Liebe gestehen wird. Wie lange warte ich jetzt schon?« Sie dachte nach. »Fünfzehn Jahre bestimmt. Aber weißt du, was? Ich kann und ich will gar nicht anders. Selbst wenn ich als alte Oma noch warten sollte. Ich finde, für das Leben gibt es keine allgemeingültigen Regeln. Oder höchstens eine, nämlich dass man sich bloß verrückt macht, wenn man sich das vermeintlich tolle Leben von anderen als Maßstab setzt.«

Bente schaute ihre Freundin nachdenklich an, nickte dann aber schließlich. »Das hast du klug gesagt, und ich weiß auch, dass es so ist. Manchmal ist es nur trotzdem schwer, nicht solche Gedanken zu haben.«

Franka lächelte sie aufmunternd an. »Wie bist du eigentlich mit Johannes verblieben?«

Sie zuckte die Schultern. »Ich habe mich von ihm getrennt, weil ich keine Perspektive mehr für unsere Beziehung gesehen habe.«

»Wie ging es ihm denn nach … der Sache?«

»Du kannst ruhig Fehlgeburt sagen. Ehrlich gesagt bist du die Einzige, mit der ich darüber sprechen kann und bis jetzt darüber geredet habe.« Bente seufzte leise, bevor sie weitersprach. »Meine Gefühle waren durch den Schmerz der Fehlgeburt komplett überlagert.« Sie schüttelte den Kopf. »Meinen Eltern kann ich es immer noch nicht erzählen. Weißt du, am liebsten möchte ich auch selbst nicht daran denken …«

Franka sah sie mitfühlend an.

Bente fasste sich ein Herz. Ihre Freundin hatte sie am Telefon die Fakten genannt. Jetzt saß sie ihr gegenüber und versuchte, ihre Gefühle und Gedanken verständlich zu machen.

»Und Johannes?«, fragte Franka.

Traurig sah sie sie an. »Ich denke, ihm ging es wahrscheinlich genauso. Nur wurde es für mich immer unerträglicher in seiner Nähe … Ich habe mir zunehmend selbst die Schuld dafür gegeben, dass ich das Kind verloren habe. Je mehr ich darüber nachgedacht habe, umso mehr Fehler habe ich in meinem Verhalten gefunden. Das hat dann dazu geführt, dass ich mich für Johannes' Trauer schuldig gefühlt habe.« Sie ließ den Blick gedankenverloren in die Ferne schweifen. »Und irgendwann hatte ich nur noch einen Wunsch: Endlich wieder nach St. Peter-Ording zurückzukehren und meinen Frieden zu finden.«

»Also habt ihr gar keinen Kontakt mehr?«, hakte Franka nach.

Bente schüttelte den Kopf. »Im Moment nicht.«

Franka nickte verständnisvoll. »Das Wichtigste ist, dass es dir wieder besser geht. Du wirst sehen, deine Zukunft wird wunderbar werden.« Sie griff ihre Hand und drückte sie. »Und am Ende wirst du sagen, dass alles so gut ist, wie es gekommen ist.«

Bente schaute ihre Freundin dankbar an und nickte schließlich, auch wenn sie an das gute Ende noch nicht glauben konnte. Als Franka ihre Hand wieder zurückgezogen hatte, probierte Bente den Fisch, der tatsächlich vorzüglich schmeckte.

Bei Franka konnte sie immer sie selbst sein und musste keine Angst vor moralischen Belehrungen haben. Sie wusste, dass ihre Freundin ihr immer den Rücken stärken würde, egal in welcher Situation sie sich befand. Das tat unglaublich gut. Und Frankas Einstellung, dass das Glas immer halb voll war, vermittelte ihr eine gewisse Sicherheit, nach der sie sich vor Monaten noch sehr gesehnt hatte.

Eine Weile aßen sie schweigend, dann sah Bente auf und sagte schlicht: »Danke.«

Franka nickte nur lächelnd. Und in diesem Moment war Bente einfach heilfroh, eine so gute Freundin wie sie zu haben. Eigentlich hatte sie Franka auch von der Begegnung mit Tilo erzählen wollen, doch das erschien ihr jetzt irgendwie unpassend. Außerdem wollte sie sich noch etwas für das nächste Treffen aufheben. Davon konnte sie beim nächsten Mal berichten. Und dann gab es ja vielleicht sogar schon mehr zu erzählen.

Nach dem Essen gönnten Bente und Franka sich noch ein Eis auf die Hand und schlenderten über die Seebrücke. Der laue Sommerabend lud förmlich dazu ein. Vor dem Verkaufsstand hatte sich eine lange Schlange gebildet, sie waren nicht als Einzige auf die Idee gekommen.

»So ein leckeres Eis gab es in den USA auch nicht«, murmelte Bente später, als sie ihr Vanilleeis aus einem Pappbecher löffelte.

Sie blieben an einer Stelle auf der Brücke stehen und blickten still über die Salzwiesen, die im warmen Lichtschein der untergehenden Sonne sanft schimmerten.

»Gibt es denn irgendetwas, was dir fehlt?«, wollte Franka wissen.

»Eigentlich nicht. Aber womöglich kommt das noch.« Sie atmete die frische Seeluft ein, die sie so sehr liebte, genoss die Weite, die sich vor ihr erstreckte, und schaute zu einem Priel. Abrupt hielt sie inne. »Schau mal.«

»Was denn?« Franka folgte ihrem Blick, schien jedoch nichts zu entdecken.

Bente nickte mit ihrem Kopf in die Richtung des Priels. »Da vorne sitzt ein Fuchs in den Salzwiesen.«

»Tatsächlich«, sagte Franka, nachdem sie das Tier ebenfalls ausgemacht hatte. Fasziniert blickte sie zu ihm hinüber. »Füchse habe ich hier ja noch nie gesehen.«

Bente fühlte sich seltsam berührt von dem Anblick. »Er kommt bestimmt aus dem Wald. Wie er uns mit großen Augen anschaut«, flüsterte sie.

»So ein hübscher Kerl«, stimmte Franka ihr zu.

Ein Handyklingeln zerriss den andächtigen Moment. »Oh!« Bente griff hektisch in ihre Tasche und tastete nach ihrem Telefon. Sogleich musste sie an Tilo denken. Ihr Herz klopfte, als sie das Smartphone hervorholte und auf den Bildschirm schaute. Doch es war Johannes. Für einen Moment war Bente wie erstarrt. Als sie sich wieder gefangen hatte, drückte sie den Anruf weg.

»Du bist ja gar nicht drangegangen«, kommentierte Franka fragend.

»Ich kannte die Nummer nicht«, flunkerte sie und hoffte, dass ihre Freundin nichts bemerkte. Natürlich hätte sie Franka auch genauso gut einfach die Wahrheit sagen können. Aber sie wollte jetzt nicht schon wieder über Johannes sprechen, sondern sich lieber schönen Themen zuwenden. »Wo ist denn der Fuchs abgeblieben?«

Franka zuckte die Schultern und schob die Hände in die Hosentaschen. »Der Klingelton hat ihn verscheucht.«

»Schade.« Bente rubbelte mit den Händen über ihre Arme. »Es ist ziemlich frisch geworden, nicht?«

»Stimmt. Wir können ja langsam wieder zurück zum Auto gehen«, schlug Franka vor.

»Gute Idee.«

Als sie am Auto angekommen waren, klingelte Bentes Handy erneut. Während Franka aufschloss und die Fahrertür aufzog, griff Bente aufgeregt nach dem Telefon. Falls es dieses Mal Tilo war, würde sie Franka doch noch von ihm erzählen. Doch es war wieder Johannes. Nachdenklich verzog Bente den Mund. Sollte sie vielleicht doch endlich seinen Anruf annehmen?

Nein. Egal, was er wollte, sie fühlte sich nicht in der Lage, mit ihm zu reden. Sie wollte nicht riskieren, durch ein Gespräch mit ihm in die alten negativen Gefühle zurückzufallen. Hier in St. Peter-Ording ging es ihr zum ersten Mal seit Langem wieder besser. Das wollte sie nicht gefährden.

Bente ließ sich auf den Beifahrersitz plumpsen und drückte auf den roten Hörer.

»Wieder eine unbekannte Nummer?«, fragte Franka, während sie den Motor startete.

Bente schüttelte den Kopf. »Bloß die Vergangenheit.«

Franka lächelte. »Oh, hör mal!«

In diesem Moment sprang das Radio an. »Unser Lied!«, rief Bente und drehte den Ton lauter.

Der Radiosender spielte *Leuchtturm* von Nena.

Franka summte sofort die Melodie und schaltete die Scheinwerfer an. Begleitet von den Klängen ihrer Jugend, fuhren sie durch die Abenddämmerung und sangen beim Refrain aus voller Kehle mit.

Die Klänge der Musik trugen Bentes Sorgen davon. Bald fühlte sie sich leicht und spürte, wie sich ein kleines Glück in ihrem Herzen ausbreitete.

10. Kapitel

Vogelgezwitscher und fröhliches Kinderjauchzen drangen durch das gekippte Fenster.

Bente rollte sich auf die Seite und öffnete langsam die Augen. Es war Sonntag, und sie hatte frei. Ein Blick auf den kleinen Wecker, der neben ihrem Bett auf dem Tischchen stand, bestätigte ihre Vermutung, dass es schon ziemlich spät sein musste. Das Frühstück hatte sie zweifellos verschlafen. Es war schon halb zwölf durch.

Schwungvoll setzte sie sich auf und streckte ihre Arme nach oben. Auf nackten Sohlen tapste sie kurz darauf zum Fenster und zog das Rollo hoch. Herrlich blauer Himmel empfing sie. In diesem Jahr schien das Sommerwetter es ganz besonders gut mit St. Peter-Ording zu meinen.

Im Garten planschten Nienke und Jelte wieder einmal im Schwimmbecken. Die Bäckerei hatte sonntags bis zum späten Mittag geöffnet, sodass die Kinder noch eine Weile bei ihnen sein würden. Aus dem Augenwinkel sah Bente, dass ihr Handy blinkte. Hoffentlich nicht wieder Johannes, dachte Bente. Sofort meldete sich ihr schlechtes Gewissen. Sie mochte ihr eigenes Verhalten ihm gegenüber selbst nicht. Ihn zu ignorieren war nicht die feine englische Art, und es war auch ein wenig feige.

Na gut. Sie seufzte, nahm das blinkende Handy vom Tisch und schloss kurz die Augen. Sollte es ein weiterer verpasster Anruf von Johannes sein, würde sie ihm zumindest eine kurze Nachricht schreiben. Das war sie ihm schuldig.

Sie wischte über den Bildschirm und atmete erleichtert auf. Die neue Nachricht stammte von Franka.

Moin Bente!
Wie schön das gestern mit uns beiden war. Ich habe heute frei und möchte nachher bei dem herrlichen Wetter zum Strand. Kommst du mit?
Liebe Grüße, Franka

Bente lächelte und schrieb gleich zurück.

Moin Franka!
Da bin ich natürlich mit von der Partie. Sag Bescheid, wenn du dich auf den Weg machst. Bis später!
Bente

Lächelnd legte sie das Handy zurück auf den Tisch. Es lag ein schöner freier Sonntag vor ihr, den sie nun mit einer Dusche und einem leckeren Kaffee starten wollte.

Beschwingt öffnete sie eine Schublade und nahm frische Unterwäsche heraus. Dann verschwand sie im Badezimmer.

Eine halbe Stunde später betrat sie gut gelaunt die Küche. »Hallo, Mama.«

»Moin, mein Schatz. Hast du ausgeschlafen?« Zur Begrüßung warf ihre Mutter ihr ein liebevolles Lächeln zu.

»Hm. Ich glaube, das war der verspätete Jetlag. Außerdem ist das Bett so herrlich bequem.« Sie legte einen Arm um ihre Mutter und schaute interessiert auf den Teig, den sie auf der Arbeitsfläche ausrollte. »Was zauberst du da Schönes?«

»Himbeer-Vanille-Blumen. Haben sich die Kinder gewünscht. Kannst mir gerne dabei helfen, dann werden sie schneller fertig.«

»Mach ich sofort. Aber erst einmal schmeiße ich die Kaffeemaschine an.« Schon füllte Bente die Glaskanne mit Wasser und goss es dann in den Tank der Maschine. Die Handgriffe waren so routiniert, dass es sich fast wie früher anfühlte, bevor sie in die USA gegangen war. Lächelnd nahm Bente sich einen Kaffeebecher aus dem Schrank.

Ihre Mutter schnitt derweil mit einem Messer Blumen aus dem Teig aus. »So was Feines gab es bestimmt nicht in der Bäckerei in Los Angeles.«

Bente lachte. »Nein, Johannes hatte hauptsächlich bayerische Spezialitäten im Angebot. Münchner Mundsemmeln, Brezen und Buchteln waren seine Verkaufsschlager. Und natürlich Apfel-Rahm-Strudel mit Sahne und Vanilleeis. Davon konnten die Amerikaner nicht genug kriegen.« Sie stützte die Hände auf die Arbeitsplatte.

»Dass du wirklich wieder da bist …« Ihre Mutter schüttelte den Kopf, ihre Miene zeigte deutlich, wie sehr sie sich über ihre Anwesenheit freute.

Wie früher half Bente, die Blumen in die Mulden eines Muffinblechs zu drücken. »Stell dir mal vor, Johannes und ich hätten geheiratet – und dann hätte ich festgestellt, dass ich in den USA nicht glücklich bin. Das wäre noch komplizierter gewesen. So konnten wir uns trennen, und nun geht jeder seinen Weg.« Sie versuchte, möglichst unbefangen zu klingen. Ihre Mutter sollte sich keine Sorgen um sie machen. »Ich bin eben doch durch und durch St. Peteranerin«, fügte sie hinzu. »Da kann man nicht dran rütteln.«

»Du wirst schon noch dem Richtigen über den Weg laufen. Oder vielleicht kennst du ihn sogar schon.« Geschickt stach ihre Mutter den Teig mit einer Gabel ein, während Bente ein zweites Blech mit Teigblumen füllte.

Sie sah ihre Mutter von der Seite an. »So? Wer soll das deiner Meinung nach sein?«

Ihre Mutter hob die Schultern. »Cord ist auch wieder in St. Peter-Ording«, merkte sie in einem beiläufigen Ton an, der Bente jedoch nicht täuschte. »Soviel seine Mutter mir erzählt hat, hat er einen guten Posten bei der Tourismus-Zentrale ... und er ist Single.«

»Na, euer Buschfunk ist auch nicht mehr so schnell, wie er mal war.« Bente konnte sich ein Grinsen nicht verkneifen. Es war kein Geheimnis, dass Cords und ihre Mutter sich schon immer prächtig verstanden hatten. Sie konnte sich nur allzu gut vorstellen, dass beide äußerst entzückt über ein Liebescomeback wären.

»Was soll denn hier Buschfunk heißen? Wir haben uns zufällig bei *Crantz* getroffen.« Ihre Mutter legte Backpapier in die Mulden, ohne aufzusehen.

»Schon klar. Und dabei habt ihr zufällig unseren Beziehungsstatus besprochen.« Bente reichte ihrer Mutter getrocknete Hülsenfrüchte.

Schulterzuckend erwiderte diese: »Das hat sich so ergeben.«

»Ich habe Cord übrigens schon getroffen.«

»Ach?« Ihre Mutter legte die Hülsenfrüchte an die Seite und schaute sie neugierig an. »Wann denn?«

»Als ich auf dem Rückweg vom Markt war.« Da der Kaffee nun durchgelaufen war, schaltete Bente die Maschine aus und goss sich frischen Kaffee in ihren Becher. »Er hat mir von seinem Job erzählt. Eventuell treffen wir uns demnächst alle mal bei Jarno. So wie früher.«

»Das wäre doch schön«, sagte ihre Mutter begeistert.

Bente gab einen Schluck Vollmilch in ihren Becher. »Es wäre nur ein Treffen, Muddi. Die Hochzeitsglocken werden bei mir nicht so schnell läuten. Dafür ist das schon zu lange her.«

»Eigentlich schade.« Mit einer entschlossenen Bewegung schob sie die Teigblumen in den vorgeheizten Ofen. »Aber man weiß ja nie …«

So schnell gab ihre Mutter nie auf, das war Bente klar. »Ich gehe mal raus in den Garten.« Sie zwinkerte ihrer Mutter zu und verließ mit dem Kaffeebecher in der Hand die Küche.

Wenn sie sich mit jemandem sehr gern treffen würde, dann hieß der Kandidat nicht Cord, sondern Tilo. Aber das ging ihre Mutter nichts an.

»Das macht richtig Spaß!« Franka schlug ihren Schläger kraftvoll gegen den Softball, sodass er auf Bente zusauste.

»Oh nein! Wohin fliegt er?« Eine Windböe brachte den Ball von seiner Flugbahn ab. Bente hechtete in die Brandung. Das erfrischende Meerwasser spritzte an ihren Beinen empor. Im letzten Augenblick erreichte sie den Ball mit ihrem Schläger und schlug ihn zurück zum Strand, wo er in den Sand fiel.

Franka hob ihn auf und wischte sich die Stirn ab. »Lass uns eine Pause machen. Ich habe ziemlichen Durst.«

»Ich auch«, stimmte Bente ihr zu. Sie war genauso verschwitzt wie Franka, aber das kurze Spiel hatte ihr so gutgetan, dass sie sich viel energiegeladener fühlte als sonst.

Sie gingen zu ihren Sachen, die sie in einer bunten Strandmuschel verstaut hatten. Franka öffnete eine Kühltasche, nahm eine Flasche Apfelschorle heraus und reichte sie Bente. »Dann mal Prost!«

»Das tut gut!«, sagte Bente, nachdem sie ihren Durst gestillt hatte.

»Was für ein schöner Zufall, dass wir beide heute frei haben. Am nächsten Wochenende habe ich wieder Dienst in der Apotheke.«

»Und ich werde mit einer Gruppe ins Watt marschieren und spannende Geschichten über Muscheln, Krebse und Wattwürmer erzählen.« Bente ließ sich auf das Strandtuch fallen, stützte sich auf die Ellenbogen und streckte die Beine in die Sonne.

»Ist doch genau dein Ding.« Franka nahm eine Tube Sonnenmilch aus ihrer Tasche und cremte sich die Arme ein.

»Auf jeden Fall. Der Job ist toll. Genau das, was ich immer machen wollte. Bei der Arbeit kann ich mich ganz auf die Natur konzentrieren. Dabei vergeht die Zeit wie im Flug.« Sie lächelte versonnen und blickte hinaus auf die funkelnden Wellen des Meers. »Ich bin jedes Mal überrascht, wie schnell der Tag vorbeigeht.«

Als ihr die Beine zu warm wurden, zog Bente sie an und setzte sich weiter auf. »Nur diese Kiter, die keine Rücksicht auf geschützte Zonen nehmen, liegen mir schwer im Magen.« Sie erzählte Franka von ihrem Erlebnis in Westerhever und dem ernüchternden Telefonat mit der Zentrale in Husum. »Aber dann hatte ich die Idee, mit einer Aufklärungskampagne direkt auf die Surfer zuzugehen«, schloss sie.

Franka nickte anerkennend. »Das könnte funktionieren.«

»Bestimmt sogar. Liam unterstützt mich dabei. Er ist auch Surfer und hat einen direkten Draht zu den Leuten. Das kann nur hilfreich sein. Ich bin froh, dass er ein Teil der Leuchtturm-WG ist.«

»Für mich klingt das nach einem perfekten Plan«, sagte Franka und steckte die Cremetube zurück in die Tasche.

»Es ist auf jeden Fall besser, als die Hände in den Schoß zu legen und auf irgendwelche Beschlüsse zu warten, die vielleicht erst nächstes Jahr kommen.« Bente presste die Lippen aufeinander. Wenn sie etwas nicht leiden konnte, dann war es Bürokratie.

»Du warst schon immer eher jemand, der die Dinge angepackt hat. Eine Frau der Tat sozusagen.«

»Jap.« Bente setzte sich ihre Sonnenbrille auf. »Und man trifft durchaus interessante Leute dabei …«

Wie erwartet horchte Franka auf. »Ja? Wen denn so? Einen netten Forscher etwa?«

Bei der Erinnerung an Tilo konnte Bente nicht anders, als zu lächeln. Es sah bestimmt ein bisschen verträumt aus, aber das kümmerte sie nicht. »Eher einen netten Fotografen, der sich für Vögel interessiert.« Sie erzählte von ihren Begegnungen mit Tilo und auch davon, dass er seinen Freund Kay bei der Reha unterstützte.

»Wow! Das hört sich nach einem tollen Typen an, auf den man sich auch in schwierigen Zeiten verlassen kann«, fand Franka.

»Ja, ich weiß. Eigentlich wollte ich mich nach der Katastrophe mit Johannes gar nicht mehr für Männer interessieren. Jedenfalls nicht so schnell … Aber Tilo hat irgendetwas an sich, dem ich mich einfach nicht entziehen kann. Er hat eine ganz besondere Ausstrahlung, und ich mag seinen Humor gerne.«

Begeistert klatschte Franka in die Hände. »Das klingt toll! Du solltest eurer Bekanntschaft auf jeden Fall eine Chance geben.«

Bente drückte sich die kühle Flasche an die Wange. »Manchmal frage ich mich, ob es nicht vernünftiger wäre, die Finger davon zu lassen. Die Trennung von Johannes ist ja noch recht frisch.«

»Was ist schon vernünftig, wenn Gefühle im Spiel sind?« Franka schüttelte lächelnd den Kopf. »Was meinst du, wie oft ich mir schon vorgenommen habe, mir Jarno aus dem Kopf zu schlagen, weil ich vernünftig sein wollte? Die Vernunft hat dann meistens nur so lange gesiegt, bis ich wieder vor seinem Café stand und er mich angelächelt hat.«

Sie seufzte. »Ein bisschen albern, oder? Aber ich kann wirklich nicht anders.«

Bente schob die Sonnenbrille in ihr Haar und warf ihrer Freundin ein aufmunterndes Lächeln zu. »Ich weiß.

Und ich bewundere dich dafür, dass du die Hoffnung nicht aufgibst.«

»Und du? Worauf hoffst du?«

Bente lachte. »Erst mal, dass er sich meldet. Nicht dass er meine Nummer verloren hat!«

»Woher kommt er denn?«

»Aus Hamburg.«

»Das geht ja«, befand Franka.

Bente verzog den Mund. »Na ja, eigentlich ist das ein Punkt, der dagegenspricht, dass sich etwas Ernstes zwischen Tilo und mir entwickeln kann.«

»Warum das denn?«

»Ich kann mir nicht vorstellen, noch mal aus St. Peter-Ording wegzugehen, um in einer Großstadt zu leben. Das Leben in so einer Metropole ist völlig anders, und es verändert die Menschen. Im Nachhinein ist mir bewusst geworden, dass ich mich die ganze Zeit selbst verleugnet habe. Ich konnte gar nicht ich selbst sein, sondern habe versucht, mich krampfhaft an den Lebensstil in Los Angeles anzupassen. Aber aus einem Landei wie mir wird eben nie eine Großstadtpflanze.«

»Male das mal nicht gleich schwarz. Vielleicht kommt alles ganz anders und du machst dir umsonst solche Gedanken. Gib Tilo eine Chance.« Franka blickte zur Seebrücke, die zum Zentrum von St. Peter-Bad führte. »Mir ist auf einmal sehr nach einem Stück selbst gemachtem Kuchen … was meinst du?«

Amüsiert erwiderte Bente: »Vorhin habe ich meiner Mutter beim Backen geholfen. Aber da ich ziemlich spät aufgestanden bin, ist es beim Frühstück geblieben. Eine leckere belgische Waffel könnte mich auf jeden Fall begeistern.«

Rasch verstaute sie die Schläger und den Softball in ihrer bunten Strandtasche und warf dann einen Blick auf ihr Handy. »Ja, kurz nach drei. Die ideale Zeit für einen Kaffeeklatsch.«

»Prima! Dann lass uns gehen.«

Wie nicht anders zu erwarten war, herrschte vor und im *Jarnos* Hochbetrieb. Bente und Franka stiegen die Treppen zum Café hoch. Kaum hatte Bente die letzte Stufe erklommen, spürte sie Frankas Hand an ihrem Arm und drehte sich überrascht um. »Was ist denn los?«

Mit vielsagendem Blick zog Franka sie hinter eine Speisetafel des Nachbarrestaurants. »Lass uns besser einen Moment warten.«

»Wieso?«

»Guck mal unauffällig neben den Eingang.«

Bente lugte dezent an der Tafel vorbei und erkannte sofort, warum Franka abwarten wollte:

Jarno lehnte mit dem Rücken an der Mauer. Über seiner Schulter lag ein Geschirrtuch. Er hatte beide Arme vor der Brust verschränkt und blickte finster vor sich hin. Vor ihm hatte sich eine Frau mit hüftlangen erdbeerblonden Haaren aufgebaut, die Bente gleich als Jarnos Freundin Karen erkannte. Sie fuchtelte hektisch mit den Händen durch die Luft. Bente konnte nicht hören, um was es ging. Doch an Jarnos Mimik und Körpersprache war es nicht schwer zu erraten, dass die beiden einen Streit hatten.

Franka lugte ebenfalls um die Tafel. »Der arme Jarno«, flüsterte sie.

Bente schüttelte den Kopf. »Nach so vielen Jahren müsste er sich daran gewöhnt haben. Karen hat doch früher schon ständig Stress gemacht. Aber dass sie ihn in der Öffentlichkeit so anfährt, besonders vor den Kunden, ist wirklich unterste Schublade.«

»Psst!« Franka legte einen Finger an die Lippen. »Ich kann was hören.«

»Du hast immer neue Entschuldigungen. Deine Ausreden kannst du dir sonst wohin stecken«, rief Karen und stapfte schon wutentbrannt an ihnen vorbei.

»Puh!« Bente zog beide Augenbrauen hoch. »Frau Rottenmeier, wie sie leibt und lebt.«

»Leider lebt sie nicht in Frankfurt.« Franka schaute Karen hinterher, die auf hohen Sandalen davonstolzierte.

Bente warf wieder einen Blick zum Eingang des Cafés. »Ich sehe Jarno nicht mehr. Er ist bestimmt wieder reingegangen.«

»Dann lass uns mal nachsehen«, meinte Franka.

Doch als sie auf den Eingang zugingen, kam ihnen Jarno entgegen. In der Hand hielt er eine Flasche Bier.

Seine Miene hellte sich auf, als er sie sah. »Hi, ihr zwei!«

»Hey, Jarno.« Franka nahm ihn zur Begrüßung in den Arm.

»Hi«, grüßte Bente. »Wir wollten was von deinen Spezialitäten testen.«

Er lächelte schief. »Nichts lieber als das.«

»Machst du gerade eine Pause?«, fragte Franka und deutete auf die Flasche in seiner Hand.

»So könnte man es nennen.« Sein Blick wurde dunkler, und er wandte sich kurz ab. Als er sie wieder anschaute, wirkte er wieder wie immer. »Setzt euch doch schon mal da vorne an den Tisch. Was wollt ihr essen?«

»Für mich eine belgische Waffel mit Eis und Sahne, bitte.« Franka sah sie herausfordernd an.

»Ich hätte gerne ein Stück Zitronen-Kokos-Torte.«

»Alles klar. Ich schicke gleich jemanden zum Abräumen vorbei und komme dann zu euch.«

»Soll ich dein Bier mitnehmen?«, bot Franka an.

»Das wäre sehr nett von dir.« Jarno lächelte sie dankbar an und ging dann ins Café.

Bente erinnerte sich an die zahllosen Gelegenheiten, die sie und ihre Freunde hier zusammengeführt hatten. Eigentlich war das Café früher eine Art zweites Wohnzimmer für sie gewesen. Lächelnd lehnten sie und Franka sich zurück und genossen den Trubel um sich herum.

Schon eilte eine Kellnerin herbei, um das benutzte Geschirr abzuräumen und mit einem Lappen die Tischplatte zu säubern. Bente und Franka bestellten jede ein Wasser bei ihr.

Dann kehrte Jarno zu ihnen zurück auf die Terrasse und servierte Kuchen und die Waffel. »Bitte schön.« Er stellte die Teller auf den Tisch, setzte sich auf den freien Stuhl und griff zur Bierflasche. Hastig trank er sie bis zur Hälfte leer.

Franka zog die Augenbrauen hoch. »Du scheinst ja mächtig gestresst zu sein«, bemerkte sie.

»Bei dem Betrieb ist das auch kein Wunder«, gab Bente sich ahnungslos.

»Wenn es nur der Betrieb wäre … Ich freue mich ja, wenn viele Leute kommen.« Er stellte die Flasche zurück auf den Tisch. »Worüber ich mich nicht freue, ist, wenn meine Freundin mir vor den Gästen eine Szene macht.«

Bente und Franka wechselten einen kurzen Blick.

»Ich bin mittlerweile wirklich entnervt von Karens Anfällen«, fuhr er missmutig fort.

»Was … hat sie denn gesagt?«, fragte Franka vorsichtig.

»Ach!« Jarno winkte ab. »Es ist jedes Mal die gleiche Leier. Ständig darf ich mir anhören, ich würde sie vernachlässigen. Nie hätte ich Zeit für sie.«

»Du hast das Café. Das bedeutet nun mal viel Arbeit«, sprang Franka ihm bei. »Gerade in der Hauptsaison steppt doch überall in St. Peter-Ording der Bär.«

»Wem sagst du das?« Wieder trank er einen Schluck.

»Was macht Karen eigentlich beruflich?«, erkundigte Bente sich.

»Sie arbeitet in der Ferienwohnungsvermittlung ihrer Eltern mit. Das ist natürlich ein lockerer Job, bei dem man genügend Freizeit hat«, erklärte Jarno.

»Eigentlich könnte sie dafür Verständnis aufbringen, dass deine Arbeit im Café zeitintensiver ist«, sagte Bente und fragte sich, was sie an Karens Stelle getan hätte. Es war sicher quälend, wenn man ständig darauf wartete, dass der Partner Zeit für einen fand, und immer wieder enttäuscht wurde. Sie probierte die Waffel und widmete sich dem Eis und der Sahne, die zusehends flüssiger wurden.

»Was soll ich sagen? Meine Geduld ist definitiv am Ende. Ich habe die Nase so was von voll, das könnt ihr euch gar nicht vorstellen. Ewig diese Dramen. Und immer geht es um die gleiche Sache.«

»Kopf hoch. Das renkt sich bestimmt wieder ein«, sprach Franka ihm Mut zu.

Bente musste an Johannes denken. Er hatte bestimmt nicht mehr Zeit gehabt als Jarno, dennoch hatte sie nie ein Problem darin gesehen. Vielleicht hatte es daran gelegen, dass sie zum einen ebenfalls aus einer Bäcker-Familie kam und zum anderen selbst so viel zu tun gehabt hatte, dass ihr die doch recht überschaubare gemeinsame Freizeit gar nicht aufgefallen war.

Johannes und sie hatten ihre Zeit zu zweit stets genossen und zu etwas Besonderem gemacht. Das hatte gut in ihrer Beziehung funktioniert. Auch später, als sie in der Bäckerei mitgeholfen hatte, hatte es nie Probleme gegeben.

Nachdenklich aß Bente weiter. Nach der Fehlgeburt waren für sie viele positive Aspekte ihrer Beziehung in den Hintergrund getreten, und schließlich war alles an dem emotionalen Leid gescheitert. Sie seufzte schwer, als sich die eine schwere Last auf ihre Schultern zu legen schien.

Sie hatte das plötzliche Bedürfnis, allein mit ihren Gedanken zu sein. »Seid mir nicht böse, aber ich mache mich langsam auf den Heimweg.«

Franka stand auf. »Dann fahre ich dich eben.«

Bente bedeutete ihr, sich zu setzen. »Nein, bleib ruhig hier. Ich nehme den Ortsbus.«

Nachdem sie sich verabschiedet hatte, sagte sie sich, dass sie Franka ruhig die Rolle des seelischen Beistandes überlassen konnte. Außerdem wusste sie ja, wie sehr ihre Freundin es genoss, allein mit Jarno zu sein.

Bente lief zur Haltestelle und stellte fest, dass der Bus gerade weg war. Auf den nächsten wollte sie nicht warten. Stattdessen marschierte sie einfach los. Ein Spaziergang bei schönem Wetter hatte noch niemandem geschadet.

Dabei wanderten ihre Gedanken wieder zu Johannes. Ihre Abreise aus Los Angeles war eine Flucht gewesen. Doch auf Dauer brachte es nichts wegzulaufen. Die Vergangenheit holte einen früher oder später wieder ein, das war ihr vom Verstand her klar. Trotzdem hatte sie den Fluchtinstinkt nicht unterdrücken können. Bente wollte sich aber nicht länger verstecken. Sie würde nicht mehr davonlaufen. Beim nächsten Anruf von Johannes würde sie sich dem Gespräch stellen. Das war längst überfällig.

11. Kapitel

»Das ist ja interessant.« Ein etwa zwanzigjähriger Surfer studierte das Flugblatt, das Liam entworfen und ihm gerade in die Hand gedrückt hatte. »Mir war gar nicht bewusst, dass die Fahrschneise so nah an der Sandbank vorbeiführt.«

Bente und Liam standen vor dem gelben Bulli des jungen Mannes auf dem Strandparkplatz in Ording. Seit fast zwei Stunden verteilten sie schon die Infoblätter. Bisher waren die Reaktionen durchweg positiv ausgefallen. Mit einigen Sportlern hatten sich längere Gespräche ergeben. Nach dem ersten Erstaunen waren meist Fragen aufgekommen, die Bente und Liam geduldig beantworteten.

Bente nickte dem jungen Mann zu. »Deswegen machen wir die Aktion mit den Flyern. Wir glauben nämlich, dass nicht alle Surfer darüber Bescheid wissen.«

»Also, ich wusste es bis gerade wirklich nicht. Ich bin total für Tier- und Umweltschutz und seit zwei Jahren auch Vegetarier. Ich werde das Gebiet ab sofort meiden«, versprach er und nickte zur Bekräftigung.

»Sag es am besten deinen Kumpels weiter«, schlug Liam vor. »Umso schneller spricht sich die Info rum.«

»Werde ich machen. Hier ist ja genug Platz zum Surfen, da muss ich nicht unbedingt in das Gebiet vor Westerhever fahren.« Er steckte den Zettel in die Tasche seiner Shorts.

»Meine Rede!« Liam schloss die Faust und spreizte den Daumen und den kleinen Finger ab.

Der Surfer antwortete ebenfalls mit dem Hang-loose-Zeichen. »Shaka!«

Bente und Liam klapperten weitere Bullis ab und verteilten ihre Flugblätter.

»Mit den Bussen sind wir durch«, sagte Liam und strich sich die Haare aus der Stirn, nachdem sie ihre Runde auf dem Parkplatz beendet hatten.

»Lass uns mal Richtung Fotodüne laufen«, schlug Bente mit Blick zum Meer vor. »Da sind auch einige Segel auf dem Wasser unterwegs.«

»Alles klar.« Liam ging neben ihr her. »Läuft doch ganz gut bisher.«

»Ja, wirklich. Ich bin froh, dich dabeizuhaben. Die Leute sehen, dass du einer von ihnen bist, und sind gleich aufgeschlossen. Wäre ich allein unterwegs, würden sie sich wahrscheinlich fragen, was denn die Umwelt-Tussi will.«

»Das würde bestimmt keiner denken.« Ein Grinsen zuckte um seine Mundwinkel. »Außer vielleicht ein paar.«

»Na, danke schön.« Bente lachte. Sie mochte Liam. Es machte Spaß, mit ihm zusammenzuarbeiten, und seine flapsige Art brachte sie jedes Mal zum Lachen. Liams jugendliche Leichtigkeit war ziemlich ansteckend. In seiner Gegenwart konnte sie nicht anders, als gut gelaunt zu sein. Und manchmal fühlte sie sogar eine gewisse Unbekümmertheit, die sie an die Zeit nach dem Abitur erinnerte. »Trotz deiner vorlauten Klappe bist du eine Hilfe.«

»Sag ich doch«, erwiderte Liam mit einem selbstbewussten Grinsen. »Die meisten Surfer sind auch wirklich okay. Ich habe bisher keinen in der Szene kennengelernt, der mutwillig Tiere aufscheuchen oder etwas zerstören will.«

Auf der Höhe der *Strandbar 54° Nord* kamen vor ihnen zwei Surfer mit ihren Brettern und Segeln aus dem Wasser. Liam verwickelte sie sogleich in ein Gespräch und drückte ihnen dabei die Flugzettel in die Hand.

In der Nähe des Holzwegs, der auf den Strand führte, erspähte Bente einige junge Leute mit Lenkdrachen. »Ich gehe mal nach da drüben«, sagte sie zu Liam und steuerte auf das Grüppchen zu.

Es stellte sich als sehr gute Idee heraus. Vier der Lenkdrachen-Besitzer entpuppten sich ebenfalls als Kite-Surfer. Sie nahmen dankend den Hinweis von Bente an. Ein weiteres Pärchen zeigte sich betroffen, als Bente von dem Vorkommnis vor Westerhever erzählte.

»Es fehlt einfach an Aufklärung«, sagte die junge Frau mit roten Dread-Locks und schaute ihren Freund an.

»Aber jetzt wissen wir ja Bescheid. Wir werden uns von den Seehunden fernhalten«, versprach er zum Schluss.

Bente drehte sich um und wollte ihren Weg fortsetzen. Nach zwei Schritten stutzte sie. Am Ende des Holzwegs stand ein Rollstuhl. Darin saß Kay!

Sie schaute sich um, aber von Tilo war nirgends etwas zu sehen. Merkwürdig. Sofort beschlich sie der Gedanke, er könnte womöglich aus St. Peter-Ording abgereist sein. Warum sollte Kay sonst allein auf dem Holzweg warten?

Vermutlich war das auch der Grund, weswegen Tilo sich bisher nicht bei ihr gemeldet hatte ... Die Spekulationen brachten sie nicht weiter.

Sie schaute zu dem Pfahlbau, vor dem Liam mit vier Surfern zusammenstand, die je einen Infozettel in der Hand hielten. Liam brauchte keine Hilfe. Sie konnte sich also beruhigt Gewissheit darüber verschaffen, was mit Tilo los war. Sie ging auf Kay zu.

»Moin!«, sagte sie, als sie neben ihm angekommen war.

»Buona giornata!«, grüßte er überrascht. »Wenn das nicht die Expertin für nicht außerirdisches Strandgut ist.« Er lachte sie an.

»Und? Schon wieder was Interessantes gefunden?«, erkundigte sie sich.

»Bis auf einen ausgelatschten Turnschuh leider nicht viel. Aber ich habe die Hoffnung noch nicht aufgegeben, dass da noch was geht. Ein paar Tage bin ich ja noch hier.« Er schaute sie gut gelaunt an.

Insgeheim bewunderte Bente ihn für seine positive Art. Sie fragte sich, wie sie mit der Situation umgehen würde, nach einem Unfall plötzlich im Rollstuhl zu sitzen. Sie war sich nicht sicher, ob sie solch einen Schicksalsschlag so tapfer wegstecken könnte wie Kay. Es war bestimmt nicht leicht, sich ein sonniges Gemüt zu bewahren, ohne zu wissen, ob man jemals wieder ein Leben ohne Rollstuhl führen konnte.

»Das trifft sich gut, ich bin nämlich auch noch ein paar Tage hier«, erwiderte sie scherzhaft.

Er blickte auf den Strand. »Hier könnte ich es auch länger als ein paar Tage aushalten. Ist wirklich ein schönes Fleckchen Erde.« Er blinzelte gegen die Sonne. »Hamburg fehlt mir irgendwie gar nicht. Am liebsten würde ich hierbleiben.«

Lächelnd strich sie sich eine blonde Haarsträhne hinters Ohr. »Das kann ich gut verstehen. Ich habe die letzten Jahre in L.A. gelebt. Der Trubel der Großstadt fehlt mir auch kein bisschen. In St. Peter hat man alles, was man braucht.«

Kay nickte. »Strand, Meer und Wind. Mehr braucht man nicht zum Glücklichsein.«

»Genau.« Bente schaute sich wieder nach Tilo um. »Bist du eigentlich allein hier?«, fragte sie möglichst beiläufig.

»Du willst wohl wissen, wo meine bessere Hälfte ist?« Kay grinste sie unverhohlen an.

Fast wurde sie rot. Es fühlte sich so an, aber sicherlich war ihr nichts anzusehen. »Ich wundere mich nur …«

»Da.« Kay zeigte zum Meer. »Auf dem Wasser. Der Typ mit dem türkisfarbenen F-One Bandit. Das ist Tilo.«

Bente blickte zum Meer und entdeckte das besagte Segel. Im nächsten Moment flog Tilo hoch durch die Luft und landete wieder sicher auf dem Wasser. »Wow!«

»Das war ein erstklassiger Big Air«, rief Kay und klatschte begeistert in die Hände.

»Ich hätte nicht gedacht, dass Tilo so ein guter Kiter ist«, sagte Bente beeindruckt.

»Das ist er wirklich. Früher sind wir immer zusammen zum Surfen gefahren«, erwiderte Kay mit wehmütigem Blick.

»Vielleicht klappt das ja irgendwann wieder. Die Rehamaßnahmen sollen in St. Peter ziemlich gut sein, hab ich gehört«, sprach sie ihm Mut zu.

Kay nickte entschlossen. »Das sind sie. Und ich habe mir fest vorgenommen, in der nächsten Saison wieder auf dem Wasser zu sein. Wo ein Wille ist, da ist auch ein Weg.«

»Die richtige Einstellung ist die halbe Miete«, stimmte sie zu und beobachtete Tilos nächsten Sprung. Dabei bemerkte sie aus dem Augenwinkel Liam, der auf sie zukam. »Sorry, Kay, aber ich muss wieder los. Wir sehen uns bestimmt demnächst mal wieder.«

»Bestimmt.« Er grinste. »Ich grüße Tilo von dir.«

»Mach das!« Sie hatte sich bereits einige Schritte entfernt, wandte sich noch einmal um und winkte, bevor sie auf Liam zuging.

»Die Jungs haben gesagt, dass wohl einiges oben im Norden los ist«, verkündete er.

Bente nickte entschlossen. »Dann sollten wir dort mal nachsehen.«

Liam schien nicht aufgefallen zu sein, mit wem sie sich unterhalten hatte. Das war ihr ganz recht, denn so kam sie um einen neckischen Spruch ihres »Assistenten« herum, um den er sicherlich nicht verlegen gewesen wäre. Ihr fiel auf, dass sie im Eifer des Gefechts glatt vergessen hatte, Kay auch einen Flyer zu geben. Immerhin gehörten er und Tilo zur Zielgruppe. Sie hoffte, dass sich bald eine andere Gelegenheit dafür ergeben würde. Immerhin war er noch in St. Peter-Ording, und somit bestand weiterhin die Chance auf ein Treffen mit ihm.

Barfuß liefen Liam und sie nordwärts auf der Sandbank entlang. Vom Meer wehten einige kräftige Böen aufs Festland und wirbelten etwas Sand auf. Über ihnen schwebten Möwen, und vor Bente lief eine Strandkrabbe.

Fasziniert beobachtete sie, wie schnell der Krebs im Seitwärtsgang unterwegs war. So etwas zu beobachten hatte sie schon als Kind für etwas Besonderes gehalten.

Liam blieb am Spülsaum stehen und griff ins Wasser. Dann fischte er eine silberne Scheibe heraus. »Fehlt dir noch das Album *Lieder, die die Welt nicht braucht* von *Die Doofen*?«

»Was?« Bente zog die Augenbrauen zusammen und warf einen Blick auf seinen Fund.

»Hier. Für deine Sammlung.« Er drehte die Scheibe in seinen Händen. »Die Disc ist zwar nass und ein wenig versandet, aber abspielen kann man sie bestimmt noch.«

»Zeig mal her.« Sie nahm die CD und las den Aufdruck. »Meine Güte! Die ist ja von 1995.«

Liam zuckte eine Schulter. »Hat sich gut gehalten über die Jahre, wenn du mich fragst.«

»Immer wieder erstaunlich, was das Meer alles anspült.« Kopfschüttelnd nahm Bente einen Plastiksack aus ihrer Tasche und warf die CD hinein. »Mein Gefühl sagt mir, dass wir noch einiges mehr entdecken werden.«

Er nickte. »Von der Strömung her könntest du recht haben.«

Zielstrebig ging Bente auf eine Stelle am Strand zu, an der sie eine Lichtreflektion ausgemacht hatte. Kurz darauf griff sie in den Sand und zog eine verspiegelte Sonnenbrille raus, die nur noch ein Glas hatte.

»Es braucht noch nicht einmal eine Strömung, um fündig zu werden.« Die Brille landete ebenfalls in dem Plastiksack.

Als sie am nördlichsten Strandbereich von Ording angekommen waren, hatten sie den Sack bereits mit allerhand Müll gut gefüllt.

»Eine Schande ist das. Obwohl die Strände regelmäßig gesäubert werden, liegt trotzdem noch so viel Mist herum.«

»Dazu fällt mir nur ein Wort ein: Idioten!« Liam stellte sein Fernglas scharf und blickte hindurch. »Was sage ich? Noch mehr Idioten! So weit das Auge reicht«, brummelte er.

»Was siehst du?«

»Schau selbst.« Er reichte Bente den Feldstecher.

»Oh nein! Das geht so nicht weiter!«, sagte sie entsetzt, als sie es klar vor Augen hatte. »Da sind ja schon wieder fünf Kite-Surfer, die nahe der Schutzzone um Westerhever unterwegs sind.« Sie gab Liam das Fernglas entnervt zurück.

Er verzog den Mund. »Die haben wohl noch keinen Flyer von uns bekommen.«

»Wir müssen noch direkter an die Probleme herangehen. Die Flugblätter allein werden auf Dauer nicht die nötigen Änderungen bringen.«

»Das fürchte ich auch. Schließlich können wir nicht jeden Tag Infozettel verteilen und den Leuten ihren Müll hinterherräumen«, stimmte Liam ihr zu.

»Weißt du, was? Ich werde einen Termin bei der Gemeinde machen und fragen, ob wir eine Info-Tafel am Surf-Hot-Spot aufstellen können. Die kann jeder lesen. Vielleicht kann man dort zusätzlich einen Kasten mit Flyern anbringen. Ich werde beim Bürgermeister auch gleich die

Vermüllung des Strandes ansprechen«, erklärte Bente ohne langes Überlegen.

Sie beobachtete ein Pärchen, das mit einem Bobtail auf dem Hundestrand herumtollte. »Dieser Abschnitt ist viel sauberer als die anderen. Und da soll noch einmal einer sagen, Hunde machen Dreck.«

Ihr Blick wanderte über den Strand, der fast endlos zu sein schien. Weiter hinten erhob sich der Westerhever Leuchtturm mit seinen beiden baugleichen Häusern, der eingebettet in Salzwiesen lag und nur zu Fuß oder mit dem Fahrrad erreichbar war. Um dieses schöne Fleckchen Erde zu schützen, war sie bereit zu kämpfen.

»Ich kann auch eine zweite Leiter holen, dann können wir die Lampe zusammen anbringen«, schlug Bente vor.

Als sie von der Arbeit nach Hause gekommen war, hatte ihr Vater sie schon erwartet. Er hatte die Leselampe für ihre Mutter natürlich längst aufgestellt und wollte an diesem Abend unbedingt noch den Leuchter in dem kleinen Wohnzimmer unter dem Dach anbringen. Bente hatte eingewilligt und ihrem Vater so gut es ging assistiert. Doch die Montage der Lampe hatte sich als schwieriger als erwartet herausgestellt.

Ihr Vater wischte sich mit einer Hand Schweißperlen von der Stirn. »Dann sind wir bestimmt schneller fertig, als wenn ich hier allein weiterfummle.«

»Bin gleich wieder da.« Bente holte eine zweite Leiter aus einem Wandschrank im Flur und stellte sie neben die ihres Vaters. »Ich halte die Lampe fest, und du schraubst?«

»So machen wir es.« Er warf einen prüfenden Blick auf

die Position der Lampe. »Ein bisschen mehr nach rechts … Stopp!«

»So gut?«

»Ja.« Ihr Vater schraubte konzentriert. »Mit etwas mehr Vorlauf hätte ich das alles vor deiner Rückkehr fertig gehabt.«

Bente lächelte und bemühte sich, ihre Hand stillzuhalten. »Du weißt doch, dass ich spontan bin.«

»Das bist du allerdings.« Er nahm eine weitere Schraube aus einem Kästchen, das er auf die oberste Stufe gestellt hatte. »Den Johannes mochte ich eigentlich ganz gut leiden. Er hatte nur einen Fehler.«

»Aha? Da bin ich aber gespannt.« Bente runzelte die Stirn.

»Er lebt in Los Angeles«, sagte ihr Vater knapp.

Bente musste lachen. »Ja, das war vermutlich sein größter Fehler.«

»So, fertig.« Schließlich legte ihr Vater den Schraubenzieher neben das Kästchen und schaute Bente aufmunternd an. »Sei nicht traurig, mein Mädchen. Du wirst dein Glück schon in unserem schönen St. Peter-Ording finden. Dafür musst du nicht bis nach Hollywood reisen.«

Bente nickte nur und drehte die Glühbirnen in die Gewinde. »Hast du dich etwa mit Muddi abgesprochen?«

»Selbstverständlich. Deine Mutter und ich sprechen uns doch in allem ab.« Er streichelte väterlich ihre Wange. »Was gibt es denn Neues vom Leuchtturm und eurer Aktion? Du hast noch gar nichts erzählt.«

Dieses Thema kam ihr gelegen. Ohne zu zögern, berichtete sie von den Kitern und dem Müll am Strand. »Das ist wirklich erschreckend. War das schon so heftig, bevor ich nach Amerika gegangen bin? Ich kann mich jedenfalls nicht daran erinnern.«

»Iwo. Das hat erst vor ein paar Jahren überhandgenommen.« Ihr Vater stieg ganz von der Leiter. »Mittlerweile sind zu viele Leute in SPO unterwegs. Da wird der Müll immer mehr und auch die Anzahl der Chaoten, die meinen, sie müssten auf dem Meer die Sau rauslassen. Die Natur muss noch mehr geschützt werden als je zuvor. Aber dafür bist du ja jetzt da.«

Bente war ebenfalls von der Leiter gestiegen. »Das stimmt. Gleich morgen werde ich mal bei unserer Gemeinde anklopfen.«

»Dann klopf ruhig laut.« Ihr Vater drückte auf den Schalter neben der Tür, woraufhin ein heller Lichtschein den Raum flutete. »Na, was sagst du?«

Bente blinzelte. »Das Gegenteil von funzelig.«

Er nickte zufrieden. »Sag ich doch.«

Von unten erklang die Türklingel und bald darauf die Stimme ihrer Mutter und von Elly.

»Geh ruhig schon runter. Ich packe noch die Leitern und den Kleinkram weg«, sagte ihr Vater, während er die Lampe noch einmal begutachtete.

Elly und ihre Mutter standen in der Diele neben der Treppe. Vor den Füßen ihrer Schwester wartete ein großer gefüllter Wäschekorb. Elly hatte die Arme vor der Brust verschränkt und blickte missmutig drein.

»Hallo, Elly! Ist das deine Wäsche?«, fragte Bente, als sie die Treppe herunterkam.

Ihre Schwester nickte. »Allerdings. Unsere Waschmaschine hat den Geist aufgegeben.«

»Dabei ist sie noch gar nicht so alt. Erst drei Jahre. Stell dir das mal vor«, fügte ihre Mutter hinzu. »Aber heutzutage hält ja alles nur noch von zwölf bis mittags.«

»Oh nein … Das ist bei vier Personen aber ungünstig.« Bente schaute stirnrunzelnd auf den Wäscheberg und fragte sich, wer von ihnen sich darum wohl in der nächsten Zeit kümmern würde.

»Ungünstig ist gar kein Ausdruck … Zwei Maschinen wasche ich mindestens pro Tag. Eigentlich wirbt der Hersteller damit, dass die Produkte besonders langlebig sind. Und nun das …« Elly ließ die Schultern hängen.

»Hauptsache, sie kann repariert werden«, bemühte Bente sich, ihre Schwester aufzuheitern.

»Das hoffe ich stark! Alle drei Jahre eine neue Waschmaschine für über 1000 Euro zu kaufen, wer kann sich das schon leisten?«

»Hast du noch eine Garantie drauf?«, wollte ihre Mutter wissen.

Elly machte eine wegwerfende Handbewegung. »Schön wär's. Die ist letztes Jahr im Herbst abgelaufen.«

»Na denn.« Ihre Mutter griff nach dem Korb. »Ich werfe dann mal unsere Maschine an.«

»Danke, Mutti.« Elly drückte ihr einen Kuss auf die Wange.

»Im Kühlschrank ist Eistee. Den könnt ihr mit auf die Terrasse nehmen!« Damit drehte sie sich um und ging dann mit der Wäsche die Treppe zum Keller hinunter.

Während die Waschmaschine lief, klönten Bente und Elly und schlenderten durch den Garten. Neben dem Gartenhaus blieben sie stehen.

»Und hier möchte ich Hochbeete anlegen.« Bente zeigte auf eine Stelle neben dem Häuschen.

»Ein feines Plätzchen hast du dir dafür ausgesucht.« Elly musterte sie von der Seite. »Du hast also wirklich vor, länger hier zu wohnen?«

Sie zuckte die Schultern. »Vorerst schon. Natürlich kann sich das irgendwann mal ändern, doch im Moment bin ich hier zufrieden. Die Wohnung ist nicht zu groß und nicht zu klein, die Lage ein Traum … Du weißt ja, wie schwer es ist, in St. Peter-Ording eine bezahlbare Mietwohnung zu bekommen. Wahrscheinlich müsste ich aufs Hinterland ausweichen, das möchte ich aber auf keinen Fall. Außerdem habe ich Mama und Papa viel zu lange nicht gesehen, dich, Freddie und die Kinder …« Sie schüttelte ihren langen Pferdeschwanz. »Mir gefällt es hier. Ich brauche nichts anderes.«

»Los Angeles scheint dir jedenfalls nicht zu fehlen.«

Sonnenschein fiel durch das Blätterdach der Kastanie neben dem Gartenhäuschen. Die Bougainvilleen ihrer Mutter leuchteten tiefrot, auf dem saftig grünen Rasen lagen noch hier und da ein paar Kleeblätter, die die Kinder gezupft hatten. Bente sah ihre Schwester an. »Es fehlt mir tatsächlich überhaupt nicht. Das war irgendwie nie der Ort, an dem ich mich zu Hause gefühlt hätte.«

»Hm.« Elly versenkte beide Hände in den Gesäßtaschen ihrer Hose und räusperte sich. »Verstehe mich nicht falsch, aber dafür hast du es ziemlich lange in den Staaten ausgehalten. Zuerst als Au-pair, dann als Studentin und danach an der Seite von Johannes in der Bäckerei. Ich dachte eigentlich, du bleibst für immer in den USA.«

Der Einwand war berechtigt, das musste sie zugeben. Laut allerdings nicht. »Johannes und ich haben uns doch getrennt. Was sollte ich da noch in Los Angeles?«, erwiderte sie deshalb nur ausweichend.

Bente entging nicht, dass Elly ihr auf den Zahn fühlen wollte. Ihre Schwester hatte schon immer ein feines Gespür dafür besessen, wenn etwas Größeres in der Luft lag, was Bente ihr aber nicht auf die Nase binden wollte.

»Bevor du Johannes kennengelernt hast, hat es dir dort richtig gut gefallen, wenn ich mich nicht täusche«, bohrte ihre Schwester weiter. »Noch nicht mal zu Omas Beerdigung bist du damals nach Hause gekommen.«

»Ja, schon … Doch die Dinge haben sich irgendwann geändert«, versuchte Bente, sich herauszureden. Sie biss sich auf die Lippe. Wegen ihrer Oma plagte sie noch immer ein schlechtes Gewissen.

Elly legte Bente eine Hand auf die Schulter. »Ich will einfach nur wissen, warum du wirklich zurück nach St. Peter-Ording gekommen bist.«

Von Gefühlen überwältigt, presste Bente die Lippen fest aufeinander und richtete ihren Blick zum Himmel. Sie blinzelte und hatte plötzlich einen Kloß im Hals, den sie mit aller Macht versuchte herunterzuschlucken. Doch die Wucht, mit der die Trauer über sie kam, war übermächtig.

Sie schlug sich beide Hände vors Gesicht und spürte, wie ihre Finger nass wurden.

Dann fühlte sie wieder Ellys Hand auf ihrer Schulter.

»Hey, was ist denn los?«

Langsam nahm Bente die Hände von ihrem Gesicht. »Ich hatte eine Fehlgeburt«, brachte sie leise hervor, während ihr Körper unter den Schluchzern bebte.

12. Kapitel

Elly parkte vor dem Baumarkt in St. Peter-Böhl und zog die Handbremse an. »Noch nicht viel los hier.«

»Wir sind ja auch echt früh dran.« Bente löste ihren Gurt auf der Beifahrerseite. »Es ist wirklich lieb von dir, dass du so spontan als meine persönliche Einkaufsberaterin mitgekommen bist.«

»Wofür hat man denn Geschwister?« Sie warf ihr einen warmen Blick zu. »Außerdem hat es doch gut gepasst. Während wir hier sind, läuft die Wäsche in Mamas Maschine, und Freddie vertritt mich im Laden. Allein ist es meistens schwieriger, sich zu entscheiden.« Sie lächelte Bente lieb an. Seit dem Geständnis im Garten hatten sie das Thema nicht mehr vertieft, aber Elly war besonders aufmerksam und hilfsbereit.

»Hauptsache, das Angebot ist gleich vorrätig. Zeig noch mal den Werbeprospekt.«

»Hier.« Bente gab ihr die Reklame.

»Das wäre vielleicht auch was für uns. Freddie wollte eh demnächst das Wohnzimmer renovieren. Müsste ich mal mit ihm besprechen.« Sie gab Bente den Prospekt zurück. »Weiß Papa schon, dass du die frisch gestrichene Wand überkleben willst?«

»Nö. Das werde ich ihm verklickern, wenn ich die passende Fototapete gefunden und gekauft habe.« Sie stiegen aus. »Die Wand sieht richtig kahl aus. Passende Bilder habe ich keine, und mir fehlt auch die Muße, mich um welche zu kümmern … Und ich wollte schon immer eine Fototapete haben.«

Elly nickte. »Ich finde Fototapeten ohnehin toll. Die machen echt was her.«

Sie gingen zum Eingang des Baumarkts. Bente nahm einen Einkaufswagen. »Wer weiß, was ich noch alles finde.«

Die beworbenen Fototapeten befanden sich neben der Abteilung für Farbe und Malerzubehör. Die Mitarbeiter im Baumarkt hatten die verschiedenen Motive zur besseren Ansicht auf Pappwände geklebt.

»Die Skyline von New York scheidet aus, das ist mir zu viel Weltstadt«, erklärte Bente nachdenklich.

»Dann bliebe noch *Mitten im Wald* oder *Urlaub am Meer*.« Elly trat einen Schritt zurück, um die Motive besser betrachten zu können. »Mir gefällt beides. Der Wald strahlt eine herrliche Ruhe aus, und der Blick über die Dünen zum Meer lädt zum Träumen ein. Das ist eine schwierige Entscheidung.«

»Auch auf die Gefahr hin, dass jede zweite Ferienwohnung in St. Peter mit diesem Motiv verschönt werden wird, nehme ich die Dünen.« Bente griff nach der Tapetenrolle und schob den Wagen zu einem anderen Regal. »Ein Tapezier-Komplett-Set nehme ich auch gleich mit.«

Sie wollte keine Zeit verschwenden, schob den Wagen zur Kasse und bezahlte. Wenige Minuten später verstaute sie bereits die Einkäufe im Kofferraum von Ellys Auto.

»Würde es dir was ausmachen, wenn wir kurz noch am alten Rathaus haltmachen?«, fragte sie, während ihre Schwester vom Parkplatz fuhr.

»Können wir machen. Was willst du denn da?«

Bente trommelte mit den Fingern auf das Armaturenbrett. »Gucken, ob ich den Bürgermeister erwische. Dann kann ich ihn direkt auf die Info-Tafel und das Müllproblem ansprechen. Am Telefon kann man die Leute doch viel zu einfach abwimmeln.«

Kurze Zeit später betrat Bente das alte Rathaus. Ihre Schwester hatte zufällig eine Bekannte vor der Tourismus-Zentrale getroffen und war draußen auf einen Plausch stehen geblieben.

Bente klopfte an die Tür des Vorzimmers des Bürgermeisters und trat dann ein. Eine Frau in sportlich eleganter Kleidung stand an einem Kopierer.

»Moin!«, grüßte Bente.

»Guten Morgen. Wie kann ich Ihnen weiterhelfen?« Die Frau kam auf sie zu.

»Mein Name ist Bente Nahnsen. Ich leite die Schutzstation in Westerhever. Ist es möglich, kurz mit dem Bürgermeister zu sprechen? Es geht um eine Info-Tafel am Strand und ein akutes Müllproblem.«

»Tut mir leid. Herr Brodersen ist leider nicht im Hause. Er kommt erst später wieder.«

»Das ist ja schade … Wann kann ich ihn denn am besten erreichen?«, erkundigte Bente sich höflich.

»Einen Moment, ich schaue mal in seinem Terminkalender nach.« Sie setzte sich vor einen Computer und tippte auf der Tastatur.

In der Zwischenzeit nahm Bente eine Veranstaltungsbroschüre aus einem Ständer und blätterte sie durch. Hinter ihr wurde plötzlich die Tür zum Büro geöffnet. Sie drehte sich um.

»Bente!« Cord kam lächelnd auf sie zu.

»Moin!«, grüßte sie ihn überrascht.

Er gab ihr die Hand. »Was führt dich denn hierher?«

»Ich wollte kurz mit dem Bürgermeister sprechen, wegen zwei Umweltangelegenheiten. Aber leider ist er nicht da.«

»Der Terminkalender von Herrn Brodersen ist zurzeit ziemlich voll. In zehn Tagen kann ich Ihnen einen Termin geben«, erklärte seine Empfangsdame nun.

»In zehn Tagen erst? Eher ist keine Lücke?«, fragte Bente enttäuscht. »Es wäre wirklich dringend.«

Ihr begegnete ein kühles Lächeln. »Leider ist er ausgebucht, und es sind alles dringende Angelegenheiten.«

»Hm, wie schade«, erwiderte Bente zerknirscht.

»Wenn du mir deine Handynummer verrätst, gebe ich sie Herrn Brodersen. Ich bin mir sicher, dass er inoffiziell zehn Minuten für dich Zeit haben wird.« Cord zwinkerte ihr zu.

Sofort schöpfte Bente wieder Hoffnung. Dass sie ihn hier getroffen hatte, war vielleicht doch ein Wink des Schicksals ... auch wenn Bente an so etwas wie Vorsehung eigentlich nicht glaubte. »Danke, Cord!«

»Frau Küpper, könnten Sie mir bitte etwas zum Schreiben geben?« Er ließ sich ein Blatt Papier und einen Stift von der Frau reichen.

Fasziniert beobachtete sie, wie entgegenkommend die Frau sein konnte. Dann schrieb sie Cord ihre Handynummer auf.

»Er kann aber auch in der Schutzstation Westerhever anrufen. Ich bin heute ab Mittag dort.« Mit diesen Worten gab sie Cord den Zettel.

»Alles klar. Werde ich ihm ausrichten.«

»Danke, Cord! Du bist echt meine Rettung.«

»Da nicht für«, wehrte er ab.

»Danke Ihnen auch, Frau Küpper«, fügte Bente beschwingt hinzu und verabschiedete sich.

»Warte, ich bringe dich noch raus.« Cord öffnete ihr die Tür und begleitete sie. »Wenn du noch mal was Dringendes haben solltest, kannst du dich jederzeit an mich wenden.«

Es dauerte nicht lange, dann standen sie vor dem Rathaus. Cord griff in eine Innentasche seiner Jacke und übergab Bente eine Visitenkarte. »Hier.«

»Wow! Die Karte werde ich bestimmt nicht verlieren. Wie gut, dass wir uns kennen.« Dankbar lächelte sie ihm zu.

»Dafür sind doch alte Freunde da, oder?«

Bente nickte. Alte Freunde. Das waren sie in der Tat. Genauso fühlte sich ihre Verbindung zu Cord an. Sie kannten einander in- und auswendig.

Es war eine wertvolle Erkenntnis, dass sie trotz ihrer langen Kontaktpause nach wie vor auf Cord zählen konnte. Bente stellte sich auf die Zehenspitzen und gab ihm zum Abschied einen freundschaftlichen Kuss auf die Wange. »Danke. Ich muss dann mal zurück zu Elly.«

Sie schaute zu ihrer Schwester, die noch immer ins Gespräch vertieft mit ihrer Bekannten auf dem Bürgersteig stand.

»Kein Problem. Ich sorge dafür, dass Brodersen sich bei dir meldet«, versprach Cord, bevor er zurück ins Rathaus ging.

Bente gesellte sich zu ihrer Schwester, die sich gerade von ihrer Bekannten verabschiedete. Elly wollte noch schnell in der Bäckerei nach dem Rechten sehen, bevor sie zurück nach Ording fuhren.

»Dann können wir auch gleich was für unsere Eltern zum Kaffee mitnehmen«, sagte Elly.

»Gute Idee. Da werden sich Mama und Papa freuen«, stimmte sie ihrer Schwester zu.

Die Bäckerei war nur wenige Gehminuten vom Rathaus entfernt. Bente genoss die Sonnenstrahlen auf den nackten Armen, während sie neben ihrer Schwester herging. Kurz darauf drückte Elly bereits die Tür zur Bäckerei auf.

»Guten Tag!« Eine Frau im mittleren Alter stand neben Freddie hinter der Theke und blickte sie fröhlich an.

»Guten Tag?« Elly schaute verwundert zu ihrem Mann.

»Ach! Gut, dass ihr kommt. Das ist Frau Strüve. Sie hat unseren Aushang an der Tür gelesen und möchte gern im Verkauf mitarbeiten«, sagte Freddie erfreut. »Frau Strüve, das sind meine Frau und ihre Schwester.«

»Freut mich, Sie kennenzulernen.« Frau Strüve reichte ihnen beiden über die Theke hinweg die Hand und drückte sie kurz.

»Und wie mich das erst mal freut. Haben Sie denn schon mal in einer Bäckerei gearbeitet?«, erkundigte sich Elly.

Frau Strüve nickte. »Jahrelang in Flensburg. Wir sind kürzlich hierhergezogen, und ich war auf der Suche nach einer neuen Arbeit. Eigentlich wollte ich nur Brötchen kaufen, und da habe ich den Aushang gesehen.«

»Na, wenn das mal keine glückliche Fügung ist.« Elly strahlte ihren Mann an. »Wir kommen eigentlich auch nur, um etwas zum Kaffee mitzunehmen.«

»Was darf es denn sein?« Frau Strüve nahm ein Papptablett und ging zu der Auslage, in der verschiedene süße Teilchen und Torten bereitstanden.

Mittags traf Bente am Westerhever Leuchtturm ein. Ein kräftiger Wind fegte über die Salzwiesen und durch die dicke Wolle der grasenden Schafe. Vom Meer her zogen vereinzelt Wolken heran, die womöglich kurze Regenschauer mit sich bringen würden. Nicht das Schlechteste für die Pflanzen nach einer längeren Trockenperiode, dachte Bente.

Fiete kniete vor einem Zaun, der um den Turm und die beiden baugleichen Häuser führte. Neben ihm stand ein offener Werkzeugkasten. Mit einer Zange zog er einen Nagel aus einer Holzlatte.

»Hey, Fiete! Bist du ganz allein?«, fragte Bente ihn.

Fiete schaute zu ihr. »Moin! Lena und Liam sind auf einem Kontrollgang. In der Zwischenzeit betätige ich mich als Handwerker.« Er zog die Latte aus dem Zaun.

»Aha! Was ist denn passiert?«

»Das Holz ist etwas morsch, und der letzte Sturm hat der Planke den Rest gegeben. Ich ersetze eben das Brett. Danach wollte ich Disteln im Garten stechen.«

»Dabei helfe ich dir. Ich gehe nur schnell ins Büro und ziehe mir andere Schuhe an.«

»Okay, bis gleich.«

Bente lief zum Seminarhaus, in dem ihr Büro untergebracht war. Sie nahm die robusten Schuhe von einer Bank
und setzte sich auf den Stuhl vor ihrem Schreibtisch.

Aus dem Augenwinkel sah sie, dass der Anrufbeantwor-
ter blinkte. Es waren drei neue Nachrichten eingegangen.
Sie drückte auf den Knopf, um die Mitteilungen abzuhören,
während sie in die Schuhe schlüpfte. Eine stammte von einer Lehrerin, die eine Klasse für eine Wattwanderung an-
melden wollte, die zweite von der Jugendherberge aus
Westerhever, die ebenfalls eine Gruppenführung buchen
wollte. Bei der dritten Nachricht horchte Bente auf. Es war
Bürgermeister Brodersen. So schnell hatte sie gar nicht mit
einem Rückruf gerechnet.

»Rufen Sie mich doch morgen ab zehn Uhr an, oder
kommen Sie in meinem Büro vorbei. Bis zwölf Uhr wälze
ich Akten. Gegen ein Pläuschchen zwischendurch hätte
ich nichts einzuwenden.« Er lachte. »Meine Sekretärin,
Frau Küpper, weiß Bescheid, dass Sie mich von der Arbeit abhalten dürfen.« Er lachte noch einmal, bevor er auf-
legte.

Erfreut schnürte sie ihre Schuhe zu. Wie gut, dass sie
Cord im alten Rathaus getroffen hatte. Er war wirklich ein
feiner Kerl!

Gut gelaunt verließ sie das Seminarhaus und gesellte sich
zu Fiete, der bereits mit einem Distelstecher im Beet stand.
»Diese verflixten Biester sind mindestens so hartnäckig wie
meine kleine Schwester, wenn sie was will.«

»Warte, ich helfe dir eben.« Bente nahm den zweiten Un-
krautstecher, der neben dem Gemüsebeet bereitlag. Distel-
stechen gehörte zwar nicht unbedingt zu ihren Aufgaben,

doch sie war sich dafür nicht zu schade. Immerhin hatte sie gerade ein wenig Zeit.

»Weißt du, Fiete, deine Schwester weiß eben, was sie will.« Sie setzte das Gartenwerkzeug an einer Distel an und stach es in den Boden. »Und ich auch! Morgen früh habe ich einen Termin mit dem Bürgermeister.« Mit einem Ruck zog sie die Pflanze mit der Pfahlwurzel heraus.

»Dann geht es ja voran.« Schweißperlen glitzerten auf Fietes Stirn.

»Das hoffe ich.« Bente legte die Pflanze in einen Eimer und blickte zum Zaun, an dem weitere Disteln in lila Blüte standen. »Die lassen wir aber stehen. Einige Schmetterlingsarten und Insekten sind auf die Pflanzen spezialisiert. Oder stören sie dort?«

»Nö.« Fiete zog eine weitere Distel aus dem Beet und schaute an Bente vorbei. »Der Kontrolltrupp ist im Anmarsch.«

Wenige Minuten später standen Lena und Liam bei ihnen. Sie berichteten von weiteren Kite-Surfern in der Nähe der Sandbank.

»Anscheinend haben die keinen Flyer von uns bekommen«, schlussfolgerte Liam frustriert. »Es ist unmöglich, alle Surfer zu erwischen, bevor sie losbrettern.«

»Morgen bin ich beim Bürgermeister und werde das Problem mit den Kitern ansprechen.« Unwillkürlich musste Bente an Tilo denken, wie er mit seinem türkisfarbenen Segel durch die Luft geflogen war. Langsam konnte er sich wirklich mal bei ihr melden. Oder hatte er doch kein Interesse an ihr? Kay hatte ihn bestimmt von ihr gegrüßt. Eigentlich wusste sie nicht wirklich viel über ihn. Doch in seiner Gegenwart hatte sie sich so gut gefühlt. So gut, dass sie unbedingt noch mehr über ihn erfahren wollte.

Am Abend fuhr Bente zu Franka nach St. Peter-Dorf, wo ihre Freundin eine hübsche Wohnung mit Blick über den Deich bewohnte. Sie machten es sich auf der großen Dachterrasse gemütlich und genossen die friedliche Abendstimmung bei einem Glas Weißwein und Pizza. Der Wind und die Wolken hatten sich im Laufe des Tages wieder verzogen und einem lauen Lüftchen Platz gemacht. Die Sonne stand schon tief, und überall summte und zirpte es.

»Da sieht man mal wieder, wie wichtig Vitamin B ist. Ohne Cords Einsatz hätte ich ewig auf einen Termin bei Brodersen warten müssen.« Bente nippte an dem kühlen Weißwein in ihrem Glas und streckte die Beine aus.

»Echte Freunde sind eben unbezahlbar.« Franka stand auf und nahm die Flasche aus dem Kühler, um sich neu einzuschenken.

»Wem sagst du das? Ich hätte nie gedacht, dass sich die Angelegenheit zwischen Cord und mir so entspannt entwickeln würde.«

»Wenigstens seid ihr zwei entspannt.« Franka setzte sich wieder. »Bei Jarno und Karen brennt es dafür lichterloh.«

»Oh! Ich dachte, es wäre das übliche Drama und sie hätten sich längst wieder eingekriegt.«

»Dieses Mal ist die Krise viel größer als angenommen. Karen ist gestern noch aus der gemeinsamen Wohnung ausgezogen und wohl vorerst bei einer Freundin untergekommen«, berichtete Franka.

»Was? Das sind ja ganz neue Töne.« Bente runzelte die Stirn. »Woher weißt du das eigentlich alles so genau?«

»Na ja.« Franka strich sich verlegen eine Haarsträhne aus dem Gesicht. »In der Mittagspause war ich bei Jarno, und da hat er mir von dem Stress erzählt. Ich habe ihn dann ein bisschen aufgeheitert, wobei er ganz froh zu sein scheint, dass Karen nun weg ist.«

Bente zog die Augenbrauen hoch. »Da bin ich jetzt aber platt. Ich dachte, die zwei schaffen nie den Absprung.«

»Meinst du etwa, dass das jetzt so bleibt und sie sich vielleicht trennen?« Franka stocherte mit einer Gabel auf ihrer Pizza herum.

»Könnte gut sein. Es hört sich für mich zumindest nach einer Veränderung zwischen Jarno und Karen an. Oder gab es das schon mal, dass Karen ausgezogen ist?«

»Noch nie!«

»Siehst du.« Bente schnitt ein Stück Pizza ab. »Ich für meinen Teil bin froh, Johannes nicht richtig geheiratet zu haben.« Sie wiegte den Kopf hin und her. »Nur so halb, bei einem Kurztrip nach Las Vegas. Das haben wir aber nie offiziell beglaubigen lassen. Deswegen zählt es nicht.« Schnell steckte sie sich das Stück Pizza in den Mund.

»Also, ich würde Jarno sofort heiraten. Und zwar höchst offiziell«, entgegnete Franka im Brustton der Überzeugung. Sie nahm einen Schluck aus ihrem Glas.

»Das glaube ich dir aufs Wort.« Bente lachte. »Hättest dann ja auch lange genug auf den Moment gewartet.«

Franka stellte ihr Glas ab und sah sie aufmerksam an. »Oh, sag mal, hast du was von Tilo gehört?«

»Nein, was ich irgendwie schade finde«, gab Bente zu. Sie erzählte Franka von der Begegnung mit Kay am Ordinger Strand, wo sie Tilo aus der Ferne gesehen hatte. »Eigentlich möchte ich ja keine Beziehung, aber trotzdem würde ich ihn gerne kennenlernen. Na ja … Wahrscheinlich bin ich momentan ein bisschen verwirrt und weiß selber nicht genau, in welche Richtung ich gehen soll.«

»Das ist ja auch kein Wunder, nach dem, was dir widerfahren ist. Ich glaube, da wäre jeder ein bisschen durcheinander.«

Bente nickte. »Übrigens, Elly weiß jetzt von der Fehlgeburt. Ich hab es ihr gestern erzählt.«

»Das ist eine gute Entwicklung. Ich finde, darauf sollten wir trinken.« Franka erhob ihr Glas. »Auf bessere Zeiten.«

»Auf dass alles, was noch kommt, nur gut sein wird und wir am Ende erkennen, warum vorher die Dinge so schiefgelaufen sind. Auf das Leben!«

Sie prosteten sich zu.

An diesem Abend saßen sie noch lange auf Frankas Dachterrasse. Erst als die ersten Sterne am Firmament glitzerten, machte sich Bente auf den Rückweg nach Ording.

13. Kapitel

Bente schloss leise die Tür des Vorzimmers hinter sich und ging den Flur bis zum Ende entlang. Erst dort ballte sie eine Hand zur Faust und stieß einen stummen Schrei aus. Innerlich jubelte sie, während sie mit federnden Schritten zum Ausgang des alten Rathauses lief. Das Gespräch mit dem Bürgermeister war wesentlich besser gelaufen, als sie zu hoffen gewagt hatte.

Nachdem Frau Küpper ihnen zwei Tassen Kaffee gebracht hatte, hatte Herr Brodersen ihren Schilderungen aufmerksam zugehört. Dabei hatte er sie kein einziges Mal unterbrochen, sondern sich während ihres Berichts immer wieder Stichpunkte auf einem Blatt Papier notiert.

»Dagegen müssen wir unbedingt etwas unternehmen«, hatte er schließlich zugestimmt. »Die Genehmigung für die Informationstafel bekommen Sie selbstverständlich. Außerdem werde ich bei der nächsten Sitzung noch einmal unser Müll-Konzept auf den Prüfstand stellen lassen. Sollten Sie noch an anderen Stellen Verbesserungsbedarf feststellen, dann zögern Sie bitte nicht, mich zu kontaktieren. Auf Hinweise wie Ihre sind wir Bürohocker angewiesen.«

Er hatte sich wirklich sehr zugänglich gezeigt. Bente

zweifelte nicht daran, dass sie das auch Cord zu verdanken hatte. Aber im Moment freute sie sich einfach.

Bente ging gut gelaunt zu ihrem E-Auto, das sie unweit des Rathauses im Heedweg abgestellt hatte. Vor sich hin pfeifend startete sie den Motor und fuhr auf die Dorfstraße. Auf der Höhe vom Gartenweg entdeckte sie einen freien Parkplatz und fuhr spontan in die Lücke. Sie musste unbedingt ihrer Schwester von ihrem Erfolg erzählen und erinnerte sich an Ellys Bemerkung darüber, dass sie heute mit Kindern backen würde.

Kinderspielhaus, Tourismus-Zentrale, stand in weißer Schrift auf einem blauen Hintergrund. Daneben prangte die Zeichnung eines Pfahlbaus, der so typisch für St. Peter-Ording war wie der Eiffelturm für Paris.

Bente ging zum Eingang des Indoorspielplatzes, der in einem ehemaligen Feuerwehrhaus untergebracht war. Als sie die Tür aufdrückte, wurde sie von fröhlichem Kindergeschrei empfangen.

Grinsend reckte sie den Hals und entdeckte Elly inmitten einer Kinderschar. Jedes der Kinder trug eine weiße Schürze und war mit Ausstechern in Form von Blumen, Schmetterlingen, Bienen oder verschiedenen Früchten ausgestattet. Damit bearbeiteten sie unter Ellys Anleitung ausgerollten Teig.

Versonnen sah Bente zu, wie Elly den Kindern geduldig erklärte und vormachte, wie sie am besten vorgehen konnten und welche Tricks es gab.

»Einmal die Form kräftig in den Teig drücken und schwupps, schon ist der Blumenkeks fertig.«

»Hast du noch eine Schürze für mich übrig?«, fragte Bente, als der Ansturm auf ihre Schwester nachließ.

Elly blickte zu ihr. »Bente! Wie schön, dass du mich besuchst.« Sie wischte sich die Hände an ihrem Arbeitskittel ab und gab Bente zur Begrüßung einen Kuss auf die Wange. »Hast du frei?«

»Jetzt schon. Ich war gerade beim Bürgermeister, und da ich ja wusste, dass du heute die Backwerkstatt leitest, dachte ich mir, ich komme einfach vorbei und helfe vielleicht ein bisschen.«

»Prima! Dann schnapp dir einfach eine Schürze vom Haken, und los geht es mit den Plätzchen.«

Beim Anblick der Ausstechförmchen und des Teigs bekam Bente große Lust aufs Backen. Lächelnd zog sie sich eine Schürze über und griff zu einem Ausstecher in Form einer Blume. Gelassen verzierte sie den Keks in der Mitte mit Marmelade und drückte bunte Schokolinsen auf die Blüten. Danach legte sie ihr Werk auf ein mit Backpapier ausgelegtes Blech und half einigen Kindern, ihre ausgestochenen Plätzchen ebenfalls zu platzieren.

Als Elly die Plätzchen in den Backofen geschoben hatte und die Kinder nach dem Händewaschen mit dem Spielen begonnen hatten, setzte Bente sich neben ihre Schwester auf einen Stuhl.

»Du wirkst ziemlich entspannt. Obwohl die Kinder eine enorme Energie haben.« Bente verzog amüsiert den Mund zu einem Lächeln. »Ich musste mindestens drei davon abhalten, sich den Magen mit rohem Teig vollzustopfen.«

»Ja, ich auch! Aber ich wirke nicht nur so entspannt, ich bin es tatsächlich.« Elly lachte. »Frau Strüve ist wirklich ein Glücksfall für unsere Bäckerei. Stell dir vor, ihre Tochter Birte geht in die gleiche Kindergartengruppe wie Nienke. Die beiden haben sich schon angefreundet.«

»Das klingt nach einer neuen besten Freundin für Nienke. Wer weiß, womöglich kannst du bald eine Fußballmannschaft mit dem Titel *Beste Freundinnen* gründen.«

Wieder lachte Elly. »Damit könntest du recht haben. Jedenfalls hat meine Tochter Birte gleich zu ihrem Geburtstag im Oktober eingeladen.«

»Sicher ist sicher.«

Elly nickte. »Und das Beste ist ja, Frau Strüve hat nicht nur in einer Bäckerei im Verkauf gearbeitet, sondern ist auch ausgebildete Konditorin. Stell dir das mal vor!«

»Ach! Mach keinen Quatsch«, sagte Bente überrascht.

»Das hat sie uns erst beiläufig erzählt, als wir ihr die Stelle im Laden angeboten haben. Was meinst du, wie wir geguckt haben!«

»Aber wieso hat sie sich dann für den Verkauf beworben und nicht gleich für die Backstube? Für den Verkauf ist sie doch überqualifiziert.« Bente runzelte die Stirn.

»Na ja, als Konditor hast du nicht nur den Duft von Schokolade in der Nase oder verzierst Torten, wie du weißt. Einen fünfundzwanzig Kilo schweren Mehlsack zu heben und zehn Kilo Teig zu kneten, das strengt auf Dauer ziemlich an. Und dann noch die ungünstige Arbeitszeit, wenn man Kinder hat.« Elly senkte den Blick kurz. »Du weißt ja selbst, wie oft Nienke und Jelte bei unseren Eltern geschlafen haben, weil Freddie und ich mitten in der Nacht in der Backstube stehen mussten.«

»Oh ja! Das stimmt natürlich.«

Elly lehnte sich gegen die Stuhllehne. »Frau Strüve möchte zwar in einer Bäckerei arbeiten, aber eben nicht mehr in der Produktion. Dafür haben wir ja glücklicherweise nun auch Verstärkung. Du kannst dir gar nicht vorstellen, wie erleichtert ich bin, dass wir endlich unseren Personalmangel los sind! Ich habe schon Angst gehabt, dass ich Mama und Papa irgendwann fragen muss, ob sie aushelfen.«

Bente strich sich eine Haarsträhne hinters Ohr. »Das hätten sie bestimmt gemacht. Wenn Not am Mann ist, dann ist Papa doch der Erste, der sich die Bäckerkleidung überzieht.«

Elly nickte eifrig. »Aber genau das wollte ich vermeiden. Die zwei haben genug in ihrem Leben geschuftet, und ihnen hat dabei auch keiner geholfen. Außer Oma und Opa bei der Kinderbetreuung.«

»Das schon. Aber du weißt doch, wie gerne Papa hilft. Wir kleben nachher zusammen die Fototapete an die Wand.«

»Trotzdem, eine Wand zu zweit tapezieren, das ist vermutlich nicht halb so anstrengend wie eine Schicht in der Bäckerei.« Elly ging zum Backofen und warf einen Blick hinein. »Und dann mit seinen fast siebzig Jahren.«

»Mich kannst du natürlich auch jederzeit fragen«, warf Bente ein.

Elly verdrehte die Augen. »Dich? Und wer übernimmt dann deinen Job in der Schutzstation?«

»Och, das würde schon irgendwie gehen …«

»Irgendwie. Ich weiß doch, wie sehr du deine Arbeit liebst.« Sie setzte sich wieder neben Bente. »Die Kekse müssen noch ein bisschen backen. Aber nun erzähl mal, was hat Brodersen denn gesagt? Du siehst eigentlich so vergnügt aus, dass ich auf gute Neuigkeiten tippe. Oder täusche ich mich? Raus mit der Sprache!«

Voller Stolz berichtete Bente von dem Gespräch und half Elly danach, die Plätzchen auf Teller zu verteilen.

Als sie später wieder im Auto saß, dachte sie darüber nach, was für eine große Verantwortung ein Kind bedeutete. Wie es wohl gewesen wäre, wenn Johannes und sie Eltern geworden wären? Ob sie es genauso gut hinbekommen hätten wie Elly und Freddie – oder ihre Eltern? Auf diese Frage fand sie keine konkrete Antwort. Vielleicht hätten sie es anders hinbekommen. Eventuell wäre nicht immer alles perfekt gelaufen. Aber in einer Sache war sie sich ganz sicher: Sie hätte ihr Kind über alles geliebt.

»So, der Tapeziertisch steht schon mal«, verkündete Bente, als ihr Vater im Malerkittel und einer alten Jeanshose in das kleine Wohnzimmer trat.

»Hoffentlich haben wir nichts vergessen.« Sein Blick wanderte zu den Malutensilien, die neben der Fototapete lagen.

»Also, ich habe eine Tapezierbürste, zwei Tapezierrollen und Kleisterbürsten, Tapetenkleister, einen Eimer und Cutter, eine Wasserwaage, eine Leiter und einen Kanister Tapetenwechselgrund«, zählte Bente auf.

Ihr Vater nickte zufrieden. »Scheint alles da zu sein. Willst du dich noch umziehen?«

Bente blickte an sich herab. »Nö. Die Jeans kann ruhig dreckig werden, und das T-Shirt ist auch oll. Das war ursprünglich mal weiß und nicht blaugrau.«

»Gut. Dann lass uns mit dem Tapetenwechselgrund anfangen.« Er nahm das Gebinde und ging ins Bad.

Bente folgte ihm mit einem Eimer für die Verdünnung. Einige Minuten später trugen sie mit gleichmäßigen Pinselstrichen eine dünne Schicht auf die lange Wand des Wohnzimmers auf.

»Das ist fast wie früher. Weißt du noch, als wir damals dein Kinderzimmer tapeziert haben?«, fragte ihr Vater nach einer Weile.

»Und ob!« Bente lächelte bei der Erinnerung. »Ich habe die Tapete mit den Zirkus-Motiven heiß und innig geliebt.«

»Vor allem hast du deine Mutter und mich von der Arbeit abgehalten, weil du die Tapete unbedingt allein ankleben wolltest.«

Bente lachte. »Ich wusste eben schon früh, was ich wollte.«

»Mit sechs Jahren allein dein Zimmer tapezieren?«, fragte ihr Vater kopfschüttelnd. »Du hattest schon immer verrückte Einfälle, würde ich sagen.«

Nachdenklich hielt sie während des Pinselns inne und zuckte mit den Schultern. »Es sollte eben perfekt werden.«

»Das ist es dann ja auch geworden. Nachdem deine Oma dich mit Schokoeis in die Küche gelockt hatte, konnten wir endlich in Ruhe arbeiten.« Ihr Vater legte die Kleisterbürste auf einem Stück Zeitungspapier ab.

»Dass ich mit über dreißig noch mal in den Genuss komme, zusammen mit dir hier oben zu tapezieren, hätte ich mir bis vor Kurzem auch nicht vorstellen können.« Bente legte ihren Pinsel neben die Bürste und wischte ihre Finger an einem Stück Küchenrolle ab. »Es ist fast wie mit der Ereigniskarte beim Monopoly. Gehen Sie zurück auf LOS. Gehen Sie direkt dorthin, ziehen Sie keine 4000 Euro ein. Es fühlt sich für mich so an, als wäre ich wieder ganz am Anfang angekommen.«

Sie begegnete seinem fragenden Blick. »Nicht dass es mich stört. Es ist nur ein bisschen … ungewohnt. Eigentlich bin ich davon ausgegangen, dass das Leben wie zum Beispiel eine Leiter ist.« Sie legte eine Hand auf eine Stufe der Haushaltsleiter. »Man steigt von einer Stufe auf die nächste und kommt irgendwann oben an. Nur stehe ich gerade wieder auf der ersten Stufe.«

Ihr Vater entfernte die Plastikfolie, in die die Tapete eingerollt war. »Jetzt mach dir mal nicht so viele Gedanken, mein Mädchen. Du hast dein Studium mit Auszeichnung bestanden und auf Anhieb die tolle Stelle in der Schutzstation bekommen. Das ist in meinen Augen ein großer Schritt. Das schafft nämlich überhaupt nicht jeder. Außerdem ist das Leben nicht immer so, dass alles in einer geraden Linie verläuft. Wenn ich da an meine Schulzeit denke …«

Er schüttelte lachend den Kopf. »Ich war der größte Faulpelz der Klasse, und mein Lehrer war sich sicher, dass aus mir nie etwas werden würde. Doch kurz vor knapp habe ich die Kurve bekommen, woran deine Mutter nicht ganz unschuldig war.« Schmunzelnd rollte er die erste Bahn aus. »Das Leben bietet einem meistens eine Fülle von Möglichkeiten. Manchmal denkt man, dass es schon vorbei ist, dabei fängt es gerade erst an.«

Bente legte die zweite Tapetenbahn daneben. »Du hast wie immer recht. Und wenn zurück auf LOS heißt, dass ich jedes Mal wieder hier lande, dann ist das ohne Zweifel ein großes Glück.«

»Das will ich doch wohl meinen. Egal, was passiert, Bente: Denk immer daran, jeder schreibt seine eigene Geschichte.« Er schob einen dritten Bogen daneben und überprüfte die Zusammensetzung. Dann ließ er seinen Blick durch den Raum schweifen. »Wenn die Tapete nachher hängt, ist es ja immer noch etwas leer hier. Oder?«

Bente warf ihm ein Lächeln zu. »Zufällig habe ich heute ein 3-Sitzer-Sofa mit Récamiere gesehen. Und gar nicht so teuer.« Dann konzentrierte sie sich aufs Ausrollen des letzten Tapetenbogens. »Nachher messe ich das Zimmer noch einmal aus, damit ich weiß, wie groß das Sofa sein darf.«

»Das ist ein guter Plan. Klingt für mich auch gar nicht nach zurück auf LOS, sondern eher nach: Los!« Er zwinkerte ihr zu und schob das Tapetenstück exakt an das andere heran.

Ungefähr zwei Stunden später waren sie fertig.

»Ein schöner Blick über die Dünen. Sieht fast echt aus.« Ihr Vater stand einen guten Meter von der Wand entfernt und begutachtete ihr Werk, das sich über die gesamte lange Seite des Raums erstreckte.

»Das liegt nur daran, dass du so gut tapezieren kannst«, erwiderte Bente und gab ihrem Vater einen Kuss auf die Wange. »Hätte ich das allein gemacht, wäre das Endergebnis vermutlich nicht halb so gut. Nun habe ich eine Wohnung mit direktem Meerblick.«

»Alles Übungssache.« Ihr Vater bückte sich und begann, das Zeitungspapier vom Boden aufzusammeln.

»Lass das ruhig liegen. Ich räume es gleich weg. Du hast heute schon genug gearbeitet. Danke für deine Hilfe, Papa.«

Er winkte ab. »Das war doch bloß eine Kleinigkeit. Aber dann werde ich mal nachsehen, was deine Mutter und die zwei Racker im Garten ausgeheckt haben.«

»Mach das!« Versonnen blickte sie ihm nach, als er die kleine Wohnung verließ.

Einen Moment lauschte sie noch seinen Schritten auf der Treppe, dann machte sie sich ans Aufräumen. Dabei dachte sie an die Worte ihres Vaters, aus denen so viel Lebenserfahrung sprach. Jeder schreibt seine eigene Geschichte. Dieser Satz hatte eine unglaublich tröstende Wirkung auf sie.

Seufzend klappte sie den Tapeziertisch ein und knüllte die einzelnen Zeitungsblätter zusammen. Tatsächlich hing sie noch viel zu sehr bestimmten Vorstellungen nach, die sich in ihr manifestiert hatten, aber nichts mit der Wirklichkeit zu tun hatten. Manche Pläne sollte sie besser ohne Bedauern über Bord werfen und einfach neue schmieden. Einfach. Wenn es nur so leicht wäre!

Bente wischte mit einem Handtuch über den beschlagenen Spiegel und begann ihr nasses Haar mit einem grobzackigen Kamm zu entwirren. Nach dem Aufräumen hatte sie eine wechselwarme Dusche genommen, dabei allerdings vergessen, das Fenster schräg zu stellen.

Vorsichtig tupfte sie mit einem kleinen Handtuch ihr Gesicht trocken, bevor sie es mit einer Feuchtigkeitspflege eincremte, die leicht nach Zitrone duftete. Aus dem Schlafzimmer kündigte der Signalton ihres Handys den Eingang einer neuen Nachricht an. Bestimmt hatte Franka ihr geschrieben.

Es war früher Abend, Franka hatte die Apotheke bestimmt inzwischen verlassen und plante ihren Feierabend. Vielleicht konnten sie sich noch treffen.

Es war schön, wieder in der Nähe von Familie und Freunden sein. Obwohl die Zeit mit Anni und die WG-Abende in L. A. wirklich toll gewesen waren, hatte ihr der große Kreis ihrer Familie und auch ihrer alten Freunde gefehlt.

Bente schlug ein großes Duschtuch um ihren Körper und verließ das Badezimmer. Ihr Smartphone lag auf dem Bett. Vorfreudig griff sie danach, aber die eingegangene Nachricht stammte nicht von Franka. Bente runzelte die Stirn. Entweder war es Werbung oder jemand hatte einen Zahlendreher. Sie wischte über die Oberfläche und bekam einen kleinen Schrecken, als ihr der Name unter der Nachricht ins Auge fiel. Tilo. Mit klopfendem Herzen las sie, was er geschrieben hatte.

> Aloha!
> Danke für die Grüße, sind heute etwas verspätet bei mir angekommen. Kay verdaddelt so was manchmal, und ich wollte mich ja auch längst bei dir gemeldet haben. Wie sieht es aus? Hast du heute Abend schon was vor? Ruf mich doch einfach an, wenn du Zeit hast. Oder schick mir eine Nachricht. Ich würde mich sehr freuen! :-)
> Tilo

Erfreut las sie seine Nachricht ein zweites Mal. Tilo wollte sich mit ihr treffen. Sein Vorschlag kam wirklich äußerst spontan und unverhofft, doch er passte hervorragend. Bente tippte auf *antworten*.

Für einen Anruf war sie viel zu kribbelig. Sie atmete tief durch, dann begann sie zu tippen.

> Moin Tilo!
> Ich habe zufällig spontan Zeit. Und Hunger! :-) Wann
> und wo wollen wir uns treffen?
> Bente

Sie überflog die Nachricht noch einmal und drückte dann auf *senden*.

14. Kapitel

Eineinhalb Stunden später lief Bente am Kassenhäuschen des Strandübergangs Köhlbrand vorbei. In den Abendstunden kontrollierte hier niemand mehr Gästekarten. Jeder hatte dann freien Zutritt zum Strand.

In der linken Hand hielt sie ein Paar Riemchensandalen, die sie vorsorglich ausgezogen hatte, um sie nicht zu versanden. Ihre Fußnägel hatte sie frisch in ihrer Lieblingsfarbe *Pretty in Pink* lackiert und einen dazu passenden Lipgloss aufgelegt. Bei der Kleiderwahl hatte sie sich für einen sommerlich leichten Overall ohne Ärmel entschieden. Der gepunktete Einteiler war schick, wirkte aber nicht allzu herausgeputzt.

In der Ferne ragte das in einem Pfahlbau gelegene Restaurant über der Nordsee empor. Dahinter schien die schon tief stehende Sonne in einem warmen Gelbton. Mehrere Surfer packten gerade ihre Segel zusammen, Touristen machten vor der Fotodüne Schnappschüsse.

Auf dem Holzbohlenweg, der zum Meer führte, kam ihr eine Familie entgegen. Der Vater hielt ein schlafendes Mädchen mit roten Wangen auf dem Arm, während die Mutter eine große Strandtasche geschultert hatte und einen Eimer mit Sandspielzeug trug.

Über der gesamten Sandbank lag eine entspannte Atmosphäre, die das Ausklingen des Tages förmlich spürbar machte. Bente seufzte zufrieden. In St. Peter-Ording waren die sich unendlich wiederholenden Kreisläufe der Tage und Jahreszeiten so greifbar, wie sie es sonst an keinem anderen Ort gespürt hatte. Hier konnte sie sich unmittelbar mit der Natur verbinden und als ein Teil des Ganzen empfinden.

Sie schlenderte durch den kühlen Sand. Auf dem Holzsteg, der zur *Strandbar 54° Nord* führte, putzte sie ihre Füße mit einem Taschentuch ab und schlüpfte anschließend in die Sandalen. Je näher sie dem Eingang des Restaurants kam, desto aufgeregter wurde sie. Im Grunde genommen war dies ihre erste richtige Verabredung seit der Trennung von Johannes – den spontanen Kaffee in St. Peter-Dorf nicht mitgerechnet. Da durfte sie ruhig ein wenig Vorfreude und Herzklopfen haben.

Komm zur Terrasse. Ich warte dann da auf dich, hatte er geschrieben.

Mit klopfendem Herzen ging Bente durch den Innenraum der Bar und betrat dann die Veranda über dem Meer. Eine angenehme Brise empfing sie, die ihr Haar aufwirbelte. Die Sonnenstrahlen schienen in luftiger Höhe über der Nordsee kräftiger als am Strand zu sein. Bente fühlte eine angenehme Wärme auf ihrer Haut.

Die Tische im Außenbereich waren mit Gästen besetzt. Auf der anderen Seite der Veranda entdeckte sie schließlich Tilo. Er saß an einem Außentisch mit direktem Meerblick und studierte die Speisekarte.

»Moin! Ist hier noch frei?«, fragte Bente, als sie an den Tisch trat.

Tilo legte die Karte an die Seite und stand auf. »Hi. Prima, dass du da bist!« Er strahlte sie an, sodass Bentes Nervosität schon schwächer wurde.

»Finde ich auch.«

Tilo blieb so lange stehen, bis sie ihm gegenüber Platz genommen hatte. Dass er bei ihrer Ankunft extra aufgestanden war, beeindruckte sie. Sie mochte gute Manieren im Allgemeinen und im Speziellen bei Männern. Ihr Vater hielt ihrer Mutter noch heute jede Tür auf und ließ sie nie schwere Einkäufe schleppen. Das gefiel Bente. Bestimmt gab es Frauen, die auf solche Gesten keinen großen Wert legten. Doch in ihr weckte dieses Benehmen Vertrauen.

»Manchmal ist spontan am besten«, sagte sie und rückte den Stuhl dichter an den Tisch.

»Meine Rede«, erwiderte Tilo und lächelte sie an. »Ich hoffe, du hast großen Hunger mitgebracht.« Er schob die Karte zu ihr über den Tisch.

»Nicht nur das, ich habe auch eine ziemlich trockene Kehle.« Bente studierte die Speisekarte.

»Ich werde ein kühles Alster nehmen«, sagte er und blickte auf die See.

Bente lugte über die Karte zu ihm. »Natürlich nimmst du das. Kommst ja auch aus Hamburg.«

»So ist es! Was trinkt man denn sonst in St. Peter-Ording?«, erkundigte er sich und sah sie aus seinen dunkel funkelnden Augen interessiert an.

»Cucumis Gurkenlimonade zum Beispiel.« Bente klappte die Speisekarte zu. »Oder auch Wasser mit einem kleinen Schuss Zitrone.«

Tilo schmunzelte. »Klingt nicht nach den typischen Getränken in St. Peter-Ording.«

»Wir St. Peteraner sind eben flexibel.« Schulterzuckend legte sie die Karte vor sich auf den Tisch.

Die Bedienung kam und nahm ihre Bestellungen auf. Bente entschied sich für ein Holsteiner Matjesfilet mit Bratkartoffeln. Tilo hingegen wählte eine Berliner Currywurst mit Pommes frites.

»Wenigstens hast du keinen Hamburger bestellt«, scherzte Bente, als die junge Bedienung gegangen war.

»Alster und Hamburger, das wäre wohl etwas zu viel des Guten gewesen.« Er lachte. Dabei funkelten seine Augen vor Vergnügen. Ihm schien der kleine Schlagabtausch mit ihr sichtlich Spaß zu machen. »Aber ich muss mich wirklich noch einmal bei dir für meine späte Meldung entschuldigen. Es ist immer wieder etwas anderes dazwischengekommen, bevor ich mich bei dir melden konnte. Kay wollte zwischen seinen Therapieblöcken bespaßt werden, und dann gab es noch geschäftliche Termine … Ich wollte mich wirklich viel früher gemeldet haben.«

Bente horchte auf. »Oh, geschäftliche Termine in St. Peter-Ording?«

»Nichts Konkretes«, schränkte er sofort ein. »Bloß Gespräche. Viel zu langweilig, um sich darüber zu unterhalten.«

Bevor sie noch mal hätte nachhaken können, trat eine junge Frau an ihren Tisch und servierte ihnen die bestellten Getränke.

Bente nahm einen Schluck aus dem Glas. »Was ich beruflich mache, weißt du ja«, nahm sie den Gesprächsfaden wieder auf, als sie wieder allein waren. »Aber du hast noch gar nichts von dir erzählt. Oder ist die Frage zu persönlich?« Über die Müllproblematik am Strand und den Ärger mit den Kite-Surfern hätte sie sich jetzt natürlich auslassen können. Aber dieser Abend bot nicht den passenden Rahmen, um Probleme zu wälzen. Sie wollte die Zeit mit Tilo einfach ganz unbefangen genießen.

»Nein. Gar nicht.« Tilo strich sich durchs Haar. »Ich bin selbstständig. In Hamburg habe ich ein paar Café-Bars und eine kleine private Rösterei, die einst von meinem Opa gegründet worden ist.«

»Gleich ein paar Bars?« Bente hob anerkennend die Augenbrauen. »Nicht schlecht. Das hört sich für mich nach einer Menge Arbeit an.«

»Die Bars führe ich zusammen mit Kay. Wir sind nicht nur Freunde, sondern auch Geschäftspartner«, erklärte er und ließ den Blick wieder kurz über das Meer schweifen. »Aber stimmt schon, viel Freizeit habe ich wirklich nicht. Die Rösterei ist eher ein Hobby von mir, aber macht natürlich auch Arbeit. Deshalb genieße ich die Auszeit in St. Peter-Ording umso mehr.« Er schenkte ihr ein warmes Lächeln. »Im Moment kümmern sich einige zuverlässige Angestellte um die Läden. Das klappt bis jetzt einwandfrei. Falls Not am Mann sein sollte, ist Hamburg ja nicht weit.«

»Das hört sich gut an. Und in der Rösterei machst du bestimmt Kaffee für deine Bars?«, vermutete Bente.

»Jep. *Paulig Kaffee*. Vielleicht hast du den Namen schon mal gehört? Kann man nicht nur in unseren Bars trinken, sondern auch für zu Hause kaufen.«

Sie überlegte kurz, verzog dann jedoch ratlos den Mund. »Den Kaffee kenne ich leider nicht.«

»Macht nichts. Ich lasse dir ein Paket zum Probieren zukommen.« Er fixierte etwas hinter ihr und wies in die Richtung. »Ich glaube, da kommt schon unser Essen.«

Nachdem die Bestellungen serviert worden waren, probierten sie einen Moment schweigend die Gerichte.

»Ist sehr lecker«, erklärte Bente dann. »Und deins?«

Er nickte. »Die Berliner Currywurst schmeckt so wie die in Hamburg.«

»Was für ein Glück!« Lachend prostete sie Tilo zu. Sie mochte seinen Humor und fühlte sich in seiner Gegenwart angenehm leicht und fast ein wenig beschwingt. Die anfängliche Nervosität war inzwischen komplett verflogen.

»Für das nächste Mal gelobe ich Besserung. Dann bestelle ich standesgemäß Fisch. So wie sich das in St. Peter-Ording gehört.« Er zwinkerte ihr zu.

»So, so. Beim nächsten Mal also«, entfuhr es ihr.

»Na klar. Schließlich bekomme ich ja noch eine private Vogelführung von dir, und als Dankeschön lade ich dich selbstverständlich zum Essen ein. Dann bekommst du auch dein Paket Kaffee.« Er grinste sie verschmitzt an und machte keinen Hehl daraus, dass er mit ihr flirtete.

»Auf den Deal lasse ich mich ein.« Bente genoss die prickelnde Stimmung zwischen ihnen. Und trotzdem gab es keine bedeutungsschwangeren Blicke, keine großen Erwartungen. Es fühlte sich gut an und einfach. Das gefiel ihr, denn sie tastete sich langsam voran und horchte in sich hinein, ob das Tempo für sie in Ordnung war. Dieses leichte

Knistern zwischen ihnen genoss sie jedoch in vollen Zügen. Tilo kennenzulernen war aufregend. Es war wie eine Reise voller Überraschungen, bei der niemand von ihnen wusste, wo und wie sie enden würde.

Stunden später ergriff Bente Tilos Hand und sprang von der letzten Treppenstufe des Stegs. Sie landete barfuß im kühlen Sand vor dem Pfahlbau. »Das war wirklich ein sehr schöner Abend.«

»Finde ich auch.« Er drehte seinen Kopf zur Strandbar. »Schade, dass wir einfach rausgeworfen wurden.«

»Die Leute wollen auch irgendwann Feierabend haben. Außerdem waren wir mindestens eine Viertelstunde überfällig. Und noch dazu die letzten Gäste.«

»Wirklich?«, fragte Tilo erstaunt. »Ist mir gar nicht aufgefallen.«

Bente lächelte bloß.

Sie schlenderten gemeinsam durch den Sand Richtung Strandübergang und Jachthafen. Vor dem Parkplatz am Strandweg blieben sie stehen.

»Mein Wagen steht hier«, sagte Tilo.

Bente nickte. »Ich bin zu Fuß gekommen.«

»Ich kann dich nach Hause fahren«, bot er sofort an.

»Danke, das ist nett.« Sie strich sich eine Haarsträhne aus dem Gesicht. »Aber bei dem schönen Wetter möchte ich lieber einen Verdauungsspaziergang nach Hause machen. Das Dessert, das du mir aufgedrängt hast, war doch etwas mächtig.«

»Ich dir aufgedrängt? Von wegen!« Er grinste breit, und sie fühlte sich allein von seinem Blick warm umfangen.

»Mein Eindruck war eher, dass du dir ziemlich freiwillig den Milchreis mit Kirschen ausgesucht hast.«

»Wie dem auch sei … ein bisschen Bewegung wird mir guttun.«

»Soll ich dich begleiten?«

»Nein, das ist nicht nötig.« Sie unterstrich ihre Antwort mit einer Handbewegung. »Ich streife ganz gerne allein durch St. Peter-Ording.«

»Okay. Ich werde ja noch etwas länger in SPO sein. Wir sehen uns bald?« Er sah sie fragend an.

»Aber sicher! Immerhin hast du noch einen Vogel-Kiek bei mir gut, und das Paket Kaffee möchte ich natürlich auch haben. Danke für den schönen Abend, Tilo. Bis bald!«

Sie schlenderte den Weg entlang. Auf der Höhe des Deichs drehte sie sich noch einmal um und bemerkte, dass Tilo ihr hinterherschaute.

15. Kapitel

»Seid bloß vorsichtig!«, rief Elly die Treppe hoch, auf der Freddie und ihr Vater zusammen schwere Kartons hochschleppten.

»Ich kann da gar nicht hingucken«, sagte ihre Mutter und schüttelte den Kopf. »Hinterher hat euer Vater wieder einen Hexenschuss.«

»Wäre es nach mir gegangen, hätte ich fünfzig Euro mehr für die Lieferung bezahlt. Aber das wollte Papa nicht. Und Freddie hat in dasselbe Horn geblasen, man müsse das Geld nicht zum Fenster rauswerfen …« Bente stand auf dem Treppenabsatz und hob hilflos die Hände.

Von oben erklang ein Schmerzenslaut, gleich gefolgt von lautem Fluchen ihres Vaters. »So ein verflixtes Ding!«

Bente, Elly und ihre Mutter wechselten einen alarmierten Blick.

»Ist was passiert, Christian?« Schon hastete ihre Mutter nach oben.

Bente und Elly eilten hinterher.

Ihr Vater stand mit schmerzverzerrtem Gesicht vor ihrer Wohnung, während Freddie das große Paket in den kleinen Flur hievte.

»Was ist denn los?«, fragte ihre Mutter besorgt.

»Ach! Dieses blöde Ding ist mir aus der Hand gerutscht und direkt auf meinen Fuß gefallen.« Die Gesichtszüge ihres Vaters waren angespannt. Er schien große Schmerzen auszustehen.

»Warte, ich hole einen Stuhl.« Bente ging schnell in ihr Schlafzimmer und kehrte einen Augenblick darauf mit dem Schreibtischstuhl zurück. »Setz dich erst einmal hin.«

Ihr Vater nahm dankbar Platz und löste umständlich die Schnürsenkel seines rechten Schuhs. »So ein Mist!«, jammerte er wieder.

»Warte, ich helfe dir.« Ihre Mutter zog den Schuh vorsichtig von seinem Fuß und entblößte eine blutverfärbte Socke.

Elly verzog ihr Gesicht, als bereitete der Anblick ihr Schmerzen. »Das sieht nicht gut aus.«

»Du immer mit deinen Experimenten, bist doch keine fünfzig mehr!«, schimpfte ihre Mutter. »Irgendwann brichst du dir noch das Genick.«

»Dörte, jetzt übertreibe mal nicht«, wehrte er ab und zog die Socke von seinem Fuß.

»Das sieht nicht gut aus«, wiederholte Elly.

Ihre Mutter beugte sich über den Fuß. »Ein Nagel hat sich gelöst. Hol doch mal das Verbandszeug aus dem Bad, Elly.«

»Den Rest mache ich dann lieber allein«, entschied Freddie und ging die Treppe runter.

»Ach, Papa!« Bente legte ihm eine Hand auf die Schulter. »So ein Pech! Dabei wolltest du mir bloß helfen. Tut es sehr weh?«

»Es geht schon«, sagte er beschwichtigend, obwohl ihm der Schmerz immer noch deutlich ins Gesicht geschrieben stand. »So was ist mir früher in der Bäckerei öfters passiert.«

»Das war jedes Mal ein Drama«, fügte ihre Mutter hinzu.

Bente verschränkte die Arme vor der Brust. »Und alles nur wegen mir. Jetzt habe ich ein schlechtes Gewissen.«

In diesem Moment kam Elly mit dem Verbandszeug zurück und reichte es ihrer Mutter. »Brauchst du noch was?«

»Einen vernünftigen Mann«, grummelte diese, während sie routiniert den Zeh behandelte.

Bente und Elly warfen sich halb amüsierte Blicke zu. »Wir gehen dann mal die Kartons auspacken, würde ich sagen«, schlug Bente schließlich vor.

»Ich helfe euch.« Schon machte ihr Vater Anstalten aufzustehen.

»Gar nichts hilfst du«, griff ihre Mutter durch und drückte ihn zurück auf den Stuhl. »Ich will heute nicht noch mit dir nach Husum ins Krankenhaus fahren. Wir gehen jetzt langsam die Treppe runter, dann setzt du dich zu deinen Enkeln in den Garten und ich mache uns einen Kaffee.«

Ihr Vater hob ergeben die Hände. »Alles klar, Chefin.«

Als ihre Eltern unten waren, dauerte es nicht lang, bis Freddie mit dem letzten Karton die Treppe hochstapfte und ihn in die Wohnung trug. Bente und Elly folgten ihm ins Wohnzimmer.

»Hätte ich mal lieber wen angerufen«, murmelte Bente und dachte dabei unwillkürlich an Tilo. Er hatte eine athletische Figur, und für ihn wäre es sicherlich ein Leichtes gewesen, mit Freddie zusammen die Kartons die Treppe hochzuwuchten.

»Was sagst du?«, fragte Elly stirnrunzelnd.

Bente schüttelte den Kopf. »Ach, nichts. Das war eine dumme Schnapsidee, Papa so schwer schleppen zu lassen.«

»Ich habe versucht, ihm das auszureden«, erzählte Freddie außer Atem. »Aber ihr kennt ihn ja.« Mit einer Hand wischte er über die Stirn und richtete sich auf, um zu Atem zu kommen.

»Wenn Papa sich was in den Kopf gesetzt hat, dann kann man es ihm nicht ausreden«, pflichtete Elly ihm bei.

»Das Sofa können wir auch ohne ihn aufbauen.« Energisch schlitzte Bente mit einem Messer den ersten Karton auf.

»Natürlich können wir das.« Schon nahm Freddie sich die zweite Kiste vor.

Zu dritt schafften sie es tatsächlich, die Couch zügig aufzubauen. Nach einer knappen Viertelstunde schon rückten Bente und Freddie das Möbelstück in die richtige Position.

»Noch ein bisschen mehr nach rechts.« Elly machte eine dirigierende Handbewegung. »Und stopp! Jetzt steht sie schön mittig.«

Bente und Freddie kamen zu ihr und bewunderten ihr Werk.

»Joa. Macht was her«, meinte Freddie.

»Und dann noch mit der Fototapete als Hintergrund«, merkte Elly an und betrachtete ihren Mann. »Das wäre doch auch was für unser Wohnzimmer, oder? Die Raufasertapete ist doch auf Dauer langweilig.«

»Das könnte was sein.« Er machte den letzten Karton klein. »Ich bringe die Kisten gleich mal zum Sammelcontainer.«

»Danke für deine Hilfe.« Bente umarmte ihren Schwager, bevor er mit der Pappe nach unten gehen konnte. Erst als sie die Tür ins Schloss fallen hörte, wandte sie sich zu Elly um.

»Und was machen wir jetzt?«

»Dekorieren. Was sonst?« Elly grinste.

»Gute Idee! Die Gardinen müssen an die Fenster.« Sie zeigte auf einen Stuhl, über dem Stoffbahnen lagen. »Und in der Kammer liegen noch zwei zusammengerollte Teppiche.«

»Dann lass uns mit der Gardine anfangen«, schlug Elly vor.

Ohne zu zögern, holte Bente eine Leiter und stellte sie vor das Fenster. Es war schön, mit ihrer Schwester gemeinsam noch etwas die Wohnung zu gestalten. Früher hatten sie so oft zusammen gemalt oder gebacken. Bente kam es vor, als hätte sie die stille Eintracht und die Geborgenheit lange vergessen gehabt, die sie dabei immer verspürt hatte. Sie kletterte hinauf, während ihre Schwester einen Teil des Vorhangs anreichte.

»Das macht es doch gleich viel wohnlicher«, sagte sie, als die Gardine angebracht war.

»Hat sogar die richtige Länge.« Elly drapierte kunstvoll die Schals und kam dann zu Bente. »Ich bin so froh, dass du wieder hier eingezogen bist und nicht nach Westerhever oder Poppenbüll.«

»Was sollte ich auch da? In St. Peter-Ording ist es doch

am schönsten. Außerdem ist unser Garten ein Traum. Da kann ich mich so richtig austoben.«

»Nienke und Jelte berichten immer, was du ihnen über Pflanzen und Tiere erzählst. Sie sind ganz stolz darauf, was sie schon alles wissen.« In diesem Moment wirkte Elly genauso stolz auf ihre Kinder.

Bente lächelte. »Ach, wie niedlich. Ich mag die zwei aber auch wirklich unheimlich gerne.« Sie schaute sich mit kritischem Blick im Wohnzimmer um. »Apropos Garten! Hier fehlen definitiv ein paar Pflanzen.«

Interessiert hob Bente ein kleines Bäumchen mit geflochtenem Stamm hoch, um es näher zu betrachten. Nachdem Elly und Freddie mit den Kindern aufgebrochen waren, hatte sie sich in ihr Elektroauto gesetzt und war zu *Crantz Floristik* nach St. Peter-Dorf gefahren, um ihren Plan direkt in die Tat umzusetzen und etwas Grün für die Wohnung zu erstehen.

»Das ist eine Glückskastine«, beeilte sich eine Verkäuferin, ihr zu erklären. »Die Pflanze verbessert die Raumluft in Wohnräumen und im Büro.«

»Ja, genau. Eine Pachira aquatica ist das. Bin gerade nicht spontan drauf gekommen. Soweit ich weiß, soll sie auch Glück bringen. Jedenfalls hat mir das mal jemand aus Mexiko erzählt.« Bente lächelte.

Überrascht zog die ältere Frau die Augenbrauen hoch. »Ach, das wusste ich noch gar nicht. Sehr interessant. Vielleicht sollte ich mir auch mal eines der Bäumchen mit nach Hause nehmen. Eine Portion Glück können wir doch alle brauchen, oder?« Sie warf Bente einen warmen Blick zu.

»Unbedingt. Deswegen nehme ich schon mal das Bäumchen. Was haben Sie denn noch an Zimmerpflanzen?«

Offensichtlich erfreut über die Gelegenheit, zeigte sie ihr weitere Gewächse. Bente fand noch eine Areca-Palme, einen Bubikopf in einem hübschen Übertopf, eine Yuccapalme und eine Orchidee. Als alles vor ihr auf dem Einkaufswagen stand, zögerte sie kurz.

»Kann ich die Pflanzen eine Weile hier stehen lassen? Ich schaffe es nicht, alle gleichzeitig zum Auto zu tragen«, fragte sie die Verkäuferin, während sie bezahlte.

»Selbstverständlich. Das ist überhaupt kein Problem.«

»Danke.«

Bente hob zuerst die Glückskastanie an und verließ den Laden. Die Blätter des Bäumchens versperrten ihr die Sicht. Einer älteren Dame mit Wägelchen wich sie aus, um im nächsten Moment dann in jemand anders hineinzulaufen.

»Oh! Entschuldigung. Das tut mir aber leid!« Sie blickte durch die Blätter der kleinen Baumkrone, geradewegs in Cords Gesicht.

»Bente!«

»Cord!«

»Wir scheinen uns ja nun regelmäßig über den Weg zu laufen«, stellte er fest.

»Irgendwie schon. Ich wollte mich auch noch bei dir gemeldet haben, um mich zu bedanken. Mit Brodersen hat alles supergut geklappt. Ohne deine Hilfe wäre ich vermutlich noch kein Stück weiter.«

»Das habe ich doch gerne gemacht.« Er legte den Kopf schräg. »Der Baum sieht schwer aus.«

Bente nickte nur. »Ein bisschen. Muss ihn noch bis zum Auto tragen.«

»Das kann ich doch machen.« Bevor Bente protestieren konnte, hatte Cord ihr das Bäumchen schon abgenommen.

»Das ist aber nett … Ich habe noch ein paar Pflanzen im Laden stehen, da laufe ich schnell zurück, ja?«

»Klar! Eine kann ich noch tragen.«

»Das ist gut. Dann müssen wir nur einmal gehen.«

Gemeinsam holten sie die restlichen Pflanzen und brachten sie zum Elektroauto.

Bente öffnete die Beifahrertür des Zweisitzers und zögerte, als sie einen Blick hineinwarf. »Hoffentlich passt alles rein.«

»Wenn du das Bäumchen und die Palme faltest, dann ja.« Bedauernd runzelte Cord die Stirn.

»Hm. Da habe ich mich wohl verschätzt.«

»Etwas.« Er lächelte amüsiert.

»Was mache ich denn jetzt?«

»Die zwei kleineren Pflanzen passen auf den Beifahrersitz.« Cord nahm den Baum und die Palme. »Und die großen bringe ich dir einfach nachher vorbei.«

Dankbar, aber zerknirscht sah sie ihn an. »Ach, Cord. Das ist mir jetzt wirklich unangenehm. Wie schusselig von mir.«

»Du hattest schon immer Schwierigkeiten damit, so was richtig einzuschätzen«, sagte er grinsend. »Ist aber gar kein Problem. Ich verstaue sie im Auto und müsste danach nur noch ein Oberteil im Sportgeschäft abholen.«

»Die Adresse meiner Eltern kennst du ja.«

»Habe ich nicht vergessen.«

»Dann bis später.«

»Bis später!« Schon ging Cord mit den großen Pflanzen in die entgegengesetzte Richtung.

Als es klingelte, war ihre Mutter schneller als Bente.

»Komm rein, Cord«, hörte sie sie sagen. »Das ist ja schön, dass du vorbeikommst! Meine Güte, was ist das alles lange her.«

Bente lief die Treppe hinunter. In der Diele brannte das Licht. Draußen hatte bereits die Dämmerung eingesetzt. Cord hatte die Pflanzen neben der Treppe abgestellt und blickte ihr entgegen. »Hey. Ist etwas später geworden.«

»Hey. Das macht nichts.« Bente vergrub ihre Hände in den Taschen ihrer Jeans. Sie wollte nicht unhöflich sein, ihre Mutter aber auch auf keine falschen Gedanken bringen.

»Wollt ihr was trinken?«, fragte ihre Mutter auch schon.

Bente schüttelte den Kopf. »Ich habe oben ein paar Getränke. Das wird reichen.« Sie griff nach der Yuccapalme und bedeutete Cord, ihr zu folgen. Was er mit der Glückskastanie in Händen auch tat.

»Das sieht ja cool aus.« Cord stellte den Baum auf einem Hocker im Wohnzimmer ab und betrachtete die Fototapete. »Dein Vater …?«

Sie lächelte. »Wer sonst? Ich habe die Assistentin gespielt.«

Cord nickte wissend. »Wie früher.«

»Exakt. Daran hat sich nichts geändert.« Sie erinnerte sich nur allzu gut an die Ausflüge und Abende, die sie mit ihren Freunden damals sehr genossen hatte.

»Wir müssen uns wirklich mal alle treffen und die alten Zeiten aufleben lassen. Jetzt, wo wir endlich wieder in St. Peter-Ording vereint sind.«

»Ich sehe Franka morgen beim Schwimmen und werde sie gleich fragen. Danach wollten wir eh zu Jarno. Wir fragen ihn, und dann sage ich dir Bescheid. Deine Handynummer habe ich ja.«

»Klingt nach einem guten Plan.« Cord griff nach seinem Handy, das plötzlich in einer Hosentasche vibrierte. Er verzog den Mund. »Mein Bruder. Bei ihm muss ich auch noch vorbeifahren, weil sein Rechner streikt. Tut mir leid, dass ich nicht länger bleiben kann.« Bedauernd hob er die Hände.

»Macht nichts. Ich melde mich bei dir, sobald ich mit Franka und Jarno gesprochen habe, versprochen!«

»Okay.« Bevor er das Zimmer verlassen konnte, trat er mit einem Mal auf Bente zu, griff nach ihren Händen und lächelte sie an. »Es ist wirklich schön, dass du wieder da bist.«

»Finde ich auch.« Sie nickte.

Cord beugte sich vor und gab ihr einen Kuss auf die Wange.

Bente schaute ihn überrascht an.

»Ich werde dann mal zu Micha fahren«, sagte er und ging zur Tür.

»Warte, ich bringe dich nach unten!«

»Nicht nötig. Ich kenne den Weg.« Er zwinkerte ihr zu, und im nächsten Moment stand sie allein und ein wenig sprachlos in ihrem Wohnzimmer.

Was war das nun wieder gewesen?

Bente ging zum Fenster und beobachtete, wie Cord in seinen Wagen stieg. Sie überlegte, ob der Kuss rein freundschaftlich gewesen war, so wie sie ihre Verbindung zueinander eingeordnet hatte, oder ob Cord sich Hoffnungen auf mehr machte.

Die Scheinwerfer von seinem Auto waren längst in die Dämmerung getaucht, als Bente vom Fenster zurücktrat, um für die Glückskastanie ein passendes Plätzchen zu finden.

16. Kapitel

»Und dann hat er mich geküsst.«

»Er hat was?« Franka riss die Augen auf. »Einfach so?«

»Ohne Vorankündigung«, bestätigte Bente.

Sie standen in der Umkleidekabine der Dünen-Therme. Spontan hatten sie sich vor Arbeitsbeginn zum Frühschwimmen verabredet.

»Das ist ja ein Ding!« Franka streifte sich den Träger ihres Badeanzugs über die Schulter.

»Aber nur kurz.« Bente zeigte auf ihre Wange und schlüpfte in die Badelatschen. »Es hat sich trotzdem irgendwie komisch angefühlt.«

»Meinst du, er versucht, wieder mit dir über die Freundschaftsschiene anzubandeln?« Franka zurrte mit einem Gummi ihre Haare zu einem Dutt zusammen.

Routiniert sammelte sie ihre Kleidungsstücke zusammen und legte sie in ihre Tasche, die sie im Spind verstaute. »Keine Ahnung. Eigentlich wollten wir befreundet sein, und ich dachte auch, dass er es so meint. Vielleicht bin ich im Moment etwas übersensibel und bilde mir Annäherungen ein, wo keine sind? Ein Kuss auf die Wange kann ja in die eine oder andere Richtung interpretiert werden.«

Franka sah sie unter hochgezogenen Augenbrauen an. »Aber er legt sich schon irgendwie ins Zeug. Erst hilft er dir mit Brodersen, dann bringt er die Pflanzen bei dir vorbei … Das finde ich schon bemerkenswert, ehrlich gesagt.«

»Ein bisschen gehört Cord doch auch zur Familie. Überlege mal, wie viele Jahre er bei uns ein und aus gegangen ist. Damals dachte ich wirklich, wir würden eines Tages heiraten.« Versonnen seufzte sie. Sie hatte es sich damals wirklich in den schönsten Farben ausgemalt. Völlig unrealistisch, dachte sie heute amüsiert und schüttelte den Kopf.

»Bei dir ist vielleicht was los. Gleich drei Typen hast du an der Angel.«

»Wieso habe ich drei Typen an der Angel?«

»Na, Johannes, Cord und Tilo«, zählte Franka auf. »Oder hab ich noch wen vergessen?«

»Hey!« Bente knuffte ihre Freundin in die Seite. »Da weißt du mehr als ich. Und so schlimm ist es doch gar nicht. Mit Johannes habe ich nicht mehr gesprochen, seit ich zurück bin … Und was nun mit Tilo ist, steht auch in den Sternen. Seit unserem letzten Treffen hatten wir keinen Kontakt mehr.« Sie wandte sich ab, um den Spind abzuschließen. »Wobei ich wirklich zugeben muss, dass er mir arg gut gefällt. Er hat was Besonderes an sich.«

»Oh ja! Ich weiß, was du meinst.« Franka ging vor zu den Duschen. Lächelnd drückte sie auf den Knopf, und sofort trat ein kräftiger Wasserstrahl aus der Brause. »Das wäre trotzdem nichts für mich.«

»Was denn?« Bente betätigte den Duschknopf neben Franka und hielt zunächst die Arme unter den Strahl.

»Ein Typ, der abtaucht und auftaucht, wann er will. Das würde mich kirre machen. Bei Jarno weiß ich wenigstens, wo ich ihn antreffen kann.« Franka strich sich eine nasse Haarsträhne aus dem Gesicht, die sich durch den Wasserstrahl aus ihrer Frisur gelöst hatte. »Kann ich mir nachher etwas Duschgel von dir borgen? Ich habe meins vergessen, fürchte ich.«

»Aber sicher.« Bente achtete darauf, sich komplett abzuduschen, und beobachtete, wie das Wasser an ihren Beinen hinunterrann. »Tilo hat eben viel zu tun mit seinen Bars und der Rösterei. Als Selbstständiger ist man schließlich selbst und ständig. In Jarnos Fall sieht es vermutlich nicht besser aus.«

»Wir scheinen beide auf Gastronomen zu stehen«, stellte Franka fest und trat einen Schritt vor, als der Wasserstrahl verebbte.

Bente grinste. »Solange es nicht der gleiche Gastronom ist …«

»Wie geht es denn jetzt mit Tilo weiter? Rufst du ihn an?« Aufmerksam betrachtete Franka sie und verschränkte die Arme vor der Brust, während sie wartete, bis Bente ebenfalls fertig geduscht hatte.

Bente zuckte die Schultern. »Mal sehen. Vielleicht warte ich auch erst mal ab, was passiert. Er möchte mit mir zum Vogel-Kiek gehen, und eine Packung Kaffee aus seiner Rösterei hat er mir auch versprochen.«

»Das klingt nach einer weiteren Verabredung, wenn du mich fragst.« Sie verließen den Duschraum und betraten kurz darauf die Schwimmhalle der Dünen-Therme.

»Eben«, erwiderte Bente. »Zwar noch ohne konkreten

Termin, aber beim letzten Mal hat es ja auch spontan geklappt. Meine Oma hat mir mal einen Tipp gegeben: Willst du gelten, mach dich selten. Damit bin ich bisher gut gefahren.«

So früh am Morgen war die Anzahl der Schwimmer noch übersichtlich. Bente schlüpfte aus ihren Badelatschen. Zügig stieg sie ins Becken und machte ein paar Schwimmzüge, während Franka sich noch zentimeterweise ins kühle Nass vorantastete.

»Trau dich einfach, Miss Wasserscheu!«, rief Bente und spritzte ihre Freundin nass.

»Iiiieh!« Franka machte einen steifen Rücken. »Ich komm ja schon! Aber hör auf zu spritzen!« Sie glitt ins Becken und tauchte unter. »Das kostet mich jedes Mal aufs Neue Überwindung«, sagte sie, als sie wieder an der Wasseroberfläche war. Mit langsamen Zügen schwamm sie dann neben Bente her, die sich auf dem Rücken treiben ließ.

»Ach, ist das herrlich. Das sollten wir in Zukunft öfters machen.« Bente fühlte sich so wohl im Wasser, dass sie sich fragte, warum sie nicht längst hergekommen war.

»Von mir aus sehr gerne. Ich komme mindestens einmal die Woche her, bevor ich mit der Arbeit in der Apotheke anfange. Seit ich regelmäßig schwimme, habe ich keine Rückenschmerzen mehr.«

Bente sah sie an. »Ab jetzt bin ich mit von der Partie. Flexible Arbeitszeiten haben durchaus ihre Vorteile.«

»Apropos Vorteile. Hat sich der Bürgermeister eigentlich schon bei dir zu den Problemen mit den Kite-Surfern zurückgemeldet?«

Bente legte den Kopf ins Wasser und seufzte. »Bis jetzt nicht. Das dauert sicherlich noch eine Weile. In unserer Zentrale in Husum bin ich mit meinem Anliegen leider auch nicht so richtig weitergekommen. Das hat mich an dem Tag ziemlich frustriert.«

»Hoffentlich hat Brodersen durch sein politisches Amt mehr Einfluss auf die Entscheidungsträger.«

»Ja, das hoffe ich auch!« Bente drehte sich im Wasser und bewegte kräftig die Beine, Franka folgte ihr. »Mir würde es schon reichen, wenn durch ihn die Überprüfung der bisherigen Reglung ein wenig an Fahrt aufnehmen würde. Na, aber wenigstens hat er mir gleich versprochen, dass wir die Genehmigung für eine Infotafel am Surf-Hot-Spot bekommen und er sich das Müll-Konzept für den Strand noch einmal zu Gemüte führen wird. Das ist besser als nichts.«

Sie schwammen durch eine Schleuse ins Außenbecken, das mitten in den Dünenausläufern hinter dem Deich lag. Blauer Himmel und warme Sonnenstrahlen empfingen sie, und an der frischen Luft zu schwimmen verlieh Bente ein Freiheitsgefühl, das sie durch und durch genoss. Das ging offenbar nicht nur ihr so, in dem kleinen Freibad herrschte mehr Betrieb als in der Schwimmhalle.

Bente und Franka schwammen in eine Nische am Beckenrand und streckten ihre Beine nach vorne aus. Mit kleinen Tretbewegungen hielten sie sich in Bewegung.

Bente schloss die Augen und reckte ihr Gesicht der Sonne entgegen. »Das war wirklich eine hervorragende Idee von dir. Ich bin jetzt schon ganz entspannt.«

»Die Idee hatte nicht nur ich«, raunte Franka ihr zu.

»Hm?« Bente öffnete die Augen und folgte dem Blick ihrer Freundin.

Dann entdeckte sie es. Auf der anderen Seite des Beckens zog Karen ihre Bahnen. Bente schmunzelte. »Ich muss mich erst wieder daran gewöhnen, dass St. Peter-Ording nicht Los Angeles ist. Hier trifft man wirklich jeden – ob man will oder nicht.«

»Sie guckt zu uns rüber«, raunte Franka ihr zu und drehte sich auf den Bauch.

»Zu spät. Sie hat uns gesehen.« Bente hob eine Hand zum Gruß und lächelte in Karens Richtung.

»Was machen wir jetzt?«

»Hier am Beckenrand festzukleben ist doof, und außerdem ist es unhöflich. Karen kann sich doch an drei Fingern abzählen, dass wir über die Krise mit Jarno Bescheid wissen. Lass uns rüberschwimmen und kurz mit ihr sprechen, damit keine komische Stimmung aufkommt.«

Schon stieß Bente sich ab und schwamm los, ehe Franka ein Veto einlegen konnte.

»Moin!«, grüßte sie, als sie auf Karens Höhe war.

»Ja, Moin! Dich habe ich ja eine Ewigkeit nicht mehr in St. Peter gesehen. Dachte gerade schon, meine Augen spielen mir einen Streich.«

Sie kamen am Ende des Beckens an und hielten sich am Rand fest.

Bente lachte. »Ich bin es wirklich und keine Fata Morgana.«

Nun stieß auch Franka zu ihnen. »Hi, Karen! Super Schwimmwetter heute, oder? Da bekommt man gleich gute Laune.«

»Gute Laune? Das ist etwas übertrieben ...« Karen verzog gequält den Mund. »Ihr wisst doch sicherlich schon, was bei Jarno und mir gerade los ist.«

Bente und Franka wechselten Blicke.

»Jarno hat erwähnt, dass ihr euch gestritten habt«, erwiderte Bente möglichst neutral.

»Das kommt in den besten Beziehungen mal vor«, ergänzte Franka. »Und ehe man sich's versieht, ist der Ärger wieder verflogen. Auf Regen folgt Sonnenschein.«

Karen schüttelte traurig, aber entschieden den Kopf. »Dieses Mal wird die Sonne nicht scheinen. Zwischen mir und Jarno ist es aus. Endgültig vorbei.«

»Ach, wer weiß ... Das denkt man doch meistens, wenn man sich gerade gestritten hat. Warte mal ab, bis sich die Wogen wieder geglättet haben«, riet Bente ihr.

»Wirklich lieb von euch, dass ihr mich aufheitern wollt. Allerdings war dieser Streit einer zu viel. Ich habe mir in den letzten Tagen viele Gedanken gemacht und festgestellt, dass ich die Beziehung mit Jarno nicht mehr will. Zu oft habe ich mir den Mund fusselig geredet, und es hat sich im Endeffekt nichts geändert.« Seufzend strich Karen sich durchs nasse Haar. »Ich brauche keinen unsensiblen Holzklotz, der kein bisschen Rücksicht auf meine Gefühle nimmt. Vermutlich wird er es irgendwann merken, was er durch sein Verhalten angerichtet hat. Aber das ist mir dann auch egal. Er hatte so viele Chancen.«

Sie lachte bitter auf. »Tut mir leid! Ich möchte euch mit meinem Beziehungsdrama nicht den Tag verderben. Außerdem muss ich langsam los. Habe gleich einen Termin an einer Ferienwohnung.«

»War schön, dich wiedergesehen zu haben.« Bente schenkte ihr ein aufmunterndes Lächeln.

Karen nickte. »Finde ich auch.«

»Und Kopf hoch!«, fügte Franka hinzu.

»Also, dann bis zum nächsten Mal.« Karen schwamm auf den Übergang zum Hallenbad zu.

»Puh! Ich bin total zwiegespalten«, meinte Franka schließlich, als Karen längst im Innern der Schwimmhalle verschwunden war. »Soll ich mich über die Trennung von Jarno und Karen freuen? Ist das nicht moralisch völlig verwerflich und ein bisschen gehässig?«

Bente überlegte einen Moment. »Also, ich kann Karen gut verstehen. Es ist natürlich immer unschön, wenn Menschen sich trennen, aber sie hat auf mich den Eindruck gemacht, dass sie voll und ganz hinter dieser Entscheidung steht und die Beziehung abhaken möchte. Von daher finde ich, dass du die neue Situation schon ein bisschen genießen darfst. Immerhin hast du Karen ja nicht ihren Freund ausgespannt.« Sie überlegte kurz, dann fügte sie hinzu: »Ich sehe es übrigens ähnlich mit Johannes und würde mich auch für ihn freuen, wenn er eine neue Liebe finden würde.«

»Wirklich?«, fragte Franka skeptisch. »Würde dir das denn überhaupt nichts ausmachen?«

Sie fühlte in sich hinein, versuchte, sich Johannes mit einer neuen Frau vorzustellen. »Nein. Schließlich bin ich wieder zurück nach St. Peter gekommen. Das hätte ich nicht getan, wenn ich das Bedürfnis gehabt hätte, die Beziehung wieder zu kitten. Ich wollte abschließen, weil ich gemerkt habe, dass dieser Lebensabschnitt zu Ende war. Wahrscheinlich fühlt Karen ähnlich.«

»Na, wenn das so ist, dann erlaube ich mir eine klitze-kleine Freude.«

»Mach das!« Bente schaute auf ihre Hände. »Meine Haut ist schon runzelig vom Wasser. Nicht dass mir noch Schwimmhäute wachsen.«

»Weißt du, was?«

»Was?«

»Falls du noch ein bisschen Zeit hast, lade ich dich auf ein Biofrühstück im *Jarnos* ein.«

Bente grinste. »Ich habe mal gehört, dass man in dem Café leckeres Müsli bekommt.«

»Und der Besitzer soll total nett sein.«

»Na, dann nichts wie hin.«

Bente und Franka lachten.

»Soll ich ihm sagen, dass wir Karen in der Dünen-Therme getroffen haben?«, fragte Franka, als sie die Treppe zum *Jarnos* hochstiegen.

»Bloß nicht!«

»Verheimlichen wir denn dann nicht was vor ihm?« Franka schaute sie unsicher an.

Bente blieb auf der Terrasse stehen. »Quatsch! Wer weiß, wie seine Laune wird, wenn du von Karen anfängst. Bestimmt ist er froh, nicht auf das Thema angesprochen zu werden. Nein, nein, lass dieses Detail besser weg.«

Franka nickte. »Okay. Kein Wort über Karen.«

»Schau! Da vorne ist noch ein Tisch frei. Sollen wir den nehmen?«

»Auf jeden Fall.« Sie gingen zu den freien Plätzen und setzten sich. Franka hängte ihre Tasche über die Stuhllehne.

»Da haben wir richtig Glück. Sonst ist es kaum möglich, um die Uhrzeit einen freien Tisch zu ergattern.«

»Nach dem Schwimmen habe ich jetzt aber auch großen Appetit!« Bente legte sich eine Hand auf den Bauch und blickte zum Eingang des Cafés. »Da ist ja der Chef.«

Jarno hatte die Terrasse mit einem Tablett in Händen betreten, auf dem sich Getränke, ein Korb mit Brötchen, Marmeladen und Aufschnitt befanden. Er servierte das Frühstück an einem weiter entfernten Tisch, an dem ein Pärchen saß. Als er sich umdrehte, bemerkte er Bente und Franka.

Lächelnd klemmte er sich das Tablett unter den Arm und kam zu ihnen. »Moin, Moin, die Damen! Je später der Morgen, umso schöner die Gäste«, sagte er gut gelaunt und warf dabei Franka einen besonderen Blick zu.

»Du alter Süßholzraspler«, entgegnete Franka, war aber sichtlich erfreut über das Kompliment.

»Von wegen Süßholz! Ich sage nur die Wahrheit«, konterte Jarno augenzwinkernd.

Bente beobachtete amüsiert die Neckereien zwischen ihrer Freundin und ihrer heimlichen Liebe. Fast hatte sie den Eindruck, als würde Jarno mit Franka flirten – nach all der Zeit! War das denn zu fassen?

Sie fühlte sich augenblicklich an das Abendessen mit Tilo erinnert. Zwischen ihnen waren die Funken ganz ähnlich hin- und hergeflogen, so wie gerade zwischen Franka und Jarno. Tilo und sie harmonierten. Vielleicht war das eine wichtige Erkenntnis, die nicht zu unterschätzen war. Ihr Vertrauen in Sachen Liebe konnte durchaus einen positiven Schub gebrauchen. Andererseits … Wenn Tilo es genauso empfand, müsste er sich ja bald mal melden.

Nach dem Frühstück verabschiedete sich Bente früher als geplant von ihren Freunden. Jarno hatte sich zu ihnen an den Tisch gesetzt. Sie wollte den beiden ein wenig Zweisamkeit gönnen und dezent verschwinden. In einer ähnlichen Situation hätte Franka garantiert dasselbe für sie getan.

»Tut mir leid, aber ich muss langsam aufbrechen.«

»Schon?«, fragte Franka, lächelte allerdings immer noch seelenvoll.

»Heute Abend findet eine Veranstaltung am Westerhever Leuchtturm statt, die ich noch vorbereiten muss«, erklärte Bente wahrheitsgemäß. »Das Frühstück war sehr lecker«, sagte sie zu Jarno.

»Empfiehl mich weiter.«

»Mach ich! Aber nicht dass du irgendwann vor lauter Empfehlungen noch eine zweite Filiale aufmachen musst«, merkte Bente an und stand auf.

»Du wirst lachen, aber über so was Ähnliches habe ich gestern erst nachgedacht«, erwiderte Jarno.

»Oh, das klingt spannend.« Franka stützte ihr Kinn auf eine Hand ab und sah Jarno erwartungsvoll an.

»Dann macht's mal gut. Ciao!«

Als Bente in ihrem Elektroauto nach Westerhever unterwegs war, dachte sie an Johannes. Sie hegte keinen Groll gegen ihn. Er trug auch nicht die Verantwortung für die Fehlgeburt, damit hatte niemand gerechnet. Die Trauer und die Verlustgefühle hatten sie danach mit solch einer Wucht überwältigt, dass ihre gemeinsame Lebensplanung innerhalb eines Moments über den Haufen geworfen war.

Auch im Nachhinein schockierte sie, wie schnell alles passiert war. Innerhalb weniger Augenblicke war das große Vertrauen verschwunden, das sie in eine gemeinsame Zukunft mit Johannes gehabt hatte. Zurück waren nur Leere und Zweifel geblieben, die letztendlich ihre Liebe ausgelöscht hatten.

Das Wort *Schicksalsschlag* hatte sie häufig benutzt, ohne dass ihr die Stärke der Bedeutung wirklich bewusst gewesen war. Vor allem hatte sie keine Ahnung gehabt, wie sich ein Schlag des Schicksals anfühlte. Denn es war tatsächlich ein heftiger Hieb gewesen, von dem sie sich nicht erholt hatte.

Bente stellte das Auto neben dem Info-Hus auf dem Parkplatz Westerhever ab. Ein paar Minuten blieb sie hinter dem Steuer sitzen und ließ den Gedanken in sich nachklingen. Langsam, aber unweigerlich holte das Ereignis sie ein, vor dem sie geflohen war. Sie erkannte, dass es keinen Ort auf der Welt gab, wohin sie vor der schrecklichen Tragödie fliehen konnte. Sie musste sich dem Verlust ihres Babys stellen, statt die damit verbundenen Gefühle länger zu verdrängen. Selbst wenn dies bedeutete, die unendliche Trauer und den Schmerz wieder zu spüren.

17. Kapitel

In der Küche der Leuchtturm-WG gluckerte die Kaffeemaschine. In der Luft lag bereits köstlicher Bohnenduft, den Bente genoss. Sie nahm zwei Tassen aus einem Schrank und stellte sie neben die Maschine.

»Guck mal.«

Bente drehte sich zu Liam um. »Einen Moment. Mit Zucker oder Milch?«

»Schwarz wie die Nacht, bitte.«

Sie nahm die Glaskanne und füllte Kaffee in die Tassen. In ihre gab sie zusätzlich einen Schuss Milch und nahm dann je eine in die Hand.

»Hast du wieder was ausgeheckt?« Sie stellte die Tassen auf dem Küchentisch ab.

»Was hältst du davon?« Liam drehte sein Laptop so, dass Bente besser draufschauen konnte. »Die Surf-Etikette. 15 Regeln für Wellenreiter am Beach SPO.« Er zeigte mit einem Finger auf den Bildschirm.

Bente griff nach ihrer Kaffeetasse und beugte sich ein bisschen vor, bevor sie laut zu lesen begann. »Regel Nummer 1: Lasst euren Müll nicht am Strand liegen. Verlasst den Strand so, wie ihr ihn vorfinden möchtet …«

»Hey, das gefällt mir! Gute Arbeit!«

Liam lehnte sich zurück und verschränkte zufrieden die Arme vor der Brust. »Ist mir gestern Abend spontan beim Chillen eingefallen. Alicia hat es sich nicht nehmen lassen, den Warnhinweis für die Fahrschneise in Westerhever zu verfassen.«

»Wow! Ich bin beeindruckt.« Sie nickte anerkennend und setzte sich neben Liam auf die Küchenbank. »Deine Freundin scheint ein richtiger Robben-Fan zu sein.«

Stolz nickte er. »Das scheint nicht nur so. Robben sind ihr Lieblingsthema. Sie findet unser Projekt übrigens super. Ich soll dir von ihr ausrichten, dass sie gerne ihre Hilfe anbietet, falls wir Verstärkung brauchen.«

»Das ist ja lieb von ihr. Darauf komme ich gerne zurück, wenn wir wieder eine Aktion am Strand machen. Surft sie eigentlich auch?«

»Alicia paddelt.« Liam grinste schief. »Aber für sie ist es surfen.«

Vom Flur her hörten sie sich nähernde Schritte. Im nächsten Moment erschien Lena in der Küche. »Ach, hier seid ihr! Hab draußen schon alles nach euch abgesucht.«

»Was gibt's denn?« Bente erhob sich von der Bank.

»Wir wollten doch heute die Rast- und Brutvögel zählen«, erinnerte Lena sie.

»Stimmt ja. Das hätte ich durch die Vorbereitung auf unsere Veranstaltung fast vergessen. Warte hier. Ich hole eben meinen Handzähler aus dem Büro.«

Bente lief zu dem gegenüberliegenden Haus und schloss kurz darauf die Tür zu ihrem Arbeitszimmer auf. Auf dem Schreibtisch lagen die Notizen, die sie sich für die Veranstaltung am Abend gemacht hatte. Ihr Handy lag daneben. Es blinkte. Bente nahm sich die Zeit, setzte sich an den Tisch und griff nach dem Telefon.

Unwillkürlich lächelte sie, als sie erkannte, wer sie hatte erreichen wollen. Tilo. Leider hatte er keine Nachricht auf ihrer Mailbox hinterlassen. Sie wettete darauf, dass er sich mit ihr zum Vogel-Kiek verabreden wollte.

Kurz entschlossen rief sie zurück. Es klingelte einige Male, doch niemand hob ab. Als sie die automatische Ansage seiner Mailbox hörte, unterbrach sie die Verbindung wieder. Mit einer Maschine wollte sie nicht sprechen.

Bente steckte das Telefon in ihre Umhängetasche, nahm den Handzähler und ein Fernglas von der Fensterbank und verstaute beides ebenfalls in der Tasche. Dann zog sie vorsorglich Gummistiefel an. Trotz des schönen Wetters war es nicht ausgeschlossen, dass zwischendurch ein kräftiger Schauer von der Nordsee aufs Festland ziehen würde.

Zu gerne hätte sie gewusst, ob Tilo sich mit ihr verabreden wollte. Er würde sehen, dass sie zurückgerufen hatte, wenn er auf sein Handy schaute. Vielleicht meldete er sich später noch einmal. Hoffnungsvoll verließ sie das Büro.

Bente und Lena waren mit zwei Rädern zum Vogelzählen losgezogen. Nun schoben sie die Fahrräder hintereinander über den historischen Stockenstieg, ein zirka fünfundvierzig Zentimeter breiter geziegelter Weg, der durch das Salzwiesen-Vorland führte.

Bente blieb stehen und wartete, bis Lena neben ihr ankam. »Wusstest du eigentlich, dass dies hier mal die einzige feste Verbindung zwischen dem Turm und dem Festland war?«

Lena nutzte die kurze Pause, um das Spektiv mit Stativ, das sie über der Schulter getragen hatte, auf die andere Seite zu wuchten, und wechselte die Fahrradseite. »Liam hat darüber mal etwas erzählt. Er meinte, dass der Stockenstieg ins Denkmalbuch des Landes Schleswig-Holstein eingetragen ist.« Sie warf einen Blick zurück auf die kleine Brücke, die über einen Priel führte und nur an einer Seite befestigt war. »Er weiß wirklich eine Menge über die Gegend.«

Bente nickte. »Wie viele Leute, die hier aufgewachsen sind. Meine Großeltern haben mir die ganzen Geschichten schon als kleines Kind erzählt, und mit meinem Vater war ich früher oft hier. Woher kommst du eigentlich?« Sie setzten ihren Weg fort.

»Aus München.«

»Oh, eine ganz andere Ecke von Deutschland. Dann ist der raue Norden für dich sicherlich am Anfang ein kleiner Kultur-Schock gewesen.« Bente dachte an Johannes und seine Eltern, die trotz ihres Lebens in Los Angeles immer mit ihrer Heimatstadt verbunden geblieben waren und einen gewissen bayerischen Stolz gezeigt hatten, der sich durch ihre traditionelle Lebensart ausgedrückt hatte. Seine Mutter trug gerne exklusive Designer-Dirndl, und sein Vater hatte mehrere hüftlange Janker im Kleiderschrank. Er hatte stets gesagt, dass es nichts Besseres als die originalen Schafwolljacken aus Bayern gebe.

Lena lächelte wehmütig. »Es geht. Liam und Fiete haben es mir leicht gemacht, mich schnell in der WG einzugewöhnen. Nächsten Monat geht es für mich auch schon wieder zurück nach München. Die Zeit am Leuchtturm ist ziemlich schnell vergangen. Ab Oktober fange ich endlich mit meinem Bio-Studium an. Zuerst wollte ich unbedingt Meeresbiologie studieren, aber mittlerweile freue ich mich auch wieder auf zu Hause und München. Ein paar Berge fehlen euch hier oben nämlich schon.«

»Sagt das Mädchen aus den Alpen.« Bente lachte. »Ich würde es vermutlich andersherum sehen. Ich brauche das Meer, Salz in der Luft und einen tüchtigen Wind um die Nase, der den Schafen die Locken glattzieht, und die mit Prielen durchzogene Landschaft. Einmal hatte ich als junges Mädchen ein besonderes Erlebnis. Da ist ein Seehund in einem Priel aufgetaucht und hat mich neugierig aus seinen wachen Augen begutachtet. Das war ein einmaliger Moment, an den ich heute noch gerne zurückdenke.« Sie blieben abermals stehen.

»Fangen wir hier an?«, fragte Lena und stellte ihr Rad an einer Beobachtungsstelle ab.

Bente nickte. »Das wollte ich auch gerade fragen.«

Geschickt stellte Lena das Spektiv mit dem Stativ auf und blickte hindurch. »Wir haben eine schön klare Sicht.«

»Mit einer leichten Brise«, ergänzte Bente. »Ich glaube, das nennt man in München Föhn.« Sie hängte sich das Fernglas um den Hals, nahm etwas zum Schreiben und den Zähler zur Hand und konzentrierte sich.

»Heute ist viel unterwegs«, stellte Lena fest.

»Dann lass uns mal mit dem Zählen loslegen, bevor sich die Kameraden verflüchtigen.« Bente betätigte den Handzähler bei jeder Vogelart, die sie erkannte. Bei ganzen Vogelschwärmen drückte sie die Knöpfe pauschal in

Zehnerschritten, da es unmöglich war, jedes der Tiere einzeln zu erfassen. Sie vertiefte sich ins Zählen, bis sie fast alles um sich herum vergessen hatte. Es gab nur noch sie, die Vögel und den unvergleichlichen Geruch des Nordseesommers. Eine Mischung aus Gräserduft, Meersalz und Sonne auf der Haut. Hier konnte sie in Frieden durchatmen, es war herrlich.

»Welche Arten hast du bis jetzt gezählt?«, fragte Lena nach einer Weile.

Bente blickte in ihr Notizbuch. »Die üblichen Verdächtigen, würde ich sagen. Austernfischer, Küstenseeschwalben, Säbelschnäbler, Lachmöwen, ein paar Silbermöwen und Kiebitze. Und du?«

»Die habe ich auch vor dem Objektiv gehabt, ich fürchte, da kann ich nichts Neues beitragen.«

Zufrieden nickte Bente. »Dann lass uns zur nächsten Beobachtungsstelle gehen.«

»Okay.« Lena baute das Spektiv wieder ab.

Bente legte Zähler und Notizbuch wieder in ihre Umhängetasche und wollte gerade zum Fahrrad gehen, als sie das Klingeln ihres Telefons in der Seitentasche wahrnahm.

Der Anrufer war Tilo.

»Die Brise scheint gut zu stehen, wenn du hier Handyempfang hast«, bemerkte Lena. »Ich gehe schon mal vor.«

»Alles klar.« Bente war dankbar über Lenas Taktgefühl. Sobald sie außer Hörweite war, nahm Bente das Gespräch an. »Moin, Tilo!«

»Selber Moin!«, erklang seine tiefe Stimme. »Dass ich dich erreiche!«

Sie hörte das Lächeln in seiner Stimme und spürte einen wohligen Schauer, der ihr den Rücken runterrieselte. »Dito, würde ich sagen. Vorhin hatte ich bei dir auch kein Glück.«

»Wir sind eben gefragte Leute.«

Bente lachte. »Das kann schon sein.« Sie blickte zu Lena, die sich schon ein Stück von ihr entfernt hatte.

»Wo bist du denn gerade? Das ist ja ein wahres Vogelkonzert im Hintergrund«, wollte Tilo wissen.

»Nicht schlecht, das hast du gut erkannt. Ich bin nämlich gerade beim Vogelzählen in Westerhever. Meine Mitarbeiterin ist gleich schon am nächsten Beobachtungsposten angekommen.«

»Oha! Dann fasse ich mich lieber kurz. Was hast du heute Abend vor?«

»Die Frage kenne ich irgendwoher.« Bente schmunzelte innerlich.

»Was soll das denn heißen? Dein Kaffee ist da.«

Voll ehrlichen Bedauerns seufzte sie. »Tut mir leid, aber heute Abend geht es nicht. Heute Abend ist eine Veranstaltung in Westerhever, die ich begleite. So gerne ich mich auch mit dir getroffen hätte, aber dabei kann ich nicht fehlen. Kann der Kaffee vielleicht noch einen Tag warten?«

»Der Kaffee schon, aber ich nicht. Was ist das denn für eine Veranstaltung?«, erkundigte er sich.

Sofort schlug ihr Puls ein wenig höher. »Eine stimmungsvolle Abendwanderung.«

»Klingt vielversprechend! Ist da noch ein Platz frei?«

»Willst du etwa daran teilnehmen?«

»Unbedingt!«

»Soweit ich weiß, sind noch Plätze frei ...« Lachend schüttelte sie den Kopf. »Du bist echt verrückt.«

»Ich weiß. Sag nur, wann und wo, ich werde da sein!«

Nachdem Bente ihm die Uhrzeit und den Treffpunkt genannt hatte, versprach Tilo zu kommen. Anschließend beendete sie das Gespräch und beeilte sich, Lena einzuholen.

Innerlich jubelte sie und konnte kaum erwarten, dass es Abend wurde.

18. Kapitel

Die Sonne stand schon tief über dem Deich, als Bente zusammen mit den Leuten der WG auf dem Westerhever Parkplatz eintraf, um die Teilnehmer in Empfang zu nehmen. Sie fing sofort Tilos anerkennenden Blick auf, der neben einem älteren Ehepaar stand, mit dem er sich zuvor unterhalten hatte. Fast ein wenig schüchtern lächelte er ihr zu und hob kurz die Hand. Es bestand kein Zweifel daran, dass er sich im Hintergrund halten und sie nicht bei der Arbeit stören wollte.

Vorsichtshalber hatte sie Liam im Vorfeld eingeweiht und ihm eingeschärft, sich professionell zu benehmen. »Ich werde mir eine Bemerkung verkneifen«, hatte er ihr grinsend versprochen. »Das wird bestimmt romantisch!«

Freundlich begrüßte Bente nun die Teilnehmer. Direkt im Anschluss erklärte sie zusammen mit Liam, wie die Wanderung ablaufen würde. »Sie können uns jederzeit ansprechen, wenn Fragen aufkommen.«

»Dann gehen wir zunächst auf den Deich«, ergriff schließlich Fiete das Wort und ging voran. Die Gruppe folgte ihm.

Auf dem Damm machten sie halt und genossen einen Moment den faszinierenden Ausblick. Das warme Sonnenlicht lag golden über den Salzwiesen. Inmitten der Weite ragte der rot-weiße Leuchtturm empor, flankiert von den beiden baugleichen Wärterhäuschen. Ein paar Minuten später fiel der Lichtstrahl vom Turm in die Weite. Das gleichmäßige Blitzen des Leuchtfeuers verlieh der Szenerie etwas Geheimnisvolles.

»Sicherlich haben die meisten von Ihnen den Westerhever Leuchtturm schon einmal gesehen«, fuhr Fiete fort. »Eine Werbekampagne eines bekanntes Brauhauses hat ihn vor vielen Jahren bekannt gemacht. Seitdem denken viele, er würde in Jever in Ostfriesland stehen. Dabei steht er schon seit über hundert Jahren an seinem Platz in Westerhever, und sein Leuchtfeuer hat vielen Schiffen und auch Wattwanderern das Leben gerettet.«

»So weit ist der Turm entfernt?«, fragte eine Frau halb entsetzt.

»So weit ist es gar nicht«, beschwichtigte Bente schnell, um die Wandergruppe nicht abzuschrecken. »Wenn wir im normalen Tempo gehen, dauert es ungefähr eine halbe Stunde, bis wir da sind. Es stehen aber auch Bänke am Wegesrand, auf denen man eine Pause einlegen kann.«

Die Gruppe setzte sich wieder in Bewegung. Im warmen Schein der untergehenden Sonne wanderten sie durch das Weltnaturerbe bis hinaus zum Wahrzeichen des Nordens. Sie lauschten den abendlichen Rufen der Vögel und beobachteten Vogelschwärme, die über ihre Köpfe hinwegzogen. Der Himmel spiegelte sich im Wasser der Priele. Bente liebte die Szenerie so sehr, und immer wieder ertappte sie sich dabei, wie sie sich mit Blicken vergewisserte, dass es Tilo auch gefiel.

Als sie schließlich am Watt ankamen, hatte die Dämmerung bereits eingesetzt. Der Leuchtturmschein glitt sanft und gleichmäßig über die Küste und das Meer.

An geeigneter Stelle blieben alle stehen und umringten Lena, die ihre Lampe einschaltete. Aus einem Buch las sie die Sage von Klaus Störtebeker vor. Die Geschichte passte perfekt zur abendlichen Stimmung im Watt.

Tilo warf Bente immer wieder Seitenblicke zu, die sie mit einem Lächeln erwiderte. Ihr wurde bewusst, dass sie jetzt gern seine Hand genommen und sich an ihn gelehnt hätte.

Als Lena die Sage beendet hatte, setzten sie die Wanderung fort, bis sie die Sandbank erreicht hatten. Dort hielten sie sich in der Nähe des Flutsaums, bis sie zu einer Stelle kamen, an der weitere Lichter aufblitzten. Die Teilnehmer bestaunten durch Ferngläser die anderen Leuchtfeuer der Küste und Inseln am Horizont und blickten wie gebannt auf die Schönheit des Wattenmeers.

Bente nutzte die Gelegenheit und stellte sich unauffällig neben Tilo. »Gefällt es dir?«, raunte sie ihm zu.

»Und wie! Es ist einmalig. An so einer Führung habe ich noch nie teilgenommen.« Er strich sanft über ihre Hand. »Danke, dass du mich mitgenommen hast.«

Bente war wie elektrisiert von der Berührung und spürte, wie sich ein wohliger Schauer über ihren Arm ausbreitete. Tilo schien den besonderen Moment ebenfalls zu bemerken. Vielsagend sah er sie an, während Bente sich an den wohlig warmen, aufregenden Gefühlen, die sie durchfluteten, regelrecht berauschte.

Zum Abschluss las Lena das Gedicht *Meeresstrand* von Theodor Storm vor. Liam hielt die Lampe so, dass der Schein auf das Buch fiel.

»Ans Haff nun fliegt die Möwe,
Und Dämmerung bricht herein,
Über die feuchten Watten
Spiegelt der Abendschein.

Graues Geflügel huschet
Neben dem Wasser her,
Wie Träume liegen die Inseln
Im Nebel auf dem Meer.

Ich höre des gärenden Schlammes
Geheimnisvollen Ton,
Einsames Vogelrufen –
So war es immer schon.

Noch einmal schauert leise
Und schweiget dann der Wind;
Vernehmlich werden die Stimmen,
Die über der Tiefe sind.«

Andächtig schwiegen alle Teilnehmer, und Bente wusste, dass es genau richtig gewählt worden war. Eine gelassene und angeregte Stimmung herrschte in der Gruppe.

Als sie das Ende der Wanderung erreicht hatten und wieder am Parkplatz waren, bedankte Bente sich bei allen und verabschiedete die Teilnehmer.

»Das war wirklich superschön«, sagte Tilo zu Bente.

»Freut mich, dass es dir gefallen hat.«

»Und ob!« Seine Augen funkelten.

»Wir verabschieden uns auch«, sagte Lena in diesem Augenblick, als sie sich ihnen mit Fiete näherte. Sie blieben in acht Meter Abstand stehen und winkten, bevor sie sich auf den Rückweg zum Leuchtturm machten.

»Bis morgen«, rief Bente.

Liam winkte ebenfalls und kam dann zu Bente.

»Kannst du mich eventuell mit nach St. Peter nehmen?«

»Na, sicher«, versprach sie und runzelte dann die Stirn. »Ich dachte, du wärst mit deinem Roller hier, Liam?«

»Nee, der hat einen Reifenschaden. Darum muss ich mich morgen kümmern. Vielleicht sollte ich mal mit Eike reden, ob er für mich auch noch so ein schickes Elektroauto übrig hat.«

Bente winkte ab. »Mach dir da mal nicht so große Hoffnungen.«

»Hast du einen Führerschein?«, fragte Tilo und betrachtete Liam aufmerksam.

»Klar. Seit ich siebzehn bin. Inzwischen bin ich volljährig geworden.« Er grinste breit.

Tilo wandte sich an Bente. »Ich könnte dich in meinem Auto mitnehmen. Das heißt, wenn du Liam das Elektroauto leihen möchtest«, schlug er vor.

»Oh … Ich weiß nicht«, sagte Bente unschlüssig.

»Super Idee!«, rief Liam schon vorfreudig. »Ich würde gerne mal mit dem Gefährt durch die Gegend cruisen. Und morgen bekommst du den Wagen ohne einen Kratzer wieder. Ich fahre auch ganz vorsichtig.«

Bente blickte von einem zum anderen und gab sich schließlich geschlagen. »Na gut. Ihr habt mich überredet. Aber pass wirklich auf.« Sie hielt Liam den Schlüssel hin.

»Danke!« Damit drehte er sich um und ging pfeifend zu dem Wagen. Wenig später fuhr er vom Parkplatz.

Tilo führte Bente galant zu einem dunklen SUV und hielt ihr die Tür auf.

»Danke.« Sie stieg ein und vermerkte für das Türaufhalten einen weiteren Pluspunkt. Sie fühlte sich wohl bei ihm. »Das ist hier das krasse Gegenprogramm zu meinem E-Auto«, sagte sie, als er neben ihr Platz genommen hatte.

»Nichts für ungut. Mit dem kleinen Elektrowagen könnte ich kaum für meine Bars einkaufen. Das hätte den gleichen Effekt wie ein Lastenrad.«

»Das stimmt allerdings.« Bente lehnte sich in dem bequemen Sitz zurück, der ihr ein angenehmes Gefühl von Sicherheit vermittelte.

Fast lautlos glitten sie in dem Auto über die dunkle Landstraße. Aus dem Radio erklang chillige Instrumentalmusik. Obwohl Bente ein aufregendes Kribbeln in Tilos Nähe verspürte, entspannte sie sich zusehends. Sie schaute ihn von der Seite an.

»Was ist denn?«, fragte er, als er ihren Blick bemerkte.

»Och, nichts.« Sie schüttelte den Kopf. »Ich finde es toll, dass du heute wirklich gekommen bist.«

Er lächelte breit. »Na klar! Immerhin wollte ich dich endlich nach Hause bringen … nachdem du mich beim letzten Mal hast abblitzen lassen.«

»Ach, deswegen … Das hat ja geklappt.« Bente musste grinsen, und als sie ihn betrachtete, stellte sie fest, dass es ihm ähnlich ging. Sie mochte seine freche und gleichzeitig lockere Art. Bei ihm schien es keine Dramen zu geben. Das gefiel ihr gut.

Wenig später parkte Tilo den Wagen vor Bentes Elternhaus. Er schaltete das Licht aus und stellte den Motor ab.

Er blickte zum Haus. »Hier wohnst du also?«

»Ja, hier wohne ich.«

Mit einer Hand hielt er sich am Lenkrad fest, während er sich zu ihr herüberbeugte, um das Haus besser sehen zu können. »Du hast mir gar nicht gesagt, dass du verheiratet bist und vier Kinder hast.«

»Wieso …?«, fragte Bente irritiert.

»Oder wohnst du etwa allein in dem großen Haus?«

»Ach so … Nein, das Haus gehört meinen Eltern. Ich wohne in einer kleinen Wohnung unter dem Dach.«

Sein Gesicht war ihrem verführerisch nah, sein minzig-dunkler Duft stieg ihr in die Nase, als er lächelte. »Deine Eltern.«

»Es ist eben schwer, in St. Peter-Ording was Passendes zu finden, und deswegen …«, setzte sie an.

»Scht.« Er legte einen Finger auf ihre Lippe. »Kein Grund für Rechtfertigungen. Ich finde es sehr charmant, dass du bei deinen Eltern lebst.«

»In Italien macht man das so lange, bis man heiratet«, sagte sie, ohne den Blick von ihm abzuwenden, und bedauerte es, als er den Finger von ihrem Mund nahm.

»Ich liebe Italien«, flüsterte er und kam ihrem Gesicht näher.

Sie spürte seinen Atem auf der Haut, und dann berührten sich ihre Lippen. Es war ein sanfter Kuss, nichts Drängendes, den sie bis in die Fingerspitzen spürte. Langsam lösten sich ihre Lippen wieder voneinander.

Bente senkte den Blick und griff nach ihrer Tasche, die sie im Fußraum verstaut hatte. »Hab ich mir doch gleich gedacht, dass du Hintergedanken hast.«

»Selbstverständlich. Was auch sonst.« Er grinste sie mit dem gleichen schiefen Lächeln an, das sie bei der ersten Begegnung mit ihm so fasziniert hatte. »Außerdem bekomme ich noch eine private Vogelführung.« Er öffnete das Handschuhfach und entnahm ihm eine Verpackung. »Dein Kaffee.«

»Vielen Dank. Den werde ich morgen früh gleich probieren.« Bente nahm das kleine Päckchen entgegen. Sie schnallte sich ab und öffnete die Tür. »Komm doch vielleicht morgen zum Vogel-Kiek mit«, sagte sie und stieg dann aus.

»Morgen geht klar. Ich freue mich.« Er warf ihr einen warmen Blick zu.

»Bis morgen.« Obwohl sie sich mit jeder Faser danach sehnte, seine Lippen erneut auf ihren zu fühlen, schloss sie lächelnd die Autotür und ging zum Haus.

Der Motor erklang leise, die Scheinwerfer leuchteten auf. Bente drehte sich um und blickte Tilos Auto nach, das fast lautlos in der Dunkelheit verschwand.

An der Zimmerdecke zeichneten sich Schatten ab, die die Äste und Blätter der Kastanie im Garten daraufwarfen. Mit klopfendem Herzen lag Bente im Bett und dachte an Tilo. Er hatte sie tatsächlich geküsst! Und es hatte sich unerwartet gut angefühlt. Sie hatte keine Angst vor dem, was noch kommen würde, sondern verspürte eine große Vorfreude. Sie fühlte sich lebendig und zuversichtlich, so gut wie lange nicht mehr. In ihr wuchs die Hoffnung, dass am Ende doch noch alles einen Sinn ergeben würde.

19. Kapitel

Es klingelte.

»Ich komme!« Bente putzte sich die Hände an einem Tuch ab, bevor sie aus der Küche lief und die Haustür öffnete.

Davor warteten Elly und ihre Kinder.

»Moin! Hast du eigentlich keinen Schlüssel mehr?«, fragte sie erstaunt.

»Moin, Schwesterchen!« Elly drückte Bente einen Kuss auf die Wange und zog dann ein Schlüsselbund aus einer Tasche ihres Hosenrocks. »Klar, aber seit ich hier nicht mehr wohne, klingle ich immer zuerst. Einfach aufzuschließen, ohne mich vorher anzukündigen, würde ich komisch finden.« Schon liefen die Kinder an ihr vorbei und ins Haus.

Bente wuschelte Nienke und Jelte zur Begrüßung über den Kopf. »Na, ihr zwei! Seid ihr munter?«

Die Kinder nickten.

»Wo ist denn die Omi?«, fragte Nienke.

»Und der Opi«, ergänzte Jelte.

»Der Opi ist hier.« Ihr Vater kam lächelnd die Treppe aus dem ersten Stock herunter. »Aber die Omi liegt noch im Bett.«

Elly runzelte die Stirn. »Muddi ist doch sonst immer die Frühschicht?«

»Ist sie etwa krank?«, wollte Bente wissen.

Ihr Vater nickte. »Scheint was bei ihr im Anmarsch zu sein. Ich soll Kamillentee kochen.«

»Freiwillig? Muddi mag doch gar keinen Kamillentee«, stellte Elly verwundert fest.

»Eben.« Ihr Vater zuckte mit den Schultern. »In der Not frisst der Teufel Fliegen, oder wenn es eben nötig ist.«

»Dabei haben wir Sommer und gar keine Grippe-Saison«, murmelte Elly betroffen.

Bente schaute zur Treppe. »Sicherheitshalber werde ich gleich mal mit einem Fieberthermometer zu ihr hochgehen. Vorsicht ist besser als Nachsicht.«

»Ich muss leider ins Geschäft. Richte Muddi gute Besserung von mir aus, ich schaue später bei ihr vorbei. Und ihr seid schön lieb, ja?« Elly warf den Kindern einen strengen Blick zu und gab Nienke und Jelte einen Abschiedskuss.

»Bis nachher, Elly! Und grüß Freddie!« Bente schloss die Tür.

»Musst du auch gleich zur Arbeit?«, fragte ihr Vater.

Bente winkte ab. »Erst mittags. Liam holt mich mit dem Elektroauto ab. Geht es Muddi denn sehr schlecht?«

»Tüchtige Kopfschmerzen hat sie und eine leichte Schnupfnase.«

Besorgt wandte sie sich um. »Ich sehe mal nach, was sie macht.«

»Können wir mitkommen?«, fragte Jelte.

Amüsiert betrachtete sie seine eifrige Miene. »Ich schaue zuerst und frage die Omi dann, ja?«

»Na gut.« Jelte verschränkte die Arme vor der Brust. Das tat er immer dann, wenn er eigentlich nicht einverstanden und dennoch einen Kompromiss eingegangen war. Für einen Jungen in seinem Alter eine beachtliche Leistung, fand Bente.

Ihr Vater legte ihm eine Hand auf die Schulter. »So, der Opi kocht jetzt für euch eine große Kanne Kakao. Und dann gibt es Butterbrote mit Schokostreuseln.«

»Au ja!« Nienke hüpfte vor Freude und lief stürmisch in Richtung Küche.

»Dann mal guten Appetit«, sagte Bente und stieg die Treppe zum Schlafzimmer hoch.

Bente stellte das Auto ihrer Eltern auf dem Parkplatz vor der Dünen-Therme ab und zog sich die Kapuze ihrer Jacke über den Kopf. Das schöne Sommerwetter hatte sich verabschiedet. Dicke Regentropfen klatschten auf die Windschutzscheibe, dazu wehte ein ordentlicher Wind.

Bente stieg aus dem Wagen und lief im strammen Schritt über die Straße. Wenige Minuten später betrat sie die kleine *Apotheke am Wattenmeer*. Obwohl sie sich beeilt hatte, war ihre Jacke bereits klatschnass, als sie in der Apotheke stand.

Franka war allein und tippte gerade etwas in einen Computer ein. Sie hob den Blick vom Bildschirm, als sie Bente bemerkte. »Meine Güte! Du siehst ja aus wie ein nasser Hund.«

Bente lachte kurz auf. »So fühle ich mich auch. An diese spontanen Wolkenbrüche muss ich mich erst wieder gewöhnen. In Kalifornien hat es oft monatelang nicht geregnet.«

»Ach, die Regenwolke verzieht sich bestimmt wieder genauso schnell, wie sie gekommen ist.« Franka reichte ihr ein Paket Papiertaschentücher. »Bitte.«

»Danke.« Hastig trocknete sie sich das Gesicht mit einem Tuch ab. »Ich brauche deinen professionellen Rat. Bei meiner Mutter scheint sich was anzubahnen. Sie liegt seit heute flach.«

»Oh, was hat sie denn für Beschwerden?«

»Kopf- und Halsschmerzen, ein bisschen Schnupfen, und ihre Knochen tun weh«, zählte Bente auf.

»Klingt nach einem grippalen Infekt. Das macht im Moment die Runde. War sie schon beim Arzt?«

Bente schüttelte den Kopf. »Du kennst doch meine Mutter. Zum Arzt geht sie meistens erst, wenn gar nichts mehr geht. Und selbst dann nur unter Protest.«

Franka nahm zwei Packungen aus einem Regal. »Hier. Das soll sie so nehmen wie auf dem Beipackzettel beschrieben. Sollte sich ihr Zustand verschlechtern, dann versuche, sie mal zu einem Arztbesuch zu motivieren.«

»Danke.« Bente warf einen Blick auf die Arzneimittel. »Gibt's denn eigentlich was Neues bei dir und Jarno?«

Franka packte die Schachteln in eine braune Papiertüte. »Er ist gestern in der Apotheke vorbeigekommen und hat mich für nachher zum Probe-Trinken ins *Jarnos* eingeladen.«

Bente legte einen Geldschein auf die Theke. »Aha! Probe-Trinken klingt nach was Hochprozentigem. Steckt etwa ein Plan hinter dieser Einladung?«

»Da muss ich dich enttäuschen. Jarno hat zwei neue Bio-Limonaden kreiert. Beide ohne Zucker und absolut alkoholfrei.« Franka kassierte und legte noch zwei Pakete Taschentücher in die Papiertüte.

»Schade eigentlich.« Augenzwinkernd nahm Bente die Tüte entgegen. »Tilo war übrigens gestern bei der Abendwanderung dabei.«

»Wirklich? Das ist ja ein Knaller! Hast du auch den versprochenen Kaffee von ihm bekommen?«

Sie nickte und merkte, wie sich ein breites Lächeln auf ihre Miene stahl. »Ich habe sogar zusätzlich noch einen Kuss bekommen.«

»Was?« Franka machte große Augen. »Und das erzählst du so nebenbei?«

»Ich wollte eben nicht gleich mit der Tür ins Haus fallen, sondern lieber einen passenden Moment abpassen.« Sie lachte.

»Na, hör mal! Als ob mich das nicht brennend interessieren würde … Seid ihr jetzt zusammen?«

»Ich mochte schon immer deine direkte Art.« Bente verzog amüsiert den Mund. »Es war bloß ein Kuss.«

»Du scheinst in letzter Zeit oft geküsst zu werden, meine Liebe. Erst Cord, nun Tilo. Wie geht es denn jetzt bei euch weiter?«

»Eigentlich hat Tilo angekündigt, mich heute beim Vogel-Kiek zu begleiten. Mal sehen, wann er sich meldet.« Hinter Bente wurde die Tür geöffnet, und kurz darauf stellte sich eine Kundin an die Verkaufstheke neben sie.

Franka nickte der Dame zu. »Guten Tag, Frau Schmieß. Ich bin gleich bei Ihnen.«

Bente blickte zum Fenster raus und umfasste den Henkel der Papiertüte. »Ein Glück, es hat aufgehört zu regnen.«

»Sag ich doch. War bloß ein kleiner Nordseeschauer. Richte deiner Mutter bitte von mir gute Besserung aus, und halte mich unbedingt auf dem Laufenden – bei allem!«

»Mach ich – du mich aber auch. Bis bald.« Bente verließ die Apotheke.

Liam hatte Bente am späten Vormittag wie versprochen mit dem Elektrowagen abgeholt und war mit ihr nach Westerhever gefahren. Als sie nun am Leuchtturm ankamen, wartete Fiete vor dem Haus der WG. »Na, endlich seid ihr da!«

Liam hob die Hände. »Ich war pünktlich am Start.«

»Sorry, Fiete«, erklärte Bente. »Die Verspätung geht auf meine Kappe. Ich musste meine Mutter noch mit Medikamenten versorgen. Gibt es was Dringendes?«

»Der Bürgermeister hat vorhin angerufen. Er wollte wissen, ob du heute Nachmittag zu ihm ins Büro kommen kannst. Und wir haben einen Gast«, beeilte sich Fiete zu erzählen. Er wirkte direkt etwas aufgeregt, wie Bente registrierte.

Ruhig erwiderte sie: »Okay. Ich rufe eben bei Brodersen zurück und komme dann gleich.«

»Ich will auch mitkommen!«, rief Liam ihr nach.

»Alles klar!«

Bente ging in ihr Büro und meldete sich telefonisch im Sekretariat des Bürgermeisters. Sie bestätigte den Termin und erwähnte, dass sie zusammen mit Liam vorbeikommen würde. Danach drückte sie auf den roten Knopf des Anrufbeantworters und notierte die telefonischen Anfragen. Eine Gruppe Erwachsener wollte eine Sonderführung buchen, und zwei Schulklassen interessierten sich für Wattwanderungen. Zufrieden nickte sie.

Anschließend schaltete sie den Computer ein und überprüfte den Terminplan nach freien Kapazitäten für Gruppenveranstaltungen. Die möglichen Termine notierte sie neben den Anfragen.

Es klopfte an der Tür. »Ja! Einen Moment noch!«, rief sie. Als es erneut klopfte, stand sie auf und zog die Bürotür auf.

»Ach!«, entfuhr es ihr überrascht.

»Hallo, schöne Frau.« Tilo lächelte sie an und beugte sich vor, um sie zu küssen.

»Dass du schon da bist!«, sagte sie ein wenig außer Atem, nachdem sie sich wieder voneinander gelöst hatten.

Er lächelte verschmitzt. »Seit über einer Stunde.«

»Oh, ich hatte ja keine Ahnung, dass du so früh vorbeikommen wolltest!« Jetzt wusste sie auch, von welchem Gast Fiete geredet hatte. Sie hatte erst die dringenderen Büroangelegenheiten erledigen wollen und sich danach um alles Weitere kümmern wollen.

»Fiete und Lena haben mir die Schutzstation gezeigt, und eine Tasse Kaffee habe ich auch bekommen. Ich wäre dann bereit für die Vogel-Expedition.« Er deutete auf den Gurt seines Rucksacks, den er über einer Schulter trug.

»Okay, dann lass uns keine Zeit verlieren.« Bente nahm das dicke Buch, das auf ihrem Schreibtisch lag, und drückte es ihm in die Hand.

Misstrauisch beäugte er das Buch. »Was ist das denn für ein Wälzer?«

»Ein Buch zur Vogelbestimmung. Oder willst du etwa nicht wissen, wen du beobachtest?« Schnell steckte sie noch zwei Handzähler in eine Tasche, und Minuten später lotste sie Tilo zu den Fahrrädern.

»Jetzt weiß ich auch, warum ich mitkommen durfte.«

»Na, da bin ich aber mal gespannt.« Bente blieb an einer Beobachtungsstelle stehen.

»Du brauchtest jemanden, der das Spektiv trägt und dir beim Aufbau und dem Zählen hilft, ich habe es kapiert.« Tilo stellte das Gerät auf und stöhnte theatralisch.

Lachend zog sie die Augenbrauen hoch. »Normalerweise trägt das Lena. So schwer kann es gar nicht sein.«

»Ich wäre auch mitgekommen, wenn es wesentlich schwerer gewesen wäre«, antwortete Tilo leise und blickte durch das Spektiv. »Da vorne ist ein ganzer Schwarm von Piepmätzen. Die Kameraden haben einen langen roten Schnabel und ein schwarz-weißes Federkleid.«

Bente schaute durch ihr Fernglas und betätigte mehrmals ihren Handzähler. »Ich sehe sie. Das sind Austernfischer.«

Sogleich holte Tilo ein Notizbuch und einen Stift hervor. »Wie viele?«

»Mindestens fünfzig.«

Er notierte die Zahl. »Dieser Landstrich ist wirklich ein wahres Paradies. Am liebsten würde ich dich jeden Tag begleiten.«

Bente ließ das Fernglas sinken. »Tatkräftige Assistenten kann ich immer gebrauchen«, neckte sie ihn. Es machte sie glücklich, dass Tilo sich fast genauso sehr wie sie für die Natur und die Tiere begeisterte.

»Ich kann ja mal meinen Lebenslauf einreichen«, sagte er grinsend.

»Kannst du.«

»Im Ernst, ich beneide dich um deinen Job. Hier gibt es keinen Stress, keinen Berufsverkehr, Lärm oder nörgelnde Gäste, denen man es nicht rechtmachen kann. Die Landschaft ist Idylle pur.«

Sie strich sich eine Haarsträhne hinters Ohr. »Das stimmt schon, wenn man von dem Ärger mit den Kite-Surfern mal absieht. Das nervt ziemlich!«

»Was denn für ein Ärger?« Er schaute sie interessiert von der Seite an.

»Rücksichtslose Fahrer eben, die dicht an Sandbanken vorbeirasen und dabei die Tiere aufscheuchen. Deswegen habe ich am Nachmittag einen Termin mit dem Bürgermeister von St. Peter-Ording. Wir wollen gemeinsam gegen das Problem vorgehen.«

»Oh … Das klingt ernst.«

Tilo wirkte einen Moment verunsichert auf Bente.

»Ich bin mir sicher, dass wir eine Lösung für die Angelegenheit finden werden«, erklärte sie optimistisch.

Aufmerksam schaute er sie an. »Wie du weißt, surfe ich auch. Natürlich versuche ich, mich immer an alle Regeln zu halten. Deswegen interessiert es mich sehr, was ihr vorhabt, um die Leute aus den Zonen fernzuhalten.«

Bente klärte ihn detailliert über die Problematik auf und verriet ihm, mit welchem Konzept sie vorhatten, die Surfer aus der Nordspitze zu verbannen. »Ich bin froh, dass der Bürgermeister ein offenes Ohr für das Thema hat und uns bei der Umsetzung des Plans hilft. Heute Nachmittag habe ich einen Termin bei ihm.«

Tilo lächelte sie an. »Wer könnte dir auch eine Bitte abschlagen?«

»Ich hoffe niemand«, konterte sie. »Denn wir müssten nun zusammen mit dem Spektiv zur nächsten Beobachtungsstelle.«

20. Kapitel

»Kommen Sie rein!« Herr Brodersen hielt Bente und Liam die Tür zu seinem Büro auf. »Bitte nehmen Sie Platz.«

»Danke.« Sie setzten sich auf die zwei Stühle, die vor seinem Schreibtisch standen.

»Hätte ich mir ja fast denken können, dass du auch dabei bist, Liam«, bemerkte er augenzwinkernd.

Bente blickte zwischen den Männern hin und her. »Ich scheine hier in irgendwas nicht eingeweiht zu sein.«

»Lange Geschichte«, winkte Liam ab.

»Wir hatten schon einmal in einer ähnlichen Sache das Vergnügen. Liams Vater wollte vor geraumer Zeit eine Surfschule an einer kritischen Stelle in Ording errichten. Die Genehmigungen waren bereits erteilt, aber dann ist ihm dort eine verletzte Robbe in die Quere gekommen«, erklärte Brodersen.

»Alicia und ich haben das Tier damals gefunden«, fügte Liam hinzu. »Das war vielleicht ein Drama.«

»Dann sind wir ja alle mit dem Thema vertraut«, schlussfolgerte Bente. »Konnten Sie denn etwas Neues in Erfahrung bringen?«

»Nun ja, was heißt Neues?« Brodersen lehnte sich in seinem Sessel zurück. »Die Rechtslage ist äußerst schwammig, sodass mir für den Moment leider die Hände gebunden sind. Ich bleibe an der Sache dran, doch versprechen kann ich nichts. Das wollte ich Ihnen persönlich mitteilen, damit Sie nicht den Eindruck bekommen, ich wollte Sie abwimmeln. Ginge es nach mir, würde ich rund um Westerhever alles absperren.«

»Kann man denn gar nichts machen?«, fragte Bente und merkte, wie ihr Optimismus in der Sache schwand. »Vielleicht noch an einer anderen Stelle?«

»Ich könnte Ihnen höchstens die Telefonnummer der Nationalparkverwaltung in Tönning geben. Dahin haben wir die Beschwerde weitergeleitet. Falls Sie dort gerne anrufen und direkt nachhaken möchten?«, bot der Bürgermeister an.

»Das möchte ich auf jeden Fall.« Bente fühlte sich frustriert, griff nach dem dargebotenen Zettel und ließ die Schultern sinken.

»Was ist mit den Hinweisschildern und der Info-Tafel? Fällt das damit ins Wasser?«, fragte Liam und verschränkte die Arme vor der Brust.

»Nein, das läuft so, wie wir es ausgemacht haben«, sicherte der Bürgermeister ihnen zu. »Das entscheide ich an meinem Schreibtisch.«

»Wenigstens etwas.« Bente nickte, dann erhoben sie sich von ihren Plätzen. Höflich bedankten sie sich bei Herrn Brodersen für seine Zeit, dann verließen sie eilig das alte Rathaus.

»So ein Mist!«, platzte es aus Bente heraus, als sie den Bürgersteig erreicht hatten.

»Aber echt! Das ist wieder so typisch. Diese blöde Bürokratie!«, meckerte Liam. »Es geht nie was einfach in Deutschland.«

»Das ist leider wahr.« Bente stemmte die Hände in die Hüften. »Willst du sofort zurück zum Leuchtturm?«

»Nö. Wegen mir nicht. Ich gehe zu meinem Kumpel in den Drachenladen. Vielleicht hat er noch eine andere Idee, was man machen könnte.«

Seufzend nickte sie. »Mach das. Sollen wir uns in einer Stunde wieder hier treffen?«

»Geht klar.« Liam winkte knapp und schlenderte davon.

Bente blickte auf den Zettel, auf dem Brodersen die Telefonnummer der Nationalparkverwaltung notiert hatte. In ihrem Bauch grummelte es vor Ärger. Sie hasste es, untätig sein zu müssen. Spontan gab sie die Nummer in ihr Handy ein.

»Nationalparkverwaltung, Kölke«, meldete sich eine Männerstimme.

»Guten Tag, Bente Nahnsen von der Schutzstation Westerhever. Ich habe da mal ein Anliegen und hoffe, dass Sie mir weiterhelfen können.«

»Das wird sich zeigen, wenn Sie mir sagen, um was es genau geht.«

Bente erklärte kurz den Grund ihres Anrufs und wartete gespannt. »Können Sie mir dazu weiterhelfen?«

»Einen Moment bitte.« Es klickte in der Leitung, dann erklang eine Warteschleifenmusik.

In den folgenden Minuten marschierte sie ungeduldig mit dem Handy in der Hand vor dem Rathaus auf und ab.

Innerlich war sie angespannt, ihr Herz klopfte vor Aufregung schneller. Es war einfach ein Unding, dass sich bisher niemand um diesen Missstand gekümmert hatte! Es konnte den Verantwortlichen doch nicht völlig gleichgültig sein, dass die Tiere an der Nordsee ihres Lebensraums beraubt wurden!

»Danke, dass Sie gewartet haben«, erklang die Stimme von Herrn Kölke wieder. »Uns liegt eine Beschwerde wegen der Kiter vor, die auch an die zuständigen Behörden weitergeleitet wurde.«

»Und wie geht es mit der Beschwerde nun weiter?«, wollte Bente wissen.

»Laut offiziellem Erlass des Landes Schleswig-Holstein dürfen die Tiere außerhalb der Zone 1 nicht gestört werden«, antwortete Herr Kölke sachlich.

Bente kniff die Augen zu. Was sollte sie mit dieser Antwort anfangen? »Das wissen wir ja. Trotzdem fahren die Surfer in die verbotenen Zonen. Deswegen haben wir ja eine Beschwerde verfasst.«

»Das habe ich schon verstanden. Und was sollen wir Ihrer Meinung nach dagegen tun?«

»Dafür sorgen, dass die Leute sich von den Sandbänken fernhalten, zum Beispiel«, sagte Bente ein wenig energischer, als sie wollte. »Wenn es darüber einen Erlass gibt, dann muss dieser schließlich auch umgesetzt werden.«

»Das ist leichter gesagt als getan. Kiter sind schwer zu ahnden, weil sie keine Nummernschilder tragen«, gab Herr Kölke zu bedenken. »Außerdem ist für die Überwachung die Wasserschutzpolizei zuständig, nicht die Nationalparkverwaltung.«

Innerlich bebte sie noch vor Wut, doch sie erkannte, dass sie das kein Stück weiterbringen würde. Höflich bedankte sie sich und beendete das Telefonat.

Enttäuscht ließ sie sich auf die Umzäunung an der Straße sinken. Nun war sie genauso schlau wie vor dem Telefonat. Niemand fühlte sich zuständig, sie wurde bloß von einer Stelle an die nächste verwiesen. Dabei wollte sie doch nichts Unmögliches, bloß den Schutz der Tiere. Und dass bestehendes Recht umgesetzt wurde. War das denn zu viel verlangt?

»Bente!«

Aus den Gedanken gerissen, blickte sie auf und schaute in Cords Gesicht. »Oh, hi!«

»Warst du bei unserem Bürgermeister?« Er setzte sich neben sie.

»Ja. Erst bei Brodersen, und dann habe ich mit so einem Heini von der Nationalparkverwaltung telefoniert.« Sie verdrehte die Augen.

»Besonders erfreut siehst du nicht aus«, stellte er fest.

»Kein Wunder! Niemand ist für irgendwas zuständig. Man wird nur von einer Stelle zur nächsten geschickt. Ich komme mir vor wie ein falsch adressierter Brief.«

Tröstend legte er ihr einen Arm um die Schulter und seufzte. »Das kenne ich. Damit schlage ich mich jeden Tag herum. Wir sind Geschwister im Geiste.«

»Das waren wir wohl schon immer«, sagte Bente.

»Stimmt.« Er lächelte sie verständnisvoll an. »Gegen dich als Schwester hätte ich jedenfalls nichts einzuwenden.«

Sie nickte. »Ich auch nicht.«

»Kopf hoch!« Cord gab ihr einen Kuss auf die Stirn.

Der Kuss fühlte sich intim an, aber eher auf einer innigen Freundschaftsschiene. So küsste man jemanden, den man in- und auswendig kannte und auf dessen Freundschaft man immer zählen konnte. Egal, wie oft man sich gestritten hatte oder in welcher Katastrophe man steckte.

»Danke«, sagte sie mit einem leichten Lächeln und drückte seine Hand.

»Da nicht für.« Cord stand wieder auf. »Du denkst doch an das Treffen im *Jarnos*?«

»Natürlich. Ich sage dir Bescheid.«

»Ich freue mich schon.« Er lächelte ihr zu, bevor er zum Eingang der Tourismus-Zentrale lief.

Eine Viertelstunde später drückte Bente die Tür der Bäckerei auf. Elly bediente eine Frau, die jeder in St. Peter-Ording kannte. Lilo Ampütte war die Eigentümerin des Campingplatzes *Strandperle* in Ording und berühmt-berüchtigt für ihre farbenfrohen Hippiekleider und ihren auffälligen Schmuck.

»Da sind mit einem Mal so viele Surfer in die *Miesmuschel* gekommen, als wäre ein Reisebus angekommen. Und alle wollten Bratwurst im Brötchen. Selbst das Toastbrot haben die komplett weggefuttert. Dabei dachte ich, das sind alles Vegetarier oder gar Veganer. Die Bäckerei in Ording hatte auch keine Brötchen mehr. So was Verrücktes ist uns ja noch nie passiert!«

Elly und ihre Angestellte füllten große Tüten mit Brötchen. »Das ist doch ein Zeichen, dass es schmeckt«, meinte Elly.

»Moin!«, machte Bente nun auf sich aufmerksam.

»Oh, hallo Bente. Was machst du denn für ein Gesicht?«, fragte Elly sofort, als sie ihre Schwester sah.

»Ach, ich reagiere auf das Wort *Surfer* im Moment allergisch. Die Behörden kriegen es einfach nicht hin, dass die Zone um die Sandbank geschützt wird. Wenn das so weitergeht, dann vertreiben die Kiter die Robben.«

Die ältere Dame hob einen Finger. »Das ist mir auch schon aufgefallen. Die rasen da durch wie auf dem Nürburgring. Habe ich letztens am Nordstrand gesehen. Da wäre ich am liebsten hingegangen und hätte jedem einen Klaps auf den Hinterkopf gegeben. Soll ja bekanntlich das Denkvermögen stärken.« Lilo Ampütte nahm die Brötchentüten entgegen. »Vielen Dank und noch einen schönen Tag.«

Bente schaute ihr hinterher. »Da hat sie was Richtiges gesagt. Das würde ich auch am liebsten machen.«

»Reg dich nicht auf. Willst du ein Stück Kuchen?«, fragte Elly.

»Am besten zwei und eine Tasse Kaffee.«

Während Bente am Tisch saß und ihren Lieblingskuchen verzehrte, schilderte sie ihrer Schwester das Dilemma. »Man kommt einfach keinen Zentimeter vorwärts«, schloss sie.

»Dann müssen wir uns eben in St. Peter-Ording stärker organisieren und bei der Aufklärungskampagne mithelfen«, schlussfolgerte Elly. »So schwer kann das doch gar nicht sein.«

»Daran habe ich auch schon gedacht.« Bente schob den leeren Teller von sich weg. »Ich platze gleich.«

Elly lachte. »Bloß nicht. Wie geht es denn eigentlich Muddi?«

»Ich war vorhin bei Franka in der Apotheke. Sie meinte, es wäre bestimmt ein grippaler Infekt, und hat mir Medikamente mitgegeben. Als ich damit nach Haus kam, hat Muddi geschlafen. Papa wollte ihr die Tabletten geben, sobald sie wach ist.«

»Schlafen ist meistens die beste Medizin.«

»So ist es«, stimmte Bente ihr zu. »Kannst du mir noch ein paar Kuchenstücke für die Leute in der WG einpacken?«

»Diese Leute sitzen den ganzen Tag in ihren Büros und haben mit Natur und Tieren gar nichts am Hut«, schimpfte Fiete. Er stocherte in einem Stück Erdbeerkuchen herum und schaute bedrückt in die Runde.

»Vor allem ist unsere Beschwerde bloß eine Nummer, die verwaltet wird und irgendwann in einer verstaubten Akte abgeheftet wird«, empörte sich Lena.

»Wir werden nicht aufgeben, bis wir unser Ziel erreicht haben.« Liam ballte kämpferisch eine Faust.

Bente hatte dem Gespräch eine Weile bloß zugehört. Was sollte sie auch sagen? Im Endeffekt war sie genauso ratlos wie die drei Jugendlichen.

»Genau, wir dürfen uns davon nicht entmutigen lassen. Wichtig ist, dass wir für unser Anliegen weiterkämpfen. Ich bin mir sicher, dass es in St. Peter-Ording einige Leute gibt, die uns dabei helfen würden, die Surfer über die Schutzzonen aufzuklären. Wir müssen uns verstärkt dafür einsetzen, dass die Informationen da hinkommen, wo die Leute sich aufhalten.«

»So ist es.« Liam spießte eine Erdbeere mit seiner Kuchengabel auf. »Wenn sich sogar mein Vater am Ende hat überzeugen lassen, dass seine geplante Surf-Schule keine gute Idee ist, dann dürfte es mit den Kitern auch klappen.« Er steckte sich die Erdbeere entschlossenen in den Mund.

Bente tat es gut, so viel Zuspruch zu hören. Sie fühlte, dass sie nicht als Einzige etwas unternehmen wollte. Gemeinsam würden sie weitermachen und die Flinte nicht so schnell ins Korn werfen.

21. Kapitel

Bente hielt neben ihrem Elternhaus an und stellte den Motor des kleinen Elektrowagens aus. Das Rollo vor dem Küchenfenster hatte sie bereits hochgezogen, bevor sie sich um kurz vor sieben auf den Weg zur Bäckerei nach St. Peter-Dorf gemacht hatte. Ihre Eltern hatten da noch geschlafen, und selbst die Blumen im Garten hatten ihre Blüten noch nicht geöffnet. Weil kein frisches Brot mehr fürs Frühstück da gewesen war, hatte Bente sich schnell auf den Weg gemacht.

Normalerweise behielt ihre Mutter den Brotbestand im Auge, doch wegen des grippalen Infekts hütete sie immer noch das Bett und hatte bisher auch keinen Schritt in die Küche gesetzt.

Bente nahm den Korb und ihre Tasche vom Beifahrersitz. Zwei Brötchentüten und einen in Papier eingeschlagenen Brotlaib hatte sie mitgebracht. Zwei Franzbrötchen und ein süßes Hörnchen hatte sie zusätzlich für ihre Mutter einpacken lassen. Sie wusste um deren Schwäche für Milchhörnchen. Am liebsten aß sie sie dick mit Butter und selbst gemachter Marmelade bestrichen. Sie damit zu überraschen konnte sich nur förderlich auf ihre Genesung auswirken, befand Bente.

Als sie die Diele betrat, lag der Duft von frischem Kaffee in der Luft. Lächelnd betrat sie die Küche.

»Moin, Papa! Ich habe frisches … Ach, du bist es, Muddi«, sagte sie verwundert und blieb auf der Schwelle stehen.

Ihre Mutter drehte sich zu ihr um. Sie trug einen geblümten Morgenmantel über ihrem Nachthemd, von dem das untere Stück Saum hervorschaute. Um den Hals hatte sie sich ein Tuch geschlungen. Ihre Nase war leicht gerötet, außerdem wirkte sie blasser als sonst.

Energisch schloss sie die Klappe des Brotkastens. »Jetzt läuft der Kaffee durch, aber wir haben gar kein Brot mehr«, beklagte sie sich und klang dabei sehr nasal. »Wenn ich mal einen Tag ausfalle …«

»Keine Sorge, Muddi! Frisches Brot und Brötchen habe ich gerade besorgt.« Schon stellte Bente den Korb auf der Arbeitsplatte ab, ihre Tasche hängte sie über einen Stuhl.

»Ein Glück! Ich dachte schon, ich müsste Müsli essen.« Sie rümpfte die Nase.

»Was machst du eigentlich in der Küche?«

»Was ist das denn für eine Frage?«, konterte ihre Mutter. »Ich wohne hier. Da werde ich mich doch wohl in der Küche aufhalten dürfen.«

»Na ja, sicher. So war das auch gar nicht gemeint. Findest du nicht, du solltest dich lieber noch etwas schonen? Du siehst etwas mitgenommen aus.« Besorgt betrachtete sie das blasse Gesicht ihrer Mutter.

»So ein Quatsch! Mir geht es ausgezeichnet.« Sie wandte sich resolut ab, nahm Geschirr aus einem Schrank und stellte es neben der Kaffeemaschine ab. »Haaatschiii!«

»Das hört man!«, bemerkte Bente trocken und verschränkte die Arme vor der Brust.

Ihre Mutter riss ein Stück Küchentuch von der Rolle ab und schnäuzte sich. »Jetzt tu mal nicht so, als wäre ich kurz vorm Abnippeln. Das ist bloß ein kleiner Schnupfen. Früher stand ich mit vierzig Grad Fieber im Laden und habe es auch überlebt. Hilf mir lieber, den Terrassentisch zu decken. Gleich kommt Elly mit den Kindern.« Entschlossen drückte sie Bente fünf Teller in die Hand und nahm Besteck aus einer Schublade.

Es war zwecklos. Kopfschüttelnd folgte Bente ihrer Mutter auf die Terrasse, wo ihr Vater bereits eine Decke auf den Tisch gelegt hatte und mit den Auflagen für die Gartenstühle beschäftigt war.

»Unsere Tochter hat frisches Brot besorgt.«

»Und Brötchen«, ergänzte Bente.

»Das nenne ich einen guten Service. Ich hatte mich vorhin schon gefragt, wo dein Mini-Auto abgeblieben ist.« Er nahm Bente die Teller ab und stellte sie auf den Tisch. Dann hob er den Blick und schaute zum Wohnzimmer. »Hört sich an wie ein Telefon.«

Bente hielt inne. »Oh, das ist mein Handy!«

»Wer ruft dich denn um die frühe Uhrzeit an?«, fragte ihre Mutter.

Sie antwortete mit einem Achselzucken. »Vielleicht ist was am Leuchtturm.«

Besorgt eilte sie zurück in die Küche und fischte das Telefon aus ihrer Tasche. Es war Franka. »Moin! Wo brennt's?«

»Moin! Bei mir jedenfalls nicht«, erwiderte ihre Freundin. »Geht es deiner Mutter besser?«

An Frankas Stimmlage erkannte Bente, wie gut gelaunt sie war – sehr gut. Bestimmt würde sie den Grund bald erfahren. Gelassen setzte sie sich. »Ich denke schon. Jedenfalls deckt sie gerade zusammen mit meinem Vater den Tisch auf der Terrasse und hat schon mit mir gemeckert.«

Franka musste lachen. »Das ist eindeutig ein gutes Zeichen.«

»Aber sag, was verschafft mir die Ehre deines frühen Anrufs?«

Bentes Mutter betrat kurz die Küche und goss den Kaffee in eine Thermoskanne. Bente lächelte ihr nur beruhigend zu.

»Ich sitze gerade auch auf der Terrasse und frühstücke. Im *Jarnos*.«

»So, so!« Bente musste sich ein Schmunzeln verkneifen. Daher rührte Frankas gute Laune also. Sie wartete einen Augenblick, bis ihre Mutter mit der Kanne Richtung Garten unterwegs war, bevor sie die nächste Frage stellte. »Beginnt ihr mittlerweile schon den Tag zusammen?«

»Jarno möchte uns morgen zum Frühstück ins Café einladen«, ignorierte Franka den Hinweis. »Ich soll dich fragen, ob du Zeit hast. Vielleicht hat Cord ja auch Lust zu kommen? Dann wären wir endlich mal wieder alle zusammen.«

»Ich komme gerne, Cord bestimmt auch. Er hat mich gestern noch darauf angesprochen. Wann soll denn das Treffen stattfinden?«

»So gegen acht.«

Bente schlug die Beine übereinander. »Ja, das passt. Ich habe morgen frei. Soll ich Cord Bescheid sagen?«

»Das wäre super.«

»Okay, dann bis später!« Bente beendete das Gespräch und schrieb Cord eine Nachricht. Während sie tippte, hörte sie Motorengeräusche von draußen. Sie schaute aus dem Küchenfenster und sah, wie Elly gerade parkte. Schnell schrieb sie die Nachricht an Cord zu Ende und drückte auf *senden*. Danach öffnete sie ihrer Schwester und den Kindern die Haustür.

Zwei Stunden später stapften Bente und Liam durch den feinen Sand am Ordinger Strand. Ein paar Möwen segelten über ihren Köpfen und stießen dabei helle Schreie aus. Die Sonne strahlte warm auf die Küste, und der Himmel war so blau wie das Meer. Am Horizont schien beides miteinander zu einer Einheit zu verschmelzen. Bente atmete tief durch und genoss es, wieder hier draußen zu sein.

»Warum dauern alle wichtigen Entscheidungen so lange?« Liam verzog missmutig sein Gesicht.

»Das weiß der Geier. Wenigstens werden die Hinweisschilder von Brodersen in Auftrag gegeben. Das ist doch besser als nichts.«

»Das ist aber auch das Mindeste.« Liam blieb unweit vom Karkenschipp und des Wassersportcenters stehen. »An dieser Stelle sollte das erste Hinweisschild errichtet werden. Hier kommt jeder mit seinem Brett auf dem Weg zum Surf-Spot vorbei. Damit besteht die maximale Chance, dass die Rider einen Blick auf die Tafel riskieren.«

Bente nickte. »Das macht Sinn.« Sie schirmte mit einer Hand die Sonne ab und blickte zum Center. »Was ist denn eigentlich aus den Plänen deines Vaters geworden? Eine Surfschule haben wir ja schon in Ording.«

»Das ist ihm inzwischen auch klar geworden. Am Anfang hat er ja gedacht, er würde sich gegen die Konkurrenz locker durchsetzen. Aber nachdem wir die verletzte Robbe gefunden haben, musste er seinen irrwitzigen Plan begraben. Ich habe mich noch nie mit ihm so gezofft wie damals. Das ging über Enterbung bis zu Ich-bin-nicht-mehr-sein-Sohn. Doch am Ende hat er zähneknirschend eingesehen, dass aus seiner Idee nichts werden kann.«

»Oha! Das sind ja harte Worte.«

»Mein Vater ist ein Geschäftsmann, wie er im Buche steht. Als das Thema durch war, hat er sich sogar bei mir entschuldigt und mir vorgeschlagen, an einem anderen Standort am Strand eine Surfschule aufzumachen, die ich dann leiten kann.«

»Wow! Das klingt gut. Wo genau ist dieser Ort wohl?«

Liam zuckte die Schultern. »So weit sind wir noch nicht. Wir arbeiten noch an einem Konzept. Nächsten Monat bin ich mit meinem freiwilligen Jahr am Leuchtturm fertig. Dann habe ich den Kopf frei und kann mich voll und ganz auf die neue Surfschule konzentrieren. Mir ist dabei wichtig, dass ich den Leuten vom Wassersportcenter nicht in die Quere komme.«

»Das klingt fair.«

Als er sie jetzt ansah, wirkte er viel erwachsener als sonst. »Ich möchte gut mit allen in St. Peter-Ording auskommen. Keine Geschäftsidee ist es wert, den Frieden untereinander aufs Spiel zu setzen.«

Bente war beeindruckt. Sie war sicher, dass so manch Erwachsener noch nicht so weit war wie Liam. »Lass uns doch mal im Center vorbeigehen und den Leuten von unserer

Aktion erzählen«, schlug Bente vor. »Vielleicht unterstützen sie uns dort. Das wäre bestimmt eine große Hilfe.«

Bente und Liam hatten Glück, die Betreiber der Surfschule waren vor Ort und nahmen sich Zeit für sie. Sie erklärten ihnen ihren Plan. Alex und Keno lehnten dabei lässig am Steg und hörten geduldig Bentes Ausführungen zu. Ihr Äußeres entsprach exakt dem Bild der Surfer, wie man sie aus Magazinen oder dem Fernsehen kannte. Beide waren braun gebrannt, mit athletischer Figur und schulterlangem Haar, das von der Sonne ausgeblichen war.

»Das Problem ist uns schon länger bekannt. Wir beobachten fast täglich, dass die Leute in Zonen unterwegs sind, wo kein Kiter was verloren hat«, sagte Keno mit einem ärgerlichen Unterton. »Das fällt alles negativ auf unseren Sport zurück, bloß weil ein paar Leute meinen, sie müssten irgendwem was beweisen.«

»Und sprichst du die üblichen Verdächtigen darauf an, dann will es niemand gewesen sein«, ergänzte Alex. »Das ist alles total schlecht für unser Image.«

»Also, was ist? Seid ihr dabei?«, fragte Liam und klatschte in die Hände.

»Auf jeden Fall! Ihr könnt gern ein Schild bei uns aufstellen oder direkt an der Surfschule anbringen. Flyer legen wir auch gerne aus«, versicherte Keno ihnen. »Wir wollen das Gleiche wie ihr.«

»Hey, super!« Liam schlug mit den Surfern ein. »Ich wusste, dass wir auf euch zählen können.«

»Falls ihr noch Ideen habt, wen wir zusätzlich mit ins Boot nehmen sollen, dann sagt uns Bescheid«, merkte Bente an.

Keno riet sofort: »Sprecht unbedingt auch mit den Inhabern von Surfunterkünften. Im *Beach Motel* oder *Ording Beach* übernachten viele unserer Kunden. Dort wird man sicherlich auch offen für eure Pläne sein.«

»Dann gehen wir da doch gleich vorbei.« Bente freute sich über den Fortschritt und reichte Alex und Keno zum Abschied die Hand. »Danke. Es ist schön, dass wir alle an einem Strang ziehen.«

Am Nachmittag begutachtete Bente zusammen mit ihrem Vater im Garten einen Bausatz, der neben dem Gästehaus stand.

»Das Kastenbeet habe ich zufällig im Gartencenter in Tönning entdeckt und erst einmal eins mitgenommen. Ich war mir nicht sicher, ob es tatsächlich das Passende für dein Vorhaben ist. Was meinst du?«

Bente schaute in den Kasten. »Scheint eine optimale Größe zu haben.«

»Einsfünfzig mal ein Meter mal achtzig Zentimeter«, antwortete ihr Vater und klopfte seitlich auf eine Latte. »Das ist Lärchenholz. Deshalb ist es um einiges widerstandsfähiger als andere Holzarten.«

»Danke, Papa! Das ist wirklich perfekt. Es steht sogar schon richtig in Nord-Süd-Richtung, um das Sonnenlicht optimal auszunutzen.«

»Dann lass uns am besten gleich mit der Auskleidung beginnen.« Ihr Vater rieb sich tatendurstig die Hände. »Draht und Folie sind im Schuppen. Ich ziehe mir nur schnell Arbeitskleidung an.«

»Ist gut.« Bente inspizierte den Kasten noch einmal. Dabei überlegte sie, welches Gemüse sie zuerst einsäen würde. In den ersten Jahren enthielt der Boden bekanntlich die meisten Nährstoffe. Somit waren Starkzehrer wie Tomaten, Kohl, Sellerie, Lauch, Gurken oder Zucchini ideal für die Aussaat. Sie freute sich schon aufs Ernten in ihrem Hochbeet.

Plötzlich vibrierte ihr Handy in ihrer Hosentasche. Ein Blick auf das Display verriet ihr, dass Tilo sie sprechen wollte. Ihr Herz schlug schneller. Eilig lief sie hinter das Gästehaus, um ungestört telefonieren zu können. »Hallo?«

»Hi! Stör ich dich gerade?«, fragte er.

»Nein, gar nicht.« Der warme Klang seiner Stimme fühlte sich wie eine sanfte Berührung an. »Mein Vater und ich wollen gleich mein Hochbeet vorbereiten.«

»Dauert das lange?«

»Ich denke ungefähr eine Stunde, dann sollten wir fertig sein«, schätzte sie. »Wieso fragst du?«

»Ich möchte dir unbedingt was zeigen. Das heißt, falls du Lust hast …«

Vorfreudig lächelte sie. »Das klingt geheimnisvoll.«

»Es ist auch noch ein Geheimnis. Ich möchte es aber gerne lüften. Hast du später Zeit?«

»Bis jetzt habe ich heute Abend noch nichts vor.«

»Wunderbar! Dann freue ich mich auf später!«

Weil sie vom Haus her Stimmen hörte, schaute Bente um das Gästehaus herum. Ihre Eltern standen auf der Terrasse und waren in ein Gespräch vertieft.

»An welche Uhrzeit hast du denn gedacht?«

22. Kapitel

Gegen 19 Uhr bog Bente mit dem Fahrrad in eine schmale Straße ein. Die Adresse, die Tilo ihr genannt hatte, lag in einer kleinen Siedlung abseits des touristischen Bereichs, die Bente nicht gut kannte. Vor Hausnummer 20 stieg sie ab. Hohe Büsche und Bäume schirmten das Grundstück ab.

Sie schob das Rad durch ein geöffnetes Eisentor und gelangte wenig später in einen typischen Bauerngarten, der aus einer Kombination aus Gemüse- und Kräuterecken mit bunten Blumenbeeten bestand. Purpurner Sonnenhut wuchs neben Duftnesseln, Blauschwingel neben feinem Federgras. Dieser wiederum hob sich schön von zarten Dolden und rosarot blühenden Scharfgarben ab. Üppig blühende Stauden, Dahlien, Wicken, Zinnien und Kapuzinerkresse fügten sich in das Gesamtbild des Gartens ein.

In den duftigen Blüten summten Bienen und andere Insekten. Es roch nach Rosen. Bente war betört. Neben einer antiken Bank entdeckte sie Holundersträucher und Obstbäume. Sie ging weiter und staunte nicht schlecht, als sie das dazugehörige Gebäude erblickte.

Vor ihr erhob sich ein imposantes Reetdachhaus, das auf einer Warft errichtet worden war. Aus dem Dach ragten zwei Schornsteine mit einer Katzentreppe, an den Krüppelwalmen befanden sich zwei Eulenaugen, und auf einem der Kamine hatten Störche ein Nest gebaut.

Bente fühlte sich wie berauscht durch die unerwarteten Eindrücke und bemerkte erst auf den zweiten Blick, dass Tilo vor der blau-weißen Klöntür wartete. Er trug lässige Shorts und dazu ein dunkelblaues Shirt eines Surf-Labels. Erwartungsvoll sah er ihr entgegen.

»Hallo!«

Er hob eine Hand. »Hast du den Weg gut gefunden?«

Bente kam mit ihrem Rad auf ihn zu. »Das war überhaupt kein Problem. Dafür habe ich dich aber nicht sofort gesehen.«

Er ging ihr entgegen, strich ihren Arm entlang und gab ihr einen zarten Kuss. »Na, was sagst du?«

»Ich weiß nicht.« Bente lächelte und genoss das inzwischen vertraute Knistern, das sie in seiner Nähe verspürte. Dennoch warf sie ihm einen ratlosen Blick zu. »Was hat das alles zu bedeuten? Wieso wolltest du dich hier mit mir treffen?«

Er nahm ihr das Fahrrad ab und stellte es neben dem Eingang ab. Dann zog er einen Schlüssel hervor und schloss die Tür auf. »Ich wollte dir mein Haus zeigen.«

»Was?« Bente glaubte im ersten Moment, sich verhört zu haben. Sie war nicht sicher, ob er sich mit ihr einen Scherz erlaubte. »Dein Haus?«

»Jap. Ich habe es zufällig entdeckt, kurz nachdem Kay und ich hierhergekommen sind. Ein Teil ist sogar bereits renoviert. Wenn das hier alles fertig ist, dann wird es einfach traumhaft sein.« Er machte eine ausholende Geste, um seine Worte zu unterstreichen.

Für einen Moment war Bente sprachlos. »Es ist jetzt schon ein kleines Paradies«, sagte sie, nachdem sie sich wieder gefangen hatte. »So einen schönen Garten habe ich noch nie gesehen. Und glaub mir, es waren nicht wenige in meinem bisherigen Leben.«

Erfreut lächelte er sie an. »Habe ich mir gleich gedacht, dass er dir gefällt. Aber nun komm doch erst einmal rein in die gute Stube«, forderte er sie auf.

Bente betrat die große Bauerndiele des altehrwürdigen Hauses und räusperte sich. »Sag mal, ich möchte ja nicht pietätlos sein, aber hast du im Lotto gewonnen? Das muss doch ein Vermögen gekostet haben.«

Tilo nickte bloß.

»Wirklich? Du hast tatsächlich im Lotto gewonnen?«, wiederholte sie ungläubig.

»Nein. Kein Lotto-Gewinn.« Er machte eine abwinkende Handbewegung. »Aber das mit dem Vermögen stimmt schon.«

Er führte sie in den Wohnbereich, der mit einer gemütlichen Wohnlandschaft und einem flachen Tisch eingerichtet war. Das Herzstück des Raums war ein Kamin und ein großer TV-Screen, der an eine Wand montiert war. »Ich habe vor einigen Jahren eine Erbschaft gemacht. Meine Tante hatte keine Kinder und hat mir deswegen ihr gesamtes Vermögen vermacht. Mit einem Teil habe ich die Bars realisiert, und der andere Teil steckt nun in diesem Haus.«

»Nach einem Vermögen sieht es wirklich aus.« Begeistert betrachtete sie die freigelegten Deckenbalken. »Steht das Gebäude eigentlich unter Denkmalschutz?«

Er lachte. »Gott sei Dank nicht. Obwohl es wirklich sehr alt ist. Der ehemalige Besitzer sagte, es wurde im Jahr 1773 erbaut, und das ist auch so im Grundbuch vermerkt. Früher war das hier mal der Sitz eines reichen Lehnsmanns und gleichzeitig seine Amtsstube.«

»1773. Das kann man sich ja kaum vorstellen. Ich muss gestehen, ich habe mit vielem gerechnet, aber damit nicht«, gab Bente zu.

»Dann ist mir die Überraschung ja geglückt.«

Sie nickte. »Und wie! Allerdings verstehe ich nicht ganz, warum du dir in Hamburg kein Eigentum gekauft hast. Das ist ja immerhin deine Heimatstadt.«

»In Hamburg sind die Wellen nicht so schön wie in St. Peter-Ording. Und die Frauen auch nicht.« Er zwinkerte ihr zu und streichelte zart über ihre Hand.

»Ah, verstehe …« Mit einem Mal verlegen, wandte sie den Blick ab. Seine Art, Komplimente zu machen, brachte sie jedes Mal ein wenig aus der Fassung.

Ernst fügte er hinzu: »Weißt du, ich wollte seit längerer Zeit aus Hamburg raus und lieber am Meer arbeiten und leben. Kay und ich sind früher ständig zum Surfen an die Küste gefahren, wenn wir uns von den Bars loseisen konnten. Irgendwann habe ich dann beschlossen, in eine passende Immobilie vor Ort zu investieren, und dann ergab sich die Gelegenheit.«

»Ein Glück ist es nicht Sylt geworden.«

Zustimmend nickte er. »Ja, die Insel finde ich inzwischen schon längst nicht mehr so cool wie früher. Zu viel Schickeria, erinnert mich sehr an München. Außerdem ist Sylt äußerst kompliziert vom Festland aus zu erreichen. Dafür gefällt mir St. Peter-Ording umso mehr. Hier habe ich alles, was mein Herz begehrt. Und ich bin schnell in Hamburg, wenn ich Heimweh nach der Großstadt bekomme.«

Überrascht musterte sie seine ebenmäßigen Gesichtszüge. »Willst du deine Bars und die Rösterei etwa aufgeben?«

Er strich sich durchs Haar. »Natürlich nicht. Ich werde pendeln.«

»Also, mit diesen Neuigkeiten habe ich wirklich nicht gerechnet. Zuerst dachte ich, du willst mir einen Platz zeigen, von dem man Vögel beobachten kann.«

»Leider gibt es hier keinen guten Beobachtungsplatz, tut mir sehr leid. Ich hoffe, du freust dich trotzdem ein bisschen.«

»Selbstverständlich. Ich finde es toll, dass du in St. Peter wohnst.« Zaghaft lächelte sie ihn an.

»Komm!« Er griff nach ihrer Hand. »Jetzt zeige ich dir erst einmal den Rest des Hauses.« Tilo führte sie durch das Erdgeschoss, das neben dem Wohnbereich, der nach Süd-Westen ausgerichtet war, über eine große Wohnküche mit hübschen Delfter Fliesen auch über zwei Schlafzimmer und ein großes Bad mit Dusche und Eckbadewanne verfügte. Eine massive Holztreppe führte in die obere Etage. Dort befanden sich vier weitere Räume.

»Der Bereich ist leider noch nicht fertig ausgebaut. Aber ich habe schon eine grobe Vision im Kopf, wie die Räume am Schluss aussehen sollen.«

Bente nickte und ging auf ihren Sandalen über den Holzboden. »Genügend Platz für ein weiteres Bad und ein oder zwei Gästezimmer ist hier oben in jedem Fall. Man könnte auch ein großes Büro oder einen Hobbyraum einrichten.«

Tilo griff nach ihrer Hand und drückte sie kurz. »So ungefähr habe ich mir das auch vorgestellt. Aber komm, es gibt noch mehr zu sehen.«

Sie stiegen die Treppe wieder hinunter und verließen das Haus. Tilo führte sie um das Gebäude herum, bis hin zu einem Brunnen, an dem Rosen emporkletterten.

»Ein verwunschener Brunnen! Das ist ja wie im Märchen. Hat er Wasser?« Bente lugte über den Steinrand in die Tiefe.

»Ja. Aber ich weiß nicht, ob ich dir unbedingt davon etwas zum Trinken anbieten sollte.« Bedauernd hob er die Augenbrauen.

Bente lachte und schaute über den Brunnen hinweg geradewegs zu einer Schafwiese, auf der in der einsetzenden Dämmerung noch sechs Tiere weideten. »Vorne raus ist alles zugewachsen, und hier hinten hat man einen unverstellten, weiten Blick. Das finde ich wirklich schön. Wo ist eigentlich die Grundstücksgrenze?«

»Direkt an der Weide. Die Schafe gehören dem Bauern von nebenan. Er hat mir schon angeboten, sie mir mal als lebendigen Rasenmäher auszuleihen, wenn das Gras zu hoch steht.«

»Gute Nachbarschaftskontakte sollte man pflegen«, sagte Bente amüsiert und hob ermahnend den Zeigefinger.

Er klatschte in die Hände und rieb sie sich. »Wie sieht es denn aus? Hast du Hunger?«

»Tatsächlich. Ich hatte vorhin keine Zeit fürs Abendessen. Sollen wir in ein Restaurant gehen?«

Er schüttelte den Kopf und führte sie zur Terrasse. »Nicht nötig.«

Sie war sprachlos. Tilo hatte an alles gedacht. Kaum hatte sie die Terrasse betreten, blickte sie auf einen mit Delikatessen gedeckten Tisch, in dessen Mitte eine Flasche Weißwein in einem Sektkühler thronte. Daneben stand ein Windlicht mit einer lindgrünen Stumpenkerze.

Hilflos sah sie ihn an. »Ich weiß gar nicht, was ich sagen soll. Schon wieder.«

»Du brauchst nichts zu sagen. Setz dich einfach.« Lächelnd zog er einen Stuhl für sie zurück.

»Danke.« Bente nahm Platz und genoss es, von ihm umgarnt zu werden. »Hast du das etwa alles selbst gekocht?«

»Da muss ich dich enttäuschen. Ich kann zwar Kaffee rösten, aber meine Kochkünste sind äußerst begrenzt. Das hier hat das Nordsee-Catering gezaubert.« Geschickt entkorkte er die Flasche und schenkte ihnen Weißwein in Kristallgläsern mit opulenter Schliffdekoration ein.

Bente hob ihr Glas. »Worauf wollen wir denn trinken?«

»Auf das schöne Haus. Auf den tollen Abend. Und ganz besonders auf uns.« Tilo lächelte sanft.

»Na dann. Auf uns.« Sie prostete ihm zu und trank einen großen Schluck. Der Abend schien voller Überraschungen zu sein, aber Bente genoss es sehr und freute sich einfach.

»Dann lass es dir schmecken.« Er hob die Glasglocke von einer Servierplatte hoch.

»Vielen Dank. Du dir auch.« Sie griff zunächst nach Schafskäse im Glas mit Crossinis und probierte danach Mini-Frikadellen und Gemüsespieße mit verschiedenen

Dips. Als krönenden Abschluss zauberte Tilo Erdbeer-Pannacotta aus dem Kühlschrank hervor.

Irgendwann legte Bente den Löffel neben ihrem Teller ab und rieb sich den Bauch. »Wie lecker das war. Ich komme mir vor wie in einem Traum«, sagte sie mit einem seligen Lächeln auf ihren Lippen.

»Ein wirklich wunderschöner Abend«, pflichtete Tilo ihr bei. »Ich hole mal eine neue Flasche Wein.«

Die Sonne war inzwischen beinahe untergegangen. Die Grillen hatten angefangen zu zirpen, und an der Schafwiese hoppelten in der Dämmerung zwei Feldhasen vorbei.

Bente fühlte sich so rundum wohl in ihrer Haut wie schon lange nicht mehr. Genau genommen konnte sie sich nicht daran erinnern, wann sie das letzte Mal solch einen tiefen Frieden in sich gespürt hatte. Es musste Jahre zurückliegen. Früher, als sie noch zur Schule gegangen war, hatte sie oft dieses friedvolle Gefühl verspürt, dass alles so, wie es war, seine Richtigkeit hatte. Fast hatte sie nicht mehr daran geglaubt, diese Empfindung noch einmal zu erleben.

Als Tilo mit der Weinflasche zurückkehrte, füllte er ihre Gläser. Dann nahm er seinen Stuhl und rückte ihn direkt neben Bentes. Er verschränkte seine Hand mit ihrer. »Schon allein wegen diesem Moment war es eine meiner besten Ideen, dieses Haus zu kaufen.«

»Du hast wirklich Geschmack, das muss ich dir lassen«, sagte Bente und drückte sanft seine warme Hand.

Seine Augen glänzten, als er ihre Hand zu seinem Mund führte und sie küsste. »Was sind wir nun eigentlich?«, stellte er die Frage, die sich Bente ebenfalls unzählige Male gefragt hatte.

»Mehr als Freunde?«, wagte sie einen vorsichtigen Vorstoß.

»Viel mehr.« Er schaute sie lange an und küsste wieder ihre Hand. Schließlich zog er ihr Gesicht zu seinem und küsste sie leidenschaftlich.

In dieser Nacht vergaß Bente ihre Sorgen. Die dunklen Schatten auf ihrer Seele hatten sich verflüchtigt. Es war ein kleines Wunder, das Tilo in ihr vollbrachte, und sie kostete es voll aus.

23. Kapitel

Bente gähnte hinter vorgehaltener Hand und stützte die Arme auf den Tisch.

Franka beobachtete sie mit einem vielsagenden Lächeln. »Die letzte Nacht war wohl etwas kurz.«

»Hätte länger sein können«, erwiderte Bente mit Unschuldsmiene. Sie war noch nicht dazu gekommen, von dem romantischen Abendessen mit Tilo zu berichten. Franka kannte sie allerdings so gut, dass sie eins und eins zusammenzählen konnte.

Bente, Franka und Cord saßen vor dem *Jarnos* und warteten auf das Frühstück. Jarno hatte extra einen größeren Tisch auf die Terrasse gestellt, an dem sie alle Platz fanden, und darüber einen Sonnenschirm aufgespannt.

»Ich bin auch um meinen Schlaf gebracht worden«, erzählte Cord. »Meine Nachbarn saßen bis spät in der Nacht auf dem Balkon und haben ihr Leben ausdiskutiert. Ich weiß jetzt alles, was ich nie erfahren wollte.«

Bente musste grinsen. Unwillkürlich dachte sie daran, wie sie mit Tilo nach der zweiten Flasche Wein von der Terrasse auf die große Couch umgezogen war. »Manchmal muss so was eben sein.«

»Nein«, widersprach Cord. »So etwas muss wirklich nicht sein. Ich habe nie darum gebeten zu erfahren, dass mein Nachbar seit Jahren ein hartnäckiges Problem mit Hämorrhoiden hat und seine Frau als Bauchtänzerin auf Privatpartys auftritt.«

»Lass sie doch, wenn es ihr Spaß macht«, meinte Franka achselzuckend und lachte. »Jeder so, wie er meint.«

Er schlug die Hände vors Gesicht. »Ja, aber … Meine Nachbarin wiegt mindestens hundertzwanzig Kilo. Ich kriege diese Bilder einfach nicht mehr aus meinem Kopf.«

»Armer Cord.« Bente musste losprusten.

Dann trug Jarno ein großes Tablett auf die Terrasse und servierte ihnen das Frühstück. Für sich hatte er zwei Brötchen und einen Espresso mitgebracht. Eine junge Angestellte nahm ihm anschließend das Tablett ab und verschwand damit im Café.

»So, ihr Lieben. Lasst es euch gut schmecken.«

Bente hatte das Gefühl, ganz in alte Zeiten versetzt zu sein. Endlich hatte die alte Clique sich wiedergefunden. Die Stimmung zwischen ihnen war gelöst, und es schien, als wären sie nie voneinander getrennt gewesen.

»Möchtet ihr noch einen Absacker?«, fragte Jarno, nachdem Bente als Letzte ihre Serviette unter ihre Müslischale geklemmt hatte.

Cord zog die Augenbrauen zusammen. »Einen Absacker? Um die Uhrzeit?«

Franka hob abwehrend die Hand. »Ich kann auf keinen Fall mit einer Fahne in der Apotheke stehen. Dann kommen die Leute nicht wieder.«

»Für mich bitte auch nichts. Es war auch so sehr reichhaltig und wie immer superlecker.« Bente legte eine Hand auf Jarnos Schulter.

»Unsere Generation ist echt verweichlicht. Ich kann mich noch gut an meinen Opa erinnern, der ist immer sonntags gleich nach der Kirche zum Frühschoppen im *Olsdorfer Krug* eingekehrt. Und der Pastor kam jedes Mal nach, sobald er dem letzten Gemeindeschäflein die Hand geschüttelt hatte«, erzählte Jarno.

»Dein Opa war ja auch ein richtiges Schlitzohr«, bemerkte Franka trocken. »Ich kann mich noch gut daran erinnern, wie sauer mein Großvater war, als herauskam, dass dein Opa beim Skat mit gezinkten Karten gespielt hatte. Er hat mindestens ein Jahr kein Wort mehr mit ihm gesprochen.«

»Alles Gerüchte«, wehrte Jarno lachend ab.

Franka stand auf. »Wie dem auch sei, ich bin mal eben meine Nase pudern.«

»Warte, ich komme mit.« Bente erhob sich ebenfalls und folgte ihrer Freundin durch das Café zum Waschraum.

Franka hielt Bente die Tür auf und schloss sie dann hinter ihnen. »Du wirst es nicht glauben, Jarno hat mich gestern angerufen, und wir haben über vier Stunden telefoniert«, platzte es aus ihr heraus.

»Das ist ja großartig!« Bente freute sich sehr für sie.

»Vielleicht haben wir ja doch noch eine Chance«, sagte Franka mit hoffnungsvollem Blick.

»Es hört sich jedenfalls für mich danach an. Worüber habt ihr denn gesprochen?«

Ein beseelter Glanz trat in ihre Augen. »Über alles und nichts. Er hat sich mir quasi offenbart. Ich kenne wahrscheinlich jetzt jedes schmutzige Detail im Rosenkrieg zwischen ihm und Karen. Und ich sage dir, die Frau ist wirklich hochgradig gestört. Stell dir mal vor, sie hat ihm sogar damit gedroht, dass er schlechte Bewertungen für sein Café im Internet bekommen wird, wenn er nicht nach ihrer Pfeife tanzt. Das ist doch nicht normal!«

»Nein, das ist es nicht. Unfassbar!«, pflichtete Bente kopfschüttelnd bei.

»Wenigstens ist mir jetzt etwas besser klar geworden, warum er so lange mit ihr zusammen war. Freiwillig war das auf keinen Fall.«

Fassungslos drehte Bente den Hahn auf und wusch sich die Hände. »So eine miese Tour kann wahrscheinlich nur von einer Frau kommen. Ich glaube, Männer sind dafür einfach nicht gerissen genug.«

Franka warf einen Blick in den Spiegel über dem Waschbecken. »Kann gut möglich sein. Jedenfalls hat er gesagt, dass er froh ist, endlich von Karen getrennt zu sein. Er hofft, dass sie bald ganz aus seinem Leben verschwinden wird. Obwohl das mit dem Verschwinden in St. Peter-Ording nicht ganz so einfach ist.«

»Für mich hört sich das nach einer sehr guten Entwicklung in deinem Sinne an. Er scheint dir zu vertrauen und keine Geheimnisse haben zu wollen.« Sie dachte kurz daran, Franka auf den neusten Stand der Entwicklung mit Tilo zu bringen, verwarf den Gedanken dann aber. Sie wollte auf eine bessere Gelegenheit warten. An diesem Morgen stand das Glück ihrer Freundin im Mittelpunkt.

Franka atmete geräuschvoll ein und wieder aus. »Das wollte ich dir nur kurz erzählt haben. Sollen wir wieder rausgehen?«

»Aber sicher.« Bente verließ nach ihrer Freundin den Waschraum.

Wenige Schritte vor dem Ausgang des Cafés blieb Franka abrupt stehen, sodass Bente in sie hineinlief. »Oh, entschuldige bitte.«

»Nein«, sagte Franka im Flüsterton.

»Bitte was?«

Franka deutete wortlos auf die Terrasse. Bente konnte gerade noch sehen, wie Karen freudestrahlend auf Jarno zuging, ihn umarmte und dann küsste.

»Oh nein! Das gibt es doch nicht.« Bente legte einen Arm um Frankas Schulter. In den Augen ihrer Freundin konnte sie sehen, wie die neu geschöpfte Hoffnung platzte wie eine Seifenblase.

Gegen Mittag klingelte Bente an Frankas Haustür. Sie hatte in der Apotheke erfahren, dass ihre Freundin sich wegen Unwohlsein krankgemeldet hatte. Bente musste keine Hellseherin sein, um zu ahnen, dass Frankas plötzliche Unpässlichkeit direkt im Zusammenhang mit dem Kuss zwischen Jarno und Karen stand.

Nach dem dritten Klingeln summte endlich der Türöffner. Bente betrat den Hausflur und stieg die Treppe zur ersten Etage hinauf, in der Frankas Wohnung lag.

Mit niedergeschlagenem Gesichtsausdruck lehnte ihre Freundin am Türrahmen. Ihre Augen waren verdächtig gerötet. Sie trug eine ausgebeulte Jogginghose und ein ausgewaschenes T-Shirt.

»Hey! Ich dachte, ich schau mal nach dir.«

»Das ist lieb von dir.« Franka öffnete die Tür ein Stück

weiter und ließ Bente hinein. »Ich fühle mich, als wären meine Gefühle in der Waschmaschine im Schleudergang.«

»Kein Wunder! Wer hätte auch damit gerechnet? Ich jedenfalls nicht.«

Tief seufzend ließ Franka sich auf das Sofa fallen, ihre Schultern sackten ein. »Für mich ist es völlig unverständlich. Einen Tag vorher hat er mir was völlig anderes signalisiert.«

»Wahrscheinlich versteht Jarno es selbst nicht. Wer weiß, was Karen wieder ausgeheckt hat …« Bente setzte sich neben Franka auf das Sofa und legte einen Arm um sie. »Du warst in jedem Fall unglaublich tapfer. Man hat dir deine Enttäuschung nicht angemerkt. Ich weiß nicht, ob ich so nett zu Karen hätte sein können«, versuchte sie, ihre Freundin aufzubauen.

Franka hob die Hände und ließ sie wieder fallen. »Was ist mir denn anderes übrig geblieben? Eine hysterische Szene machen und mich damit der Lächerlichkeit preisgeben?«

»Weißt du, was? In deiner Wohnung zu hocken und Trübsal zu blasen, das ist jedenfalls keine gute Idee. Kein Typ der Welt ist es wert, dass du dich wegen ihm fertigmachst. Noch nicht mal Jarno. Und deswegen ziehst du dich jetzt an, und wir machen uns einen schönen Tag.« Bente drückte sie aufmunternd und wartete auf Frankas Reaktion.

»Was hast du vor?«, fragte sie skeptisch.

Bente grinste. »Ich spendiere dir einen Ausritt am Strand. Der Wind wird deine schlechten Gedanken im Nu aus deinem Kopf herauspusten. Und danach fühlst du dich wie neugeboren.«

»Ich weiß nicht …«

»Na, komm schon! Lass dich nicht hängen!« Bente klopfte ihr auf den Oberschenkel. »Nicht umsonst sagt man, das größte Glück der Erde liegt auf dem Rücken der Pferde.«

Der Wind rauschte ihr in den Ohren, und sie schmeckte den salzigen Geschmack des Meeres auf den Lippen. Im kraftvollen Galopp flogen sie nahezu über den federnden Wattboden. Das Wasser in den Prielen spritzte unter den Hufen der Pferde empor.

Weit draußen auf dem Meer schipperten Kutter entlang, und auf der Landseite leuchteten die grünen Salzwiesen in der Sonne.

Ausritte wie diesen hatten Bente und Franka früher regelmäßig zusammen unternommen. In den warmen Monaten hatten sie mindestens zweimal in der Woche im Sattel gesessen. An diesem Tag hatte es nicht lange gedauert, bis sich ein fast euphorisches Glücksgefühl in Bente breitgemacht hatte. Sie genoss das Galoppieren im Watt in vollen Zügen – und ihrer Freundin schien es trotz Liebeskummer ähnlich zu gehen. Der kummervolle Gesichtsausdruck war einem lebendigen Strahlen gewichen. Franka schien vor Energie zu sprühen, Bente hatte sogar Mühe, mit ihrem Tempo mitzuhalten.

»Wo bleibst du denn, du lahme Ente!«, rief Franka über die Schulter hinweg.

»Ich komme ja.« Bente trieb den kräftigen Friesen an und schloss zu ihrer Freundin auf.

Lachend parierte Franka ihr Pferd in den Trab, Bente tat es ihr gleich.

»Ich war so lange nicht mehr reiten. Aber irgendwie verlernt man das nicht.«

»Nee, das ist wie Fahrradfahren«, stimmte Bente ihr zu.

»Das müssen wir unbedingt wieder öfter machen. So wie früher«, meinte Franka.

»Gerne.«

Franka warf ihr einen nachdenklichen Blick zu. »Es gibt so vieles, was durch den beruflichen Stress irgendwann eingeschlafen ist. Eigentlich schade. Reiten gehört in jedem Fall dazu. Ich bin früher auch gerne ins Kino gegangen. Das habe ich schon ewig nicht mehr gemacht. Meistens gucke ich zu Hause auf dem Sofa Filme und schlafe da dann ein.«

Bente nickte. »Auch das können wir wieder machen. Es gibt so vieles, was wir nachholen müssen.«

Als sie eine Stunde später im Schritt aus dem Wattenmeer zurück zum Deich ritten, hatten sie zahlreiche Pläne für gemeinsame Aktivitäten geschmiedet. Bente fiel ein, dass sie Franka noch immer nichts von Tilo und seinem Haus erzählt hatte. Aber es war besser so, denn das Thema Männer war für den restlichen Tag tabu zwischen ihnen.

Im Schein der Schreibtischlampe konzentrierte Bente sich auf ihren rechten Fuß. Vorsichtig trug sie eine dünne Schicht Lack auf den großen Zehnagel auf. Eine wahre Geduldsprobe für sie und eine Kunst für sich, die Hand möglichst ruhig dabei zu halten, um eben nicht über den Nagel hinaus zu lackieren.

Es herrschte eine wohltuende Ruhe im Haus, die bloß vom leisen Rauschen der Blätter und vereinzelt von Vogelstimmen durchbrochen wurde. Als plötzlich der Klingelton ihres Handys durch die Stille schrillte, zuckte Bente zusammen. Ein dicker Klecks pinker Nagellack zierte nun die Haut ihres Zehs. Leise fluchend steckte Bente den Pinsel zurück in das kleine Fläschchen.

Sie wollte das Gespräch schnell annehmen. Es war bestimmt Tilo, der ihr eine gute Nacht wünschen wollte. Schon beugte sie sich zum Kopfkissen, auf dem ihr Telefon lag – und erschrak.

Johannes lachte sie von einem Foto auf dem Display an. Einen Moment schloss sie die Augen. Es wäre inkonsequent, wieder nicht dranzugehen. Immerhin hatte sie sich selbst versprochen, dem Gespräch nicht länger aus dem Weg zu gehen. Und es blieb ja richtig, sie konnte sich nicht bis in alle Ewigkeit davor drücken.

»Hallo?«

»Oh, hi! Ich wollte gerade auflegen. Hast du etwa schon geschlafen?«, meldete sich die wohlbekannte Stimme ihres Ex.

Bente merkte, dass es sie seltsam unberührt ließ, seine Stimme wieder zu hören. »Nein«, erwiderte sie und fügte ausweichend hinzu: »Ich war bloß in einem anderen Zimmer und habe etwas gebraucht, um mein Handy zu finden.«

Es entstand eine kurze Pause. »Schön, deine Stimme zu hören«, sagte er schließlich.

»Ist alles okay bei dir?«, fragte sie, ohne auf seine Bemerkung einzugehen.

»Nein, ist es nicht«, antwortete er prompt. »Deswegen rufe ich an. Wir müssen reden. Es gibt da wohl einen größeren Klärungsbedarf zwischen uns.«

Bente spürte Widerwillen in sich aufsteigen. »Aha? Was gibt es denn noch zu klären?«

»Du stellst vielleicht Fragen ... Seit du abgereist bist, haben wir nicht mehr miteinander gesprochen. Ich wusste bis gerade noch nicht einmal, ob du in Deutschland angekommen bist. Außerdem sind wir verheiratet«, sprudelte es aus ihm heraus.

»Moment mal! Das war nur Las Vegas. Das zählt nicht«, entgegnete sie spontan. »Wir haben die Heirat nie offiziell anerkennen lassen.«

»Das ist mir egal. Wie haben uns etwas versprochen, und deswegen möchte ich all das, was in der letzten Zeit zwischen uns vorgefallen ist, aus der Welt schaffen. Dann kannst du wieder zurückkommen, und wir probieren es noch einmal ...« Sanft fuhr er fort: »Du bist aus Los Angeles abgereist, ohne dich vorher von mir zu verabschieden. Ich musste es von Anni erfahren. Das kann ich unmöglich so stehen lassen, Bente. Nach allem, was wir zusammen durchgestanden haben ...«

Seufzend fasste sie sich an die Stirn. »Johannes«, begann sie. »Deine Absichten ehren dich ja, aber schau, mein Platz ist in St. Peter-Ording und nicht in L.A.« Es fühlte sich gut an, es endlich auszusprechen.

Er ließ nicht locker. »Das kann sich doch wieder ändern. Wenn wir uns ausgesprochen haben und alles wieder gut ist. Meine Eltern würden sich so sehr freuen, wenn du zurückkommen würdest. Bitte, Bente, lass uns über alles reden. Wir werden eine Lösung finden.«

Jetzt klang er regelrecht verzweifelt. Doch sie musste ehrlich zu ihm sein. »Ich fürchte, wir können das Rad der

Zeit nicht zurückdrehen, Johannes. Meine Gefühle haben sich in der Zwischenzeit geändert. Ich habe mich mit der Fehlgeburt und unserer Beziehung auseinandergesetzt und verstanden, dass es Schicksal war. Niemand konnte etwas dafür, und doch hat sich alles geändert … Manchmal muss man die Fügungen des Lebens so annehmen, wie sie sind. Auch wenn es schmerzhaft ist. Für mich war es heilsam, unter unsere Beziehung und meine Zeit in den USA einen Strich zu ziehen. Ich kann nun endlich nach vorne schauen und mir etwas Neues aufbauen.«

Einen Augenblick lang schwieg er. »Heißt das, es gibt keine Chance mehr, dass wir es noch einmal versuchen können?«, fragte er schließlich beklommen.

Bente entging seine Enttäuschung nicht, und es tat ihr so leid. Sie hasste es, ihm wehzutun, doch sie konnte es nicht abwenden. Sie sagte ihm schlicht die Wahrheit, und zwar nicht aus Bosheit, sondern aus einem Funken Restliebe heraus, damit Johannes endlich abschließen und seine Lebensgeschichte ebenfalls weiterschreiben konnte. »Das heißt es, Johannes. Es tut mir sehr leid! Ich wünsche dir nur das Beste und dass du dein großes Glück finden wirst.«

Jetzt war es heraus. Bente atmete auf.

24. Kapitel

Unweit des Bohlenweges am Ordinger Strand hievten die Männer von der Sylter Schutzstation Wattenmeer einen Holzpflock in ein Loch, das sie zuvor mit großen Schaufeln ausgehoben hatten.

»Genau so! Jetzt ist es schön gerade.« Bente freute sich. Ihre Sylter Kollegen Erik und Jens hatten ihnen einen Besuch am Westerhever Leuchtturm abgestattet und spontan ihre Hilfe zugesagt, als Bente erfahren hatte, dass am selben Tag ein Hinweisschild an das Nationalpark-Haus geliefert werden sollte. Dann war alles ganz schnell gegangen.

»Können wir zuschütten?«, fragte Erik.

»Ja, das Schild steht ideal.« Liam hob einen Daumen und ging zu den Sylter Kollegen, um ihnen zu helfen.

Jens hielt den Pflock, während Liam und Erik den Sand zurück in das Loch schaufelten.

Bente betrachtete zufrieden die Informationstafel, auf der zusätzlich die verschiedenen Zonen aufgezeichnet waren. Die erlaubten Gebiete hatten eine grüne und die verbotenen Zonen eine rote Kennzeichnung. Sie trat näher an das Schild heran. »Ab jetzt kann keiner mehr sagen, er hätte von nichts gewusst.«

»Außer er hat Tomaten auf den Augen«, scherzte Erik.

»Das müssen dann aber extra große Exemplare sein«, fügte Bente lachend hinzu.

Als das Schild stabil im Sandboden verankert war, teilten sie sich in zwei Gruppen auf, um Flyer zu verteilen. Liam und Erik schlugen die Richtung zum Wassersportcenter ein.

Bente schulterte einen Jutebeutel, in dem sich ein dicker Packen Infozettel befand. Jens und sie legten zunächst einen Stapel Flyer in der *Strandbar 54° Nord* aus und liefen danach weiter nordwärts. Sie sprachen Surfer und andere Strandgäste an. Es entwickelten sich angeregte Gespräche, während der sie den Leuten Flyer in die Hände drückten.

»Es ist doch überall dasselbe«, sagte Jens, nachdem sie sich von einem Kiter-Pärchen verabschiedet hatten. »Die Menschen informieren sich nicht ausreichend.«

Sie nickte. »Das ist doch nahezu in jedem Bereich so. Schau dir die Leute an, die jedes Jahr von der Küstenwache aus dem Watt gerettet werden müssen. Die meisten sind einfach losgelaufen, ohne sich vorher sachkundig zu machen. Dabei unterschätzen sie gnadenlos das bestehende Risiko.«

Jens kratzte sich am Bart. »Unwissenheit schützt vor Strafe nicht, oder wie heißt das doch gleich?«

»Ich will gar nicht von oben herab klingen. Selbst Leute, die hier geboren sind, geraten manchmal in Notlagen, wenn sie im Watt unterwegs sind. Doch das sind eher Ausnahmen, verglichen mit der Anzahl der geretteten Touristen.«

»Da hilft nur so lange aufklären, bis es den Leuten aus den Ohren herauskommt«, schlussfolgerte Jens.

»So ist es.« Bente schaute zu einer Gruppe Surfer, die in einiger Entfernung auf dem Wasser waren. Einer von ihnen schleppte ein Brett mit Kite zum Strand. Trotz der Distanz erkannte sie Tilo. Ihr Herz schlug sofort höher.

»Hey!«, rief sie und winkte ihm zu.

Tilo bemerkte sie und erwiderte ihren Gruß.

Jens war ihrem Blick gefolgt und runzelte die Stirn. »Was hast du denn mit dem zu schaffen?«, fragte er sie erstaunt.

»Wieso? Wir sind befreundet.« Bente beäugte ihren Kollegen argwöhnisch. Was war das denn für eine merkwürdige Frage?

»Echt? Mit dem? Ich hätte nicht gedacht, dass du solche Leute näher kennst.«

Abrupt blieb sie stehen. »Solche Leute? Was soll das denn heißen?«

»Das ist doch dieser Tilo Paulig, oder nicht?«, vergewisserte Jens sich.

»Richtig. Tilo Paulig aus Hamburg«, bestätigte sie.

»Dieser Knilch hat als Geschäftsmann auf Sylt einen ganz schlechten Ruf. Der hatte wer weiß was für große Pläne, die aber glücklicherweise von verschiedenen Stellen blockiert worden sind. Und das ist gut für die Natur und die Tierwelt, sage ich dir.«

Bente zog erstaunt die Augenbrauen hoch. »Soweit ich weiß, betreibt er in Hamburg einige Bars und eine private Rösterei …« Dann fiel ihr wieder ein, was Tilo ihr über Sylt gesagt hatte. »Was wollte er denn eigentlich auf Sylt?«

Jens lachte bitter auf. »Vor allem jede Menge Geld machen. Auf Kosten der Umwelt. Seit er und sein Geschäftspartner auf Sylt abgeblitzt sind, haben sie nach einem neuen

Platz für die Umsetzung ihrer Pläne gesucht. Offenbar haben sie den in St. Peter-Ording gefunden.« Er zuckte die Schultern.

»Ich verstehe nur Bahnhof. Soweit ich informiert bin, ist er rein privat in St. Peter-Ording.«

»Privat ... so nennt man das also.«

»Jetzt rück aber mal raus mit der Sprache! Anscheinend bist du besser informiert als ich.« Allmählich wurde sie ärgerlich.

»Nun ja ...« Jens machte eine ausschweifende Handbewegung. »Wir haben auf Sylt Wind durch jemanden von der Verwaltung über die neuen Pläne der werten Herren bekommen. Eigentlich dachte ich, das hätte sich längst bis zu euch rumgesprochen.«

Bente verschränkte die Arme vor der Brust. »Also, ich weiß von nichts.«

»Paulig und sein Partner wollen an der Nordspitze in Ording ein Eldorado für Kite-Surfer erschaffen, mit einem kleinen In-Café, das Strandhaus-Atmosphäre verbreitet.«

»Was?« Bente fiel aus allen Wolken. »Aber genau dagegen kämpfen wir doch!«, brachte sie fassungslos hervor.

»Ja, eben. So einen Surfer-Hot-Spot in einem sensiblen Gebiet, das hatten sie auch auf Sylt geplant. Glücklicherweise hat sich aber niemand von den Entscheidern bestechen lassen.«

»Das gibt's doch nicht!« Sie blickte Jens entsetzt an. »Warum hat mir unser Bürgermeister denn nichts davon gesagt?«

»Vielleicht liegen die Pläne noch nicht auf seinem Schreibtisch«, vermutete Jens. »Du siehst ziemlich geschockt aus.«

»Das bin ich auch. Auf so etwas war ich nicht vorbereitet«, gab Bente zu und ließ die Schultern sinken. Jens hätte keinen Grund, ihr Unsinn über Tilo zu erzählen. Es war zu wahrscheinlich, dass die Geschichte stimmte.

»Kann ich verstehen.« Jens schaute zu zwei jungen Frauen in Neoprenanzügen, die ihre Surfbretter zum Meer trugen. »Denen beiden sollten wir auch Flyer geben.«

»Geh schon mal vor, ja?«, bat Bente. »Ich komme gleich nach.«

»Alles klar.«

Aus den Augenwinkeln registrierte sie, dass Tilo in ihre Richtung kam. Auf keinen Fall wollte sie jetzt mit ihm sprechen. Eher biss sie sich die Zunge ab. Aufgewühlt griff sich nach Flyern in ihrer Jutetasche. Kaum hatte sie die Infozettel aus dem Sack gezogen, fielen sie ihr aus ihrer Hand. »Mist!«

Der Wind trieb die dünnen Papiere in die Brandung und verteilte sie auf dem Strand. Bente konnte nur hilflos zusehen.

»Hoppla!« Tilo bückte sich, um ihr beim Aufsammeln zu helfen.

»Lass! Das kann ich schon allein«, sagte Bente aufgebracht. Sie fühlte sich von Tilo ausgenutzt und betrogen. Vor allem schmerzte es sie, dass sie erst jetzt von seinen wahren Absichten erfahren hatte, nachdem sie Gefühle für ihn entwickelt hatte.

»Ich helfe dir gerne.« Er hielt ihr ein paar Infozettel entgegen und lächelte sie an.

Bente kochte innerlich vor Wut, wollte aber am Strand keine Szene machen.

Wortlos riss sie Tilo die Zettel aus der Hand und ließ ihn einfach stehen. Er rief ihr etwas hinterher, was der Wind jedoch verschluckte. Während sie in Jens' Richtung durch den Sand stapfte, beschloss sie, nie wieder ein Wort mit ihm zu wechseln. Glücklicherweise hatte Jens so viel Taktgefühl, sie nicht noch einmal auf Tilo anzusprechen.

»Da war ich mit Johannes tausendmal besser dran. Von Cord ganz zu schweigen …« Bente nahm die Weinflasche vom Tisch und goss ihr Glas bis zur Hälfte voll. »Und allein bin ich noch viel besser dran, weil auch keiner von den beiden der Richtige gewesen ist.«

Nachdem sie sich kurz vorher angekündigt hatte, war sie mit dem Fahrrad zu Franka gefahren und hatte eine Flasche Wein aus dem Kellerbestand ihres Vaters mitgebracht. Jetzt saß sie bereits seit einer Stunde mit Franka auf dem Balkon und hatte ihrer Freundin endlich ihr Herz ausgeschüttet. Sie hatte nichts ausgelassen, Johannes' Anruf nicht, das Treffen mit Tilo in seinem Haus und die heutige Begegnung am Strand auch nicht. »Das wäre dann meine neueste Männer-Pleite. Du siehst, du bist nicht allein«, schloss sie ihren Bericht und trank einen großen Schluck aus dem Glas.

»Ich bin wirklich schockiert. Wer hätte so was denn auch ahnen können?« Franka schüttelte den Kopf.

»Ich jedenfalls nicht. Im Gegenteil. Ich konnte kaum glauben, was für ein Glück ich hatte! Eigentlich hätten meine Alarmglocken schrillen müssen, als mir Tilo dieses Traumhaus gezeigt hat. Spätestens da hätte ich mich ja fragen müssen, ob das wirklich alles so sein kann oder es doch zu schön ist, um wahr zu sein.«

Franka schenkte den Rest aus der Flasche in ihr Glas. »Mach dir keine Vorwürfe. Ich hätte auch nicht anders gehandelt. Schau, obwohl ich Jarno so lange kenne, bin ich am Ende reingefallen.«

»Schlimm genug!«

Bentes Handy klingelte. Sie warf einen Blick darauf und verdrehte die Augen.

»Tilo?«, fragte Franka.

»Wer sonst! Aber da kann er lange warten, wenn er meint, ich telefoniere mit ihm.«

Franka stand von ihrem Stuhl auf. »Ich hole uns mal eine neue Flasche Wein und was zu knabbern. Weiß oder rosé?«

»Rosé würde ich gern trinken.«

Während Franka eine neue Flasche holte, starrte Bente auf den kleinen Bildschirm ihres Handys, auf dem der verpasste Anruf angezeigt wurde. In ihrem Magen grummelte es. Je länger sie über die Geschichte nachdachte, desto wütender wurde sie.

Noch nie hatte jemand sie derart hintergangen wie Tilo. Kein Mann hatte sie bisher für seine eigenen Zwecke benutzt und dermaßen dabei getäuscht. Denn dass Tilo bewusst ihre Nähe gesucht hatte, um an wichtige Informationen im Punkt Umweltschutz zu kommen und um dadurch wiederum bessere Karten für sein Projekt zu haben, das lag für Bente auf der Hand. Sie fühlte sich benutzt und konnte ihre eigene Naivität nicht fassen. Was hatte sie sich nur dabei gedacht, als sie sich auf ihn eingelassen hatte?

Mit einer Tüte Chips und einer Flasche kehrte Franka zurück auf den Balkon. »Einmal Rosé für die Dame.« Sie entkorkte die Flasche und goss Wein in beide Gläser. »Höchste Zeit, mal wieder auf uns zu trinken.«

Bente hob das Glas. »Auf uns. Und auf die Männerwelt, die ab sofort ohne uns zurechtkommen muss. Ohne Männer für immer!«

»Ohne Männer für immer!«, wiederholte Franka.

Beide stießen miteinander an.

25. Kapitel

Ihr Handy klingelte schon zum fünften Mal an diesem Morgen, doch Bente blieb standhaft. Mit einer Hand massierte sie sich die Schläfe und versuchte, die Kopfschmerzen zu ignorieren, die sie an die zwei Flaschen Wein vom Abend bei Franka erinnerten. Trotz der maßlosen Enttäuschung über Tilos wahre Beweggründe kostete es sie viel Kraft, seine Anrufe zu ignorieren. Die Versuchung war groß, ihm ihren Frust um die Ohren zu hauen. Aber diese Genugtuung wollte sie ihm nicht geben.

Bente blickte aus dem Fenster ihres Büros. Vor dem Leuchtturm wartete bereits die dritte Gruppe an diesem Tag auf eine Führung. Es war bewundernswert, mit welcher Selbstverständlichkeit Friso Bütt in seinem hohen Alter die Leute mehrmals täglich auf den Turm mit hinaufnahm. Sie hingegen war bisher bloß das eine Mal auf der Aussichtsplattform gewesen, da der Aufstieg ziemlich anstrengend war.

Bente versuchte, sich wieder auf eine schriftliche Stellungnahme zu konzentrieren, die sie zusammen mit anderen Naturschutzverbänden für das Bundesverkehrsministerium verfasste. Niemand von ihnen wollte kampflos aufgeben. Alle einte das gemeinsame Ziel, endlich einen verbindlichen Schutz für die Tiere auf der Sandbank zu gewährleisten. Die Kopfschmerzen ließen sie jedoch keinen klaren Gedanken fassen.

Kurz entschlossen änderte sie ihre Pläne und griff nach einem Handzähler. Frische Luft würde ihr bestimmt guttun, und die Vögel mussten eh gezählt werden. Die Stellungnahme konnte sie auch später schreiben.

Wenig später verließ sie mit einer Tasche und dem Spektiv über der Schulter den Leuchtturm. Mit dem Fahrrad wollte sie nicht fahren, dafür dröhnte ihr Kopf zu sehr.

Sie war erst wenige Meter gegangen, als plötzlich Tilo vor ihr stand. Bente konnte ihm nicht ausweichen, sondern starrte ihm stur entgegen.

»Hi.« Er hatte die Hände in den Hosentaschen vergraben und sah sie fragend an. »Ich habe dich angerufen, als ich auf dem Westerhever Parkplatz angekommen bin.«

»Was willst du hier?«, fragte sie nur knapp.

Er lächelte schwach. »Dir einen Besuch abstatten, nachdem ich dich telefonisch nicht erreichen konnte.«

Da konnte sie nur den Kopf schütteln. Der Typ hatte vielleicht Nerven! Schnellen Schrittes ging sie an ihm vorbei und ließ ihn einfach stehen.

»Hey! Was soll das denn?«

Bente blickte über ihre Schulter und sah, dass er ihr folgte. Hartnäckig war er, das musste sie ihm lassen. Doch davon ließ sie sich nicht beeindrucken. Sollte er ihr doch hinterherlaufen, bis er Blasen an den Füßen hatte! Er hatte seine Chance gehabt und am Ende nur ihr Herz gebrochen.

Ein zweites Mal würde sie sich nicht von ihm einwickeln lassen.

Einen Moment später schloss er zu ihr auf und ging neben ihr her. »Jetzt sag doch was!«, forderte er sie auf. »Was ist eigentlich mit dir los? Wenn ich was falsch gemacht habe, dann kläre mich doch wenigstens darüber auf.«

Das brachte das Fass zum Überlaufen. Sie schwang zu ihm herum. »Als ob du das nicht selbst am besten wüsstest!«, herrschte sie ihn wutentbrannt an. »Wie lange hast du dein abgekartetes Spiel eigentlich geplant?«

»Was für ein Spiel denn?« Tilo schaute sie ahnungslos an und bewies damit großes schauspielerisches Talent in ihren Augen. »Ich habe nicht die geringste Ahnung, um was es hier eigentlich geht.«

»Ach, nein?« Bente nahm das Spektiv von ihrer Schulter und stellte es auf. »Dann werde ich dir mal auf die Sprünge helfen. Ich sag nur Sylt und In-Café mit Strandhaus-Atmosphäre. Na, klingelt es bei dir?«

Irritiert runzelte er die Stirn. »Das Projekt hat nicht geklappt.«

»Genau. Deswegen ist Sylt auch uncool. Genauso gut kann man das ja auch an der Ordinger Nordspitze umsetzen. Nicht wahr?« Bente zitterte innerlich vor Empörung.

»Okay, okay. Jetzt weiß ich zumindest, was los ist …« Er hob kapitulierend die Hände. »Das war der ursprüngliche Plan. Kay und ich wollten einen Hot-Spot für Kite-Surfer schaffen, der einmalig in Deutschland gewesen wäre. Mittlerweile haben wir die Idee in der ursprünglichen Form aber längst verworfen.«

Bente schnaubte. »Und ich habe mich die ganze Zeit gefragt, warum du dir dieses Haus in St. Peter-Ording gekauft hast. Langsam wird mir aber alles klar.«

Er raufte sich das Haar. »Das Haus hat nichts mit dem Projekt zu tun. Das habe ich zufällig entdeckt und wusste gleich, dass ich dort leben möchte.«

»Ich glaub dir kein Wort!« Außer sich vor Zorn, hob sie sich das Spektiv wieder auf die Schulter und ließ Tilo einfach irgendwo zwischen Watt und Wiese stehen.

Am Nachmittag fuhr Bente von Westerhever nach St. Peter-Bad. Ihre Kopfschmerzen hatten sich nach dem Aufeinandertreffen mit Tilo weiter verstärkt. Auf dem Beifahrersitz lag der Laptop der Schutzstation. Sie wollte später noch an dem Schreiben arbeiten. Zunächst brauchte sie eine Packung Aspirin.

Vor der Apotheke kamen ihr ein Mann und eine Frau entgegen. Sie wartete, bis sie vorbeigegangen waren, und betrat dann den Verkaufsraum.

Franka sah nicht frischer aus, als sie sich fühlte.

»Moin!« Sie lächelte sie gequält an.

»Moin! Ich brauche eine Packung Aspirin.«

»Das dachte ich mir schon.« Franka nahm eine Pappschachtel aus einem Regal und legte sie auf die Theke. »Ich habe übrigens gleich Feierabend.«

Bente bezahlte und sah erfreut auf. »Das ist gut! Ich warte vor der Trattoria auf dich, ja?«

»Bin gleich da«, versprach Franka.

Eine gute Viertelstunde später saßen sie mit einem Eis in der Waffel auf der Seebrücke. Die Nachmittagssonne wärmte ihre Haut, und auf der seitlichen Begrenzung stolzierte eine Möwe auf und ab. Wäre Bente nicht so enttäuscht über die neuste Entwicklung mit Tilo, hätte sie das hervorragende Strandwetter in vollen Zügen genossen.

»Glaubst du ihm?« Franka lehnte sich auf der Bank zurück und reckte ihr Gesicht mit geschlossenen Augen der Sonne entgegen.

»Auf gar keinen Fall. Für mich sind das nur billige Ausreden. Er hat sich unter einem Vorwand an mich rangemacht, um Informationen aus mir herauszubekommen. Eigentlich hat er sich doch nur für seinen Surf-Hot-Spot interessiert … Und ich habe ihm die Nummer mit den Vögeln auch noch geglaubt. Wie naiv ich war. Das ärgert mich am meisten.« Bente fasste sich an die Stirn.

»Für jemanden, der dich nur belogen hat, investiert er aber viel Energie, um sich wieder mit dir zu versöhnen«, gab Franka zu bedenken. »Findest du nicht?«

»Vielleicht braucht er mich noch. Ist mir auch egal. Von mir aus kann er hingehen, wo der Pfeffer wächst!«

»Das sind klare Worte.« Sie rutschte auf der Bank hin und her. »Ich traue mich ja fast gar nicht, dir von den neuesten Ereignissen zu erzählen.«

Bente drehte den Kopf zu ihr. »Ach, ich kann gute Neuigkeiten gebrauchen. Schieß los!«

»Na ja, das wird wohl bei mir nichts mit *Nie wieder Männer* …« Franka lächelte verlegen.

Vorfreudig lächelte Bente ihre Freundin an. »Ach … Was habe ich verpasst?«

»Jarno wollte mich sprechen, und ich bin dann in der Mittagspause zum Café gegangen. Er war einigermaßen zerknirscht und hat Entwarnung gegeben. Mit Karen läuft nichts mehr. Er hat sie nicht wieder zurück in die Wohnung gelassen und will das auch in Zukunft nicht mehr.«

»Ein Glück! Dann kann es mit euch beiden doch noch was werden.« Bente aß das letzte Stück der Waffel auf.

Franka nickte. »Ihm ist aufgefallen, dass er viel lieber mit mir zusammen ist.«

Stirnrunzelnd entgegnete Bente: »Der Gedanke kommt ihm ja früh.«

»Ja, er ist selbst erstaunt darüber, dass es ihm erst nach so vielen Jahren aufgefallen ist.« Franka legte sich eine Hand auf den Brustkorb. »Mein Herz klopft wie verrückt, während ich dir das erzähle. Ich kann es kaum glauben, dass nun endlich die Chance kommt, von der ich all die Jahre geträumt habe. Aber genau so ist es! Bente, stell dir das mal vor! Nach all den Jahren!«

Bente griff nach der Hand ihrer Freundin. »Wenn jemand es verdient hat, an Jarnos Seite zu sein, dann du. Ich kenne niemanden, der so ausdauernd und treu für jemanden geschwärmt hat wie du. Hoffentlich weiß Jarno das zu schätzen und lässt dich nie wieder gehen. Eine bessere Frau als dich wird er nie finden.« Sie umarmte sie fest.

Frankas Augen glänzten verdächtig, als sie sich voneinander lösten. »Das hast du schön gesagt. Ich bin sehr froh, habe aber gleichzeitig ein mächtig schlechtes Gewissen dir gegenüber.«

»Warum das denn?«

»Wie kann ich so verdammt glücklich sein, wenn du es nicht bist?« Eine Träne lief über Frankas Wange. »Das ist doch ungerecht.«

Bente nahm ihre Freundin erneut in den Arm. »Mach dir um mich keine Sorgen. Ich bin auch glücklich.« Sie löste sich wieder von ihrer Freundin und nickte ihr aufmunternd zu.

»Ja? Bist du wirklich glücklich?«

»Du bist meine beste Freundin. Wie könnte ich da nicht glücklich sein?« Bente lächelte und wischte mit einem Finger die Träne von Frankas Gesicht.

26. Kapitel

Eine Woche später lag Bente mit ihrem Handy auf dem Bett und telefonierte mit ihrer ehemaligen Mitbewohnerin.

»Seit du weg bist, denke ich immer öfter daran, zurück an die Ostsee zu gehen«, eröffnete Anni ihr.

Bente rollte sich auf den Bauch. »Ach, mach keinen Quatsch! Das sind ja ganz neue Töne. Wie kommt das denn auf einmal?«

»Klingt vielleicht blöd«, antwortete Anni. »Aber mir fehlt das Deutsche. Als du noch da warst, habe ich gar nicht bemerkt, dass ich Heimweh hatte. Aber seit Caitlyn eingezogen ist und ich nur noch Englisch spreche, wird mir immer bewusster, was mir fehlt. Wenigstens kann ich bei Johannes essen gehen.«

»Wie geht es ihm denn?«, erkundigte Bente sich zögernd.

»Na ja, er ist schon geknickt. Insgeheim hat er wohl mit einer zweiten Chance bei dir gerechnet.«

»Gefühle kann man nicht erzwingen. Ehrlich gesagt hat mir die Zeit in den USA auch gereicht. Rückblickend war es sehr lang. Ich bereue es deshalb nicht. Ich habe viele Erfahrungen gemacht, viel gesehen, aber dadurch eben auch erkannt, wohin ich eigentlich gehöre. Manchmal braucht man Abstand, um das zu verstehen.«

Anni lachte kurz auf. »Genau an dem Punkt scheine ich auch gerade zu sein.«

»Wann willst du zurückkommen?«, erkundigte Bente sich.

»Dieses Jahr noch. Wahrscheinlich im Herbst.«

»Sag mir bloß Bescheid, wenn du wieder in good old Germany bist.«

»Versprochen.«

»Bente?« Ihre Mutter rief aus dem Erdgeschoss nach ihr.

»Oh, ich glaube, mein Typ wird verlangt«, entschuldigte sie sich bei Anni.

»Kein Problem. Wir können ein anderes Mal weiterquatschen, ja? Hat mich in jedem Fall total gefreut, mal wieder mit dir zu reden«, sagte Anni zum Abschied.

»Alles klar. Das machen wir.« Sie versprach, sich wieder zu melden, und legte auf. »Ich komme schon, Muddi!«

»Ich wollte nur nachfragen, ob du heute noch den Rasen mähen willst«, erklärte ihre Mutter, ein Spültuch in der Hand, als Bente die Küche betrat. »Sonst macht Papa das gleich.«

»Nein, ich hole jetzt den Rasenmäher aus dem Schuppen und lege los.« Beschwingt ging Bente in den Garten und öffnete die Tür des kleinen Holzhauses. Darin lagerten ihre Eltern sämtliche Gartengeräte, Blumentöpfe und Saatgut. Neben den Fahrrädern stand sogar ein kleiner Kühlschrank, der ausschließlich in den Sommermonaten in Betrieb war.

Die Sonne stand schon hoch am Himmel, als Bente den Mäher herausschob und den Stecker mit der Buchse einer

Verlängerungsschnur verband. Ihr Handy vibrierte, deshalb zog sie es geschwind hervor.

Franka hatte ihr ein Foto von sich mit Jarno geschickt. Bente grinste, als sie das glückliche Lachen ihrer Freundin sah. Sie freute sich für die beiden, dass sie es tatsächlich geschafft hatten, endlich zueinanderzufinden. Ein schöneres Happy End hätte es für Franka nicht geben können.

Bente drückte den Stecker in die Außendose auf der Terrasse und fing genüsslich mit der Rasenpflege an. An warmen Sommertagen wie diesem, an denen es weder zu heiß noch zu kühl war, liebte sie es noch mehr als sonst, im Freien zu arbeiten.

Seit einer Woche hatte sie nichts mehr von Tilo gehört. Offenbar gab es nichts mehr zu sagen. Durch sein Schweigen sah sie sich in all ihren Vorwürfen bestätigt. Im Grunde genommen konnte sie froh sein, dass dank Jens der Schwindel so schnell aufgeflogen war. Das sagte sie sich jedenfalls immer wieder. Und sie wollte gar nicht darüber nachdenken, was passiert wäre, wenn sie erst Monate später hinter seine wahren Absichten gekommen wäre.

Sie mähte gerade ein Stück Rasen vor dem Gästehaus, als ihr Vater und Elly auf die Terrasse traten. Elly winkte ihr zu. Bente erwiderte den Gruß. Ihre Schwester deutete aufgeregt auf etwas, was sie in der Hand hielt. Bente konnte nicht erkennen, was es war. Kurzum stellte sie den Rasenmäher aus und ging zu ihrer Schwester. Das Gröbste hatte sie ohnehin bereits erledigt.

»Hast du es auch schon gesehen?«, fragte Elly und tippte mit dem Zeigefinger auf eine Anzeige.

Bente zuckte die Schultern. »Was soll ich gesehen haben?«

»Das hier.« Sie wedelte mit einer Broschüre vor ihrer Nase hin und her.

»Wenn du es nicht stillhältst, kann ich gar nichts erkennen.«

»Hier, bitte.« Elly überreichte Bente das Faltblatt. »Hinter der Kampagne steckst doch sicher du! Kannst es ruhig zugeben«, sagte sie erwartungsvoll.

Bente schaute auf das Heftchen. »Oh! Wie genial ist das denn?«, fragte sie verwundert. »Eine Infobroschüre, in der ausführlich darüber informiert wird, wie sich Spaziergänger und Surfer am Strand und im Wasser verhalten sollen.« Sie gab Elly das Papier zurück. »Das ist zwar genial, aber nicht von mir.«

»Nicht?« Verdutzt sah Elly sie an.

»Da hätte ich auch drauf gewettet«, schaltete sich ihr Vater stirnrunzelnd ein.

»Die Broschüren liegen überall aus. In Geschäften, Hotels, Cafés, Restaurants, Bäckereien … Das muss eine Menge Geld gekostet haben«, führte Elly aus. »Seit wann ist denn die Schutzstation so reich?«

»Das frage ich mich auch gerade.« Bente überlegte kurz. »In Husum erreiche ich um die Uhrzeit keinen mehr. Ich rufe am besten mal Eike an. Er müsste eigentlich darüber Bescheid wissen. Bin gleich wieder da.« Sie ging in ihre kleine Wohnung, um ungestört zu telefonieren.

Eike meldete sich nach dem zweiten Klingeln. »Hi, Bente. Na, wie läuft's am Leuchtturm?«

»Kann nicht klagen«, erwiderte sie. »Das Team ist supernett, und die Arbeit macht jede Menge Spaß.«

»Das freut mich zu hören.«

»Hör mal, weswegen ich anrufe: Weißt du was davon, dass die Zentrale Infomaterial hat drucken lassen, um die Leute über angemessenes Verhalten am Strand und im Wasser aufzuklären? Das scheint überall in SPO auszuliegen.«

Eike gab einen zustimmenden Laut von sich. »Die Broschüren haben wir heute im Nationalpark-Haus bekommen. Ein ganzer Karton davon ist per Post geliefert worden. Absender war eine Marketingfirma. Aber Husum hat damit nix zu tun. Es scheint da einen privaten Gönner zu geben, der sich bisher nicht geoutet hat.«

Bente wagte nicht zu hoffen, dass sie den Gönner kannte ... »Sehr merkwürdig das Ganze«, murmelte sie.

»Merkwürdig, ja. Aber auch unheimlich gut. So eine Kampagne hat uns bisher gefehlt. Falls du herausbekommst, wer dahintersteckt, sag mir Bescheid.«

»Mache ich. Danke, Eike.«

»Da nicht für. Schönen Tag noch, Bente.«

»Danke, für dich auch.« Sie legte auf und blieb einen Moment sitzen.

Doch. Dahinter konnte nur Tilo stecken. Unter Garantie hatte er die Kampagne mit einem Teil des Vermögens seiner Tante finanziert. Sie musste lächeln. Was für ein Kindskopf! Und welch schöne Geste! Er machte es ihr wirklich schwer, weiterhin wütend auf ihn zu sein. Bestimmt hoffte er darauf, dass sie davon Wind bekam und ihn anrief. So leicht wollte sie es ihm nicht machen.

Am nächsten Tag arbeitete Bente zusammen mit Fiete in den Beeten vor dem Turm. Lena und Liam waren gerade mit einer Gruppe Urlauber im Watt unterwegs.

»Durch das schöne Wetter wächst das Gemüse wie Unkraut«, sagte Fiete. Er schnitt eine etwa zwanzig Zentimeter große Zucchini von einer Pflanze. »Das gibt nachher Gemüsepfanne. Reis müsste auch noch da sein.«

»Die WG kann froh sein, dass du so ein begnadeter Koch bist«, fand Bente.

»Jo. Ich bin auch froh, wenn ich da an die Kochkünste von Lena und Liam denke«, stimmte Fiete grinsend zu. Er guckte an ihr vorbei und wies mit einer Kinnbewegung in dieselbe Richtung. »Du hast Besuch.«

Bente stand auf und drehte sich um. Da war er. Tilo lehnte am Zaun und sah ihr entgegen.

»Ich werde mich mal um den Besuch kümmern. Kommst du allein klar?«

Fiete zuckte nur die Schultern. »Sicher. Geh nur.«

Langsam ging Bente auf ihn zu und blieb dann wortlos vor dem Zaun stehen.

»Hey!«, ergriff er die Initiative.

»Was gibt's?« Auffordernd sah sie ihn an und kämpfte mit dem Lächeln, das sich auf ihr Gesicht stehlen wollte. Tilo sah so verführerisch aus, auch wenn er ein wenig blasser wirkte als beim letzten Mal. Sie freute sich darüber, in seine strahlenden Augen zu schauen und seinen aufregenden Duft wahrzunehmen. Das musste er allerdings nicht wissen.

»Ich dachte, ich probiere noch mal mein Glück.« Er wirkte unsicherer als sonst. »Können wir reden? Bitte!«

Bente nickte ruhig und kletterte über den Zaun zu ihm. »Also gut. Reden wir«, sagte sie und verschränkte die Arme vor der Brust.

»Lass uns doch vielleicht ein Stück gehen«, schlug er vor und wies auf den Weg.

»Einverstanden.«

Sie gingen eine Weile schweigend nebeneinanderher. Als sie an einer Bank ankamen und sich setzten, ergriff Tilo erneut das Wort. »Ich weiß, ich habe Mist gebaut.«

»Ach nee.«

Ernst sah er sie an. »Ich hätte dir das mit den ehemaligen Projekten erzählen sollen. Dann wäre es zu keinen Missverständnissen gekommen. Ich dachte bloß, es wäre nicht wichtig, weil es für mich eh abgehakt ist.«

»Wie konntest du nur ernsthaft vorhaben, einen Surf-Hot-Spot direkt an geschütztes Gebiet zu bauen?«, brach es aus ihr heraus. »Das ist einfach skrupellos!«

Missmutig verzog er den Mund. »Ich habe es ja nicht getan. Es war bloß ein Gedanke. Spätestens seit ich dich getroffen habe und du mir die Schönheit der Naturschutzgebiete gezeigt hast, ist die Idee für mich gestorben gewesen. Wie könnte ich solch ein Paradies mutwillig zerstören wollen?«

Enttäuscht schüttelte Bente den Kopf. »Ich verstehe trotzdem nicht, wie du überhaupt auf den Gedanken kommen konntest. Soweit es mir zugetragen wurde, bist du mit Kay schon auf Sylt damit gescheitert.«

Tilo blickte zu Boden. »Ich hatte ein schlechtes Gewissen.«

»Warum?« Verständnislos sah sie ihn an.

»Wegen Kay.« Er suchte offenbar nach den richtigen Worten. »Du hast ihn ja kennengelernt und weißt auch, dass wir hier sind, damit er eine gute Reha bekommt und hoffentlich irgendwann wieder laufen kann.«

Aufmerksam betrachtete sie sein schönes Gesicht. Sie glaubte ihm. »Ja. Das hoffe ich auch für ihn.«

Tilo fuhr sich mit einer Hand durchs Haar. »Es ist meine Schuld, dass Kay im Rollstuhl sitzt.« Er stützte die Hände auf die Knie und blickte zerstört ins Nirgendwo.

»Was soll das heißen?« Bente rutschte näher an ihn heran. Sie spürte, dass eine tragische Geschichte in der Luft lag, gegen die ihr Missverständnis eine Lappalie war.

»Wir hatten damals diesen Plan mit dem Surf-Spot«, erzählte er mit leiser Stimme. »Auf Sylt hatten wir einen Termin mit einem Entscheider. Ich sollte fahren, um zu verhandeln, doch mir ging es an dem Tag nicht besonders gut.« Er seufzte schwer. »Kay ist dann an meiner Stelle gefahren. Auf dem Rückweg nach Hamburg ist ihm ein Geisterfahrer entgegengekommen. Er hatte keine Chance auszuweichen … Kay musste von der Feuerwehr aus dem Autowrack geschnitten werden. Seitdem sitzt er im Rollstuhl.« Tilo schlug beide Hände vors Gesicht.

»Hey.« Zaghaft legte sie eine Hand auf seine Schulter. »Das ist doch nicht deine Schuld.« Unwillkürlich dachte sie an ihre Fehlgeburt und daran, wie lange sie sich insgeheim dafür die Schuld gegeben hatte. Es war nicht leicht gewesen zu akzeptieren, dass sie niemanden verantwortlich machen konnte, sondern es eben Schicksal war.

Tilo rieb sich über die Augen und sah Bente dann ernst an. »Wäre ich gefahren, würde Kay nicht im Rollstuhl sitzen. Und was es nicht besser macht: Der ganze Ausflug war sinnlos. Das Projekt auf Sylt war einen Tag später schon vom Tisch. Und ich … Ich wollte es unbedingt wiedergutmachen. Wenigstens wollte ich unseren Traum von einem

Surf-Hot-Spot realisieren, um Kay eine Freude zu machen und ihm einen Schub Motivation zu geben. Deshalb sind wir nach St. Peter-Ording gekommen, und es schien diese zweite Chance in der Luft zu liegen.«

Aufmerksam betrachtete er ihre Reaktion. »Den Rest der Geschichte kennst du.«

Bente schluckte. »Steckst du hinter der Aufklärungskampagne und den Broschüren, die überall ausgelegt wurden?«

Er lächelte und nickte leicht. »Ich wusste nicht, wie ich dich anders davon hätte überzeugen können, dass ich meine ursprünglichen Pläne aufgegeben habe.«

Mit einem Mal spürte sie einen Kloß im Hals. Vor Rührung traten ihr Tränen in die Augen. Tilo war doch ein feiner Kerl, und sie hatte ihm unrecht getan. Feierlich nickte sie. »Du hast mich überzeugt.«

»Kannst du mir noch einmal verzeihen?«, fragte er und schaute sie bittend an.

»Natürlich!« Sie nickte und griff nach seinen Händen. »Ich hoffe inständig, dass du dir irgendwann auch selbst vergeben kannst.«

»Ich werde es versuchen.«

Sie strich ihm sanft über eine Wange und legte ihre Stirn an seine. »Von jetzt an keine Geheimnisse mehr.«

»Keine Geheimnisse«, versprach er.

Als sie ihr Versprechen mit einem Kuss besiegelten, erfüllte leises Vogelschwingen den Himmel.

Epilog

Ein Jahr später

Bente verließ das regionale Gesundheitszentrum in Tönning. In ihr überschlugen sich die Gedanken. Sie blieb einen Moment stehen und hielt sich an einem Geländer fest, weil sie das Gefühl hatte, die Welt drehe sich in einem schwindelerregenden Tempo um sie.

Widerstreitende Gefühle erfüllten sie. Es ging von Angst in Glück, von Glück in Panik über, und am Ende fühlte sie sich fast euphorisch.

Langsam schritt sie zu ihrem Auto und stieg ein. Sie fuhr los, wusste aber nicht, was ihr genaues Ziel sein würde. In St. Peter-Ording bog sie spontan auf eine Straße, die in den Ortsteil Böhl führte. Von der Böhler Landstraße ging es rechts ab auf Zum Böhler Strand. Auf dem Parkplatz am Strandübergang stellte sie ihr Auto ab.

Sie stieg aus und blieb an einer Stelle stehen, von der sie einen weiten Blick über die Salzwiesen hatte, in denen Vögel landeten und wo sie sich hoch in die Luft schwangen. Ganz hinten erhoben sich zwei Pfahlbauten. Genau dorthin wollte sie gehen.

Sie machte sich auf den Weg und lief über einen schmalen Pfad durch die Salzwiesen. Als sie an dem Pfahlbau angekommen war, atmete sie tief durch, bevor sie die Treppe zur Strandbar *Neue Welle* hochstieg. Mit einem Blick erkannte sie, dass auf der Veranda alle Plätze belegt waren.

Sie drückte die Tür zum Innenraum des Lokals auf, das eine Mischung aus klassischem Strandhaus und Surf-Bar war. Hier sah es ähnlich aus. Bis auf ein paar Plätze an der Bar war alles voll besetzt.

Deshalb stellte sie sich an den Tresen und blickte sich um. Wo war er nur?

Schließlich schwang die Küchentür auf. Heraus trat Kay, gestützt auf zwei Krücken. »Moin, Kay.«

»Hallo, liebste Bente!« Er strahlte sie an. »Wenn du was essen willst, kann ich dir nur noch einen Platz an der Bar anbieten.«

Bente winkte ab. »Danke, ich wollte nichts essen. Wo ist denn Tilo?«

»Tut mir leid, da muss ich dich ebenfalls enttäuschen. Der Chef ist mit seinem Fotoapparat unterwegs. Keine Ahnung, wohin er damit wollte.«

Sie nickte verständnisvoll. »Ich glaube, ich habe eine Idee, wo er sein könnte. Danke, Kay. Vielleicht bis später.«

Nachdem sie das Lokal verlassen hatte, lief sie zurück zu ihrem Auto. In nördlicher Richtung setzte sie ihre Fahrt fort.

Im Ortsteil Ording fuhr sie *Am Deich* entlang und weiter auf den Norderdeich. Auf dem Parkplatz gegenüber des Deichs fand sie eine freie Lücke und stellte den Wagen ab.

Sie zog eine leichte Sweatshirtjacke über und schulterte eine Tasche. Langsam stieg sie die Treppenstufen zum Deich hinauf. Wenig später lief sie über einen Holzsteg und durch knöchelhohen Sand. Der Weg führte durch die Dünen und endete an einem weiten Strand. Bente liebte dieses Stückchen Weg.

Sie blickte nach rechts, wo sie einen wunderbaren Blick auf den Westerhever Leuchtturm hatte. Hunde tollten mit ihren Besitzern über den Strand. Einige Leute saßen im weißen Sand vor den Dünen. An einem Mann neben einem Holzpfahl blieb ihr Blick hängen. Vorfreudig und aufgeregt setzte sie sich in Bewegung und ging auf ihn zu.

Tilo hatte ihr den Rücken zugekehrt. Er stand einfach nur da, in der linken Hand hielt er seinen Fotoapparat. Bente trat neben ihn und umarmte ihn zur Begrüßung.

»Kay sagte, dass du mit deiner Kamera unterwegs bist.«

Tilo hielt sie lächelnd von sich und küsste sie. »Hi. Woher wusstest du, wo ich bin?«

»Ich kenne dich mittlerweile ganz gut, würde ich sagen … Und auch deine Lieblingsplätze.« Liebevoll strich sie über seine Wange.

»Und? Was sagst du dazu?« Er machte eine weit ausholende Armbewegung.

In der Ferne funkelte die Nordsee, Dünengras wogte, und zahlreiche Wattvögel flatterten im Wind. Bente liebte den Blick über die Salzwiesen so sehr und atmete tief und zufrieden ein. »Deine Kampagne scheint Früchte zu tragen. In den kritischen Zonen ist es schön ruhig geworden.«

Grinsend hob er den Zeigefinger. »Und das sogar ganz ohne neuen offiziellen Beschluss von irgendeiner Behörde.«

»Ja, es ist fast ein kleines Wunder.«

»Das ist kein Wunder, sondern gute Aufklärungsarbeit. Man muss die Leute nur erreichen.«

»Das ist dir jedenfalls vorbildlich gelungen«, erwiderte sie und hielt ihre Ungeduld im Zaum. Denn sie wollte ihm doch ganz andere Neuigkeiten berichten.

Als hätte er ihren Gedanken erraten, legte Tilo zärtlich den Arm um sie und zog sie an sich. »Wie war denn dein Termin?«, fragte er rau.

»Einen Moment.« Lächelnd löste sie sich von ihm, öffnete den Reißverschluss ihrer Tasche und zog aus einem Seitenfach ein Stück Papier hervor. »Hier«, brachte sie mit Rührung in der Stimme hervor. »Das ist das erste Foto deiner Tochter.«

Perplex schaute er auf das Ultraschall-Foto in ihrer Hand. »Meiner Tochter?«

Bente nickte und fügte feierlich hinzu: »Herzlichen Glückwunsch, du wirst Vater!«

Mit zitternden Händen nahm er Bente das Foto aus der Hand und betrachtete es.

»Freust du dich?«, fragte sie, mit einem Mal unsicher geworden.

Als er den Blick hob, sah sie Tränen in seinen Augen schimmern.

»Ob ich mich freue? Ich kann dir gar nicht sagen, wie sehr.« Er umarmte sie und wirbelte sie stürmisch im Kreis herum. Als er sie wieder behutsam abgesetzt hatte, streckte er den Arm und hielt das Foto zum Himmel. »Ich werde Vater!«, rief er dann, so laut er konnte.

Ein älteres Ehepaar ging ganz in der Nähe mit seinem

Hund spazieren. »Herzlichen Glückwunsch!« Die Frau winkte ihnen zu, und der Mann hob lachend den Daumen.

»Danke!« Tilo winkte zurück. »Daher kamen also deine Magenverstimmungen«, sagte er zu Bente und betrachtete sie ungläubig.

Sie zuckte die Schulter und spürte, wie sie leicht errötete. »Ja, das wäre damit geklärt.«

»In der wievielten Woche bist du denn?« Er hängte seine Kamera um eine Schulter.

»Es ist die vierzehnte«, gab sie zu.

Fürsorglich legte er einen Arm um ihre Schultern. »Dann musst du dich ab jetzt schonen. Keinen Stress mehr und keine ungesunde Ernährung …«

»Hey, ich bin doch nicht krank«, protestierte Bente.

»Nein, das bist du nicht.« Er schlang beide Arme fest um sie und sah ihr tief in die Augen. »Du bist ein Wunder. Ich meine, ihr seid ein Wunder. Du machst mich zum glücklichsten Mann unter der Sonne! Und ich weiß, dass wir beide alles schaffen werden, Bente. Du bist meine Liebe und mein Leben.«

Sie konnte nur tief bewegt nicken. Als sie ihrer Stimme wieder traute, sagte sie voller Zuversicht: »Und dieses Mal wird alles gut gehen.« Unendliches Glück beseelte sie, und sie wusste einfach mit jeder Faser, dass es stimmte: Alles war jetzt genau so, wie es sein sollte.

Tilo lehnte seine Stirn an ihre. »Was soll schon groß schiefgehen? Immerhin sind wir beide, nein, wir drei, hier am schönsten Strand der Welt.«

Rezepte

Erdbeer-Quark-Kuchen

Für den Kuchen eine hohe Springform,
ca. 20 cm Durchmesser
Zubereitungszeit: ca. 50 Minuten
Backen: ca. 60 Minuten
Kühlzeit: ca. 30 Minuten

<u>Mürbeteig</u>

Zutaten:
1 Ei
50 g Zucker
150 g Mehl
1 Msp. Backpulver
75 g Butter in Stücken
Salz
Butter für die Form

<u>Streusel</u>

Zutaten:
100 g Mehl
75 g Butter
75 g Zucker

Belag

Zutaten:

200 g Erdbeeren

200 g Waldbeeren

1 TL Speisestärke

3 Eier

1 EL Zitronensaft

500 g Quark

40 g Vanillepuddingpulver

80 g Honig

100 ml Sahne

Puderzucker zum Bestäuben

Zubereitung:

1. Schritt:

Für den Mürbeteig Mehl, Backpulver, Ei, Butter, Zucker und eine Prise Salz glatt kneten.

Nach Bedarf kaltes Wasser oder Mehl hinzufügen.

Den Teig zu einer Kugel formen und in Frischhaltefolie gewickelt ca. 30 Minuten kalt stellen.

2. Schritt:

Den Backofen auf 170 Grad Celsius Unter- und Oberhitze vorheizen.

Die Springform mit Butter einfetten und mit Mehl ausstreuen.

3. Schritt:

Den Teig ausrollen und in die Form legen.

Am Boden und am Rand andrücken.

Für die Streusel Mehl, Butter und Zucker zu Krümeln verreiben.

4. Schritt:

Für den Belag Beeren waschen und putzen.

Die Erdbeeren in Stücke schneiden und anschließend alles mit der Stärke vermengen.

Dann die Eier trennen und das Eiweiß mit dem Zitronensaft steif schlagen.

Das Eigelb mit Quark, Puddingpulver, Honig und Sahne glatt rühren.

Danach den Eischnee mit ungefähr der Hälfte der Waldbeeren unterziehen.

Alles in die Form füllen und die Erdbeerstücke darauf verteilen.

Die übrigen Waldbeeren unter die Streusel mischen und auf dem Belag verteilen.

Den Kuchen im Ofen für 50–60 Minuten backen.

Sollte die Oberfläche dunkel werden, einfach mit einem Stück Alufolie abdecken.

5. Schritt:

Aus dem Ofen nehmen und auskühlen lassen.

Danach aus der Form lösen und mit Puderzucker bestreuen sowie nach Belieben mit Erdbeeren garnieren.

Bentes Dinkelbrot

Zutaten:

500 g Dinkelmehl
1–2 Handvoll trockene, gemahlene Ringelblumenblätter
10 g Brotgewürz
10 g Salz
15 g frische Hefe
300 ml lauwarmes Wasser (ggf. Wasser nachgießen)

Zubereitung:

1. Schritt:
Die trockenen Zutaten in einer Rührschüssel vermengen.
Die Hefe dazubröseln und mit dem Wasser aufgießen.
Danach mit einem Knethaken zu einem Hefeteig verarbeiten.

2. Schritt:
Den fertigen Teig für ca. 20–30 Minuten gehen lassen und danach nochmals durchkneten.

3. Schritt:
Den Laib in eine gefettete Kastenform geben.
Bei 210 Grad Celsius für ca. 40 Minuten backen.
Danach sofort aus der Form lösen.

Familie Nahnsens
Marillen-Mohn-Marmelade

Zutaten für ca. 8 Gläser (200 ml):

1 kg Aprikosen

25 g Mohnsamen

500 g Gelierzucker 2:1

Zubereitung:

1. Schritt

Die Aprikosen waschen, entsteinen, in Stücke schneiden und davon 1 kg abwiegen.

2. Schritt

Die Aprikosen zusammen mit dem Mohn in einen Kochtopf geben.

Den Zucker hinzufügen und mit der Fruchtmasse vermengen.

Bei starker Hitze und unter ständigem Rühren für ca. 3 Minuten zum Kochen bringen.

Die heiße Masse anschließend sofort in die vorbereiteten Gläser füllen.

3. Schritt

Die Gläser mit Schraubdeckeln fest verschließen, danach auf den Kopf stellen und ca. 5 Minuten stehen lassen.

Auf einem Etikett das Zubereitungsdatum notieren und auf die Gläser kleben. Die eingekochte Marmelade ist ca. 1–2 Jahre haltbar.

Bio-Brot
der Leuchtturm-WG

Zutaten:

500 g Bio-Dinkelmehl

150 g Körner in Bio-Qualität (bunt gemischt, von Haferflocken bis Leinsamenschrot)

2 Esslöffel Essig

2 Teelöffel Meersalz

1 Teelöffel Bio-Honig

1 Paket Bio-Hefe in 450 ml Wasser aufgelöst

<u>Zubereitung:</u>

Alle Zutaten gut vermengen und kneten.

Danach in eine Kastenform mit Backpapier geben.

1 Stunde bei 200 Grad Celsius mit Ober- und Unterhitze im Ofen backen.

Fertig!

Jarnos
Bio-Zitronenlimonade

Zutaten für 8 Gläser:
4 Bio-Zitronen
250 g Zucker
1 Handvoll frische Minze
1 l Mineralwasser
Eiswürfel

Zubereitung:
Die Zitronen mit heißem Wasser abwaschen und abtrocknen.
Im Anschluss für den Sirup die Schale von 3 Zitronen dünn
abschälen.
Danach die Früchte halbieren und auspressen.
Die Zitronenschale mit dem Zucker und 500 ml Wasser in
einem Topf aufkochen, bis der Zucker sich aufgelöst hat.
5 Minuten sprudelnd kochen, erst dann vom Herd nehmen
und abkühlen lassen.
Den warmen Zitronensirup durch ein Sieb gießen und mit
Zitronensaft mischen.
Eiswürfel in ein großes Gefäß (ca. 2 l) geben, den Zitronen-
sirup zufügen und mit kaltem Mineralwasser auffüllen.
Die restliche Zitrone kann in dünne Scheiben geschnitten
und in die Limonade gegeben werden.
Mit frischer Minze verfeinert und gut gekühlt, ist die Limonade sehr erfrischend.

Familie Nahnsens
Himbeer-Vanille-Blumen

Zutaten für 16 Stück

Zutaten für den Mürbeteig:
450 g Mehl

50 g gemahlene Mandeln

130 g Zucker

2 Päckchen Vanillezucker

Salz

2 Eier

250 g kalte Butter

Butter und Mehl für die Backform

getrocknete Hülsenfrüchte

Zutaten für die Füllung:
1 Päckchen Vanillepuddingpulver

25 g Zucker

Salz

500 ml Milch

500 g Himbeeren

250 g Gelierzucker (2:1)

Zubereitung:

1. Schritt

Für den Teig das Mehl, Mandeln, Zucker, Vanillezucker, eine Prise Salz und Eier vermengen. Dann mit der Butter glatt verkneten.

Den abgedeckten Teig für eine Stunde kalt stellen.

Die Mulden von zwei Muffinblechen einfetten und mit Mehl ausstreuen.

Den oberen Bereich ebenso einfetten.

Währenddessen den Backofen auf 180 Grad Celsius Umluft vorheizen.

2. Schritt

Den Teig auf einer mit Mehl bestäubten Arbeitsfläche ausrollen.

Blumen ausschneiden und mittig in die vorbereiteten Mulden drücken.

Die Blütenblätter oben überstehen lassen.

Mit einer Gabel den Teig einstechen.

3. Schritt

In jede Mulde Backpapier legen und mit getrockneten Hülsenfrüchten beschweren.

Die Blumen für 8–10 Minuten im Ofen backen, danach abkühlen lassen und aus den Mulden nehmen.

Das Papier mit den Hülsenfrüchten entfernen.

4. Schritt:

Das Puddingpulver mit Zucker, einer Prise Salz und 6 EL Milch vermengen.

Die restliche Milch aufkochen, danach den Pudding einrühren und für eine 1 Minute weiterkochen.

Den Pudding in die Blumen gießen und auf der Oberfläche mit Folie abdecken.

Abkühlen lassen.

5. Schritt:

Die Folie wieder entfernen.

Die Beeren mit dem Gelierzucker in einem kleinen Topf verrühren.

Bei starker Hitze unter Rühren sprudelnd kochen lassen.

Danach auf den Pudding in den Blüten geben.

Abkühlen lassen und dann servieren.

Liebe Leserinnen und Leser!

Schön, dass Sie Bentes Geschichte im mittlerweile 12. St.-Peter-Ording-Roman begleitet haben. Das Gefühl, beim Lesen nach Hause zu kommen, haben viele Leserinnen und Leser mit mir in ihren Nachrichten geteilt. Für Bente ist St. Peter-Ording ihr wirkliches Zuhause. Doch auch bei Urlaubsgästen stellt sich dieses Gefühl, eine zweite Heimat gefunden zu haben, genauso ein, sobald sie zum Beispiel auf der Seebrücke stehen und weit hinten die Pfahlbauten erblicken. Vermutlich hat jeder seine ganz persönlichen Lieblingsorte in St. Peter-Ording, an denen dieses Gefühl aufkommt. Umso mehr freut es mich, dass ich mit meinen Romanen dazu beitragen kann, dass sich so viele Menschen am schönsten Strand der Welt zu Hause fühlen und vom nächsten Urlaub träumen. In der vertrauten Umgebung treffen wir auf neue Leute, und uns laufen auch einige alte Bekannte über den Weg, denen ich beim Schreiben gerne gedanklich ein Moin! zurufe.

Nachdem ich in meinem Jugendroman *Leuchtfeuerherzen* über die Leuchtturm-WG geschrieben hatte, stand für mich außer Frage, dass es irgendwann eine Geschichte geben würde, die sowohl in St. Peter-Ording als auch in der wunderschönen Natur rund um den Westerhever Turm spielen würde. Jetzt halten Sie dieses Buch in Händen, das aus der Idee entsprungen ist. Und es ist wirklich ein unvergessliches Erlebnis, auf dem Leuchtturm zu stehen und die scheinbar unendliche Weite der Landschaft zu genießen, den Blick über die Halligen, nach Pellworm oder bis nach

St. Peter-Ording schweifen zu lassen. Sollten Sie die Gelegenheit haben, an solch einer Führung oder einer Wanderung ins Watt der Schutzstation Wattenmeer teilzunehmen, machen Sie es unbedingt. Es lohnt sich!

Und ja, es gibt natürlich wieder einen Ort in der Geschichte, der durch die Realität inspiriert wurde. Einige ahnen sicherlich, welcher gemeint ist: Das *Jarnos*. Als Vorbild für das kleine Lokal diente natürlich der Coffeeshop *Der Kaffeekocher & meer* in St. Peter-Bad. Es ist ein beliebtes Mini-Café, wo es nicht nur leckeres Frühstück gibt, sondern auch selbst gemachte (glutenfreie) Torten und Kuchen, Brötchen und Paninis und viele weitere Leckereien. *Der Kaffeekocher & meer* ist einer meiner besonderen kulinarischen Tipps für den nächsten Besuch in St. Peter-Ording. Und wer weiß, vielleicht treffen wir uns dort mal.

Beim Schreiben haben sich dieses Mal auch einige Rezepte mehr als sonst angesammelt, die von den Schwierigkeitsstufen einfach bis mittel variieren. Ich hoffe, dass für jeden etwas Passendes dabei ist.

Am Schluss noch einmal ein großes Dankeschön an Sie, liebe Leserinnen und Leser, dass Sie seit nunmehr sieben Jahren meine Geschichten in der warmen und kalten Jahreszeit die Treue halten. Auch in diesem Winter wird es wieder einen kuscheligen St.-Peter-Ording-Roman geben, den man mit einer heißen Tasse Tee und einer warmen Decke sehr gut wird genießen können.

Bleibt noch eins in schöner Tradition zu sagen: Wir sehen uns. Irgendwo. Aber ganz bestimmt am schönsten Strand der Welt – in St. Peter-Ording.

Tanja Janz im März 2022
(Der Frühling klopft schon leise an die Tür, und im Garten sehe ich die ersten Krokusse.)